凤鸣九霄

盲女皇后

任影 著

重庆出版集团 重庆出版社

图书在版编目（CIP）数据

盲女皇后/任影著.—重庆：重庆出版社，2008.8（2008.10 重印）
（凤鸣九霄）
ISBN 978-7-5366-9787-4

Ⅰ.盲…　Ⅱ.任…　Ⅲ.长篇小说-中国-当代　Ⅳ.247.5

中国版本图书馆 CIP 数据核字（2008）第 076668 号

盲女皇后
MANGNÜ HUANGHOU
任　影　著

出 版 人：罗小卫
策　　划：李　子
文字编辑：李　子
美术编辑：慕　蓓
责任校对：郑　葱
装帧设计：第七印象

重庆出版集团
重 庆 出 版 社　**出版**

重庆长江二路 205 号　邮政编码：400016　http://www.cqph.com
重庆出版集团艺术设计有限公司制版
重庆升光电力印务有限公司印刷
重庆出版集团图书发行有限公司发行
E-MAIL:fxchu@cqph.com　电话：023-68809452
全国新华书店经销

开本：720mm×1 000mm　1/16　印张：18.25　字数：220 千
2008 年 8 月第 1 版　2008 年 10 月第 1 版第 2 次印刷
ISBN 978-7-5366-9787-4
定价：25.00 元

如有印装质量问题，请向本集团图书发行有限公司调换：023-68706683

目　录

楔子

她的眼睛很大，弧线很好，睫毛很长，卷而微微上翘，瞳仁漆黑通透。

异常的漂亮。所有见过她的人都这样夸赞。

她的母亲告诉过她，当年她出生的时候不哭亦不闹，只是缓缓转动着眼睛，似乎是在打量着这个人间。大家都认为很奇异，而她的父亲却很高兴，并且为她取名——旋眸。

可是，谁都没有想到，这一双万分漂亮的眼睛，竟是天帝一个不经意间的玩笑。她看不见一丝色彩，看不到一丝光亮。

她能听到人们的赞叹声和随之而来的惋惜声，却看不见他们面上哪怕一丁点儿的表情。她的眼睛，漂亮的大眼睛，却竟是茫然的，没有一丝的闪亮。

她的眼前，是一片绝对的漆黑。

她的父亲膝下无子，而她是偌大的泠氏府邸里唯一的一位小姐。

父亲派遣出去很多人。他们跑遍了天南海北，访得无数名医。父亲贴出告示，设下了重赏。可是，已经一十六载了，整整一十六载了，她的眼前，依旧是一片绝对的漆黑。

她的父亲已经无可奈何地放弃了。

而她的母亲，却为她日夜祈祷。

她的双耳相当地灵敏。隔着纱窗，隔着木门，隔着墙壁，甚至远在数丈之外，她都能够听得一清二楚。

所以，女仆们曾经的窃窃私语，她听到了。她把零碎的话语串联在一起，以此来了解自己父母的故事。

她的母亲，银痕，生得绝世美丽，在花样妙龄嫁得一位英俊阔少。她以为她是万般的幸运，当时所有的人亦都认为，银痕小姐和玖炎公子是天作之合，而他们的婚姻会成为佳话，永远流传下去。

可是，结缡数载，那受万千红颜或羡慕或妒恨的银痕小姐，却依旧腹部平平。银痕小姐急了，玖炎公子急了，泠氏家族里的长辈们更急。

玖炎公子的妾室越来越多。她们之中，没有一个的美丽容颜能够和银痕小姐的相提并论。她们在银痕小姐面前，永远都只能侧着身子，侧着颜面。可是，她们懂得很好的办法，她们能够把一家之主，把那将万千红颜迷惑得神魂颠倒的玖炎公子绊留在自己的房里，一享风流阔少的绝样温存。

她天生目盲，看不见所有的东西，于是便无从用眼睛来猜测母亲当年是怎样的艳冠群芳；亦不知道父亲所谓的英俊与潇洒，到底是怎样的模样；更不知道，外面那些妖娆的、曾经宁愿放弃被选为秀女然后入宫等着伺候皇帝的机会也希望得玖炎公子的青睐然后嫁入泠家的红颜们，是怀着怎样的心态，数着眼角日渐增多的细纹，慨叹着自己多年无望的等待。

她不知道，也不能理解，更不习惯，那诸多的姨娘们，在距离她的闺房很远的地方便嚷嚷着，彼此炫耀自己带了什么样的礼物，来送给虽然目盲却是泠家上下奉若至宝的大小姐。她们将她的父亲赐予她们的宝贝，换成送给她的礼物。

只可惜，不论礼物多么昂贵、多么精致，她都看不见，也就难以品评优劣。她只能应付着一大群的姨娘们，希望她们能够尽快地撤离她的闺房；然后，她好把这些她只能摸摸的礼物，赏给尽心尽力服侍她的下人们。

她不喜欢甚至讨厌这一群的姨娘，因为她们夺去了她父亲对她母亲的疼惜与爱恋。

她永远都记得，因为她们陆续地嫁入泠家，她母亲独守空房的日子，便没有一刻的消停。

除了那一晚。

那一日，是银痕的寿辰。那一晚，是多年以来的唯一的一次，玖炎公子走进自己正室的寝室。不是因为怜惜。玖炎公子曾经的万般温存，都已经被年轻而又无限妖娆的红颜们霸占了。

泠氏是很有规矩的家族，泠氏上下都必须遵循祖训，即使是早已继承家业成为泠氏最高掌权人的玖炎公子，亦不能例外。

玖炎公子把结发正室冷落多年，本该接受家族里长辈们的斥责。如果他在正室的诞日，仍旧以“无后”为由浪荡在外，那他便有可能成为泠家有史以来最为叛逆的子孙。

他施舍了结发妻子一夜。

而这一夜的存在，竟使旋眸获得了降落这个人间的可能。

旋眸从奴仆们的窃窃私语中还得知，她在母亲的腹内逐渐成长的日子里，银痕小姐终于重又得到了玖炎公子的千般呵护。

玖炎公子对子嗣的渴盼远远超乎对任何一位妻妾的爱怜。他发过誓，如果银痕能够为他、为整个泠氏家族诞下一个男丁，他会毫不犹豫地遣散所有的妾室，会把万千宠爱都施与银痕一人。

她不是男儿身，却有一个片刻，使得父亲想要把她培养成泠氏家族有史以来的第一位女性继承人。可是，一双漂亮异常却失去了应有的功能的眼睛，逼迫着父亲打消了这样的念头。

她不是男儿身，她天生双目失明，所以，玖炎公子有足够的理由，继续流连花丛。

【第一章】步出西沃

第一章　步出西沃

银痕的寝室里设着一个香案，上面供奉着观音菩萨。

旋眸不知道观音菩萨是如何的模样，亦不知道她能否听得到她母亲的祷告，更不知道，这样一位听说相当端庄的菩萨愿不愿意怜悯一位可怜的凡尘女子。

她走进母亲寝室的时候，嗅到了檀香。

银痕深爱着的檀香，供奉着观音菩萨的时候专用的檀香。

旋眸不知道母亲为什么会如此钟爱这样的檀香，亦不知道母亲为什么要在供奉观音菩萨的时候点燃这样的檀香。她没有问过。她从来都不会去费某种口舌之力。

银痕在诵经。

旋眸熟悉母亲寝室里的一切摆设。因为她，十六年来，这房里的摆设从没有片刻的变动。

她的随身使女侍立在房外。伺候母亲的一应婢女亦都侍立在房外。

她径自走进房里，走到母亲的身边和母亲一起跪在那张香案之前，

一起向观音菩萨默祷。

旋眸在很久以前便想告诉母亲，她天生双目失明，或许是因为她在前世犯下了难以饶恕的大罪，她要在今世承受怎样的痛楚，都是为了赎罪，都是她自己应得的惩罚，都是她自己的事情。

她想请求母亲放弃这种毫无用处的祷告，重新做回那绝世美丽的银痕小姐，重新和玖炎公子夫唱妇随、琴瑟相合。

她甚至想要对母亲说，母亲如此的牺牲，令女儿痛苦，令夫君痛苦，令整个泠氏家族痛苦……

可是，当和母亲一同跪在蒲团之上的时候，当听到母亲虔诚的诵经声的时候，当感觉到母亲身上散发出的那种万般慈爱的亲情的时候，她没有办法说出口。

母亲如此决绝，甚至不惜摒弃曾经万般恩爱的伉俪之情。

银痕的诵经声停了。

旋眸眨着漂亮的大眼睛，望着眼前绝对的黑暗。她伸手摸索着，摸索到了母亲的手。她笑了笑。她能感觉得到，母亲亦正带着慈爱的笑容，望着她唯一的孩子。

旋眸欲言又止。

银痕却说："孩子，你已经长大了，已经是大人了……"

旋眸不明白母亲这句话的含义。她早已不是孩童了，她的心境早已超越了十六岁。

"孩子，你长大了，为娘也老了……"

旋眸听出母亲的声音里有着些微的仓皇。她蓦地心酸。

她缓缓抚摩母亲的面颊，柔柔地笑，说："您的肌肤依旧光滑细嫩，您的声音依旧柔软纤细，您哪里便老了……"

“唉……”

旋眸最是听不得母亲的叹息。她知道这样的叹息里承载了太多的东西。她知道，在独守空房的将近二十年里，这样的叹息发生过无数次。

每当听到这样的叹息，她总是带着愤恨地去想念那个风流倜傥却异常无情的男人，即使这个男人对她的疼爱早已超越了他对他所有的妾室的宠爱。

她心疼她的母亲。可是，她在面对如此叹息的时候，却束手无策，甚至不敢在母亲的眼前落下泪来。

她握着母亲的手，因为泪水而不敢开口。

银痕轻轻地抚摩着女儿的长发，说:“为娘不知，对你这样的慈爱还能持续多久……”

有一颗水珠滴落到旋眸的手背上。那是母亲的泪珠，硕大的泪珠，她知道。她永远都不想母亲说这样的话。可是，她能够想得明白，母亲为什么要说这样的话。

泠氏家族在西沃这个地方已经存活了上百年。

泠家的子孙世世代代享尽了荣华富贵。

泠氏的当家怒吼一声，能够把西沃的地方官吓到滚落床榻。

泠氏，是一方之霸。

把成为泠氏的一员当做是终生梦想的，除了那些长相妖娆的红颜们，还有无数的青年才俊。

民间流传:如能攀做泠家婿，宁弃十年寒窗读。

论家世，论财富，论相貌，泠家人都在上上。在西沃，只有泠家敢说他人高攀，只有泠家才有足够的资格万里挑一。

即使，即使泠家这一代的女儿身有残疾。

泠玖炎站在小小的院落前面，望着院墙里那间闺房的檐角。

闺房建造得十分精致，因为这是他的命令。而闺房里面，住着比这房子精致百倍千倍的女儿。他的女儿。

他望了很久。久到一十六载。

可是，他的心里仍旧起伏不平。

这是他泠玖炎的孩子。西沃成长出多少美丽红颜，他便娶了多少。可是，他自娶妻以来，已经将近二十载了，旋眸竟是他唯一的孩子。

他拥有万贯家财，他生得英俊潇洒，他懂得女人的心态。他对待每一位美丽红颜的时候，都是用了心的。他从不会想，把身边的女人当做一种玩物——始乱终弃的玩物。

可是，为什么？

为什么他年届不惑之年，却始终无子环绕膝下？为什么他的好似妻子当年绝世美丽的女儿，竟会是天生的盲人？

难道他风流有错吗？难道，他在前世造了孽吗？

一十六载，不，二十载了，他依旧想不明白。

院落里亮着灯火。

生活在黑暗世界里的女儿尚未安歇。需要灯火的女仆们正侍立着，等着服侍主子安歇。

已经很晚了，旋眸为什么还不安歇？难道这么晚了，她还在嗅着花香吗？

泠玖炎很担心。但是，他不想进去，尽管他还有别的事情。

他给足了他能够给予女儿的，他想让他的女儿成为这个人间最为幸福的孩子。可是，一个最为潦倒的乞丐都能够依靠眼睛而享受到这个人间无数的色彩美丽，可他泠玖炎的女儿却从来都没有这样的机会。

他必须弥补他的女儿。不论，她所承受的苦难是不是因为他。

他能够为女儿做的，还没有做尽。

他对他女儿的疼爱，永远都是那么深沉，那么浓烈。

旋眸走在狭长的花径上的时候，周围的花香依旧那么浓郁，吹在肌肤上的风儿依旧那么柔软温和。可是，她却感觉到了心神不宁。

她不是第一次如此不安。

那一次，同样是在这条小径上，她与阳堂作别。她不知道这样的作别会不会就是永诀。她可以猜到父亲为什么要把这位与她最为亲近的族兄调派到很远很远的地方，却不能确定父亲的心到底有多么的坚决与无情。

只是突然的一股冰寒的感觉。

别人感觉到的今日的天气都是柔柔的暖意。

她知道是为什么。

她不过是摸了一下小臂，立刻便有人为她披了一袭风氅。

她本来以为是她的随身使女早衣。尽管在她这样赏花的时候，早衣早已退到一边去了。

但是，有一个刹那，她的心抖了一下，强烈地抖了一下。

她用心地嗅着，想要嗅到那曾经万分熟悉的味道。

她希望是父亲发了恻隐之心，把阳堂还给她了。

可是，这味道里没有浓烈的温柔，没有相处将近十载的那种无与伦比的默契。

这味道，是太浓重的官宦之气。

这味道，她太陌生。

“早衣！”旋眸急急地呼唤。

她心里有恐惧。这么多年了，是第一次有陌生人走进她的花园。

这个被培植在她的小小院落里的花园，这个由阳堂一手培植出来的精致花园，是泠家大宅里众多花园之中最为小巧而精致的一个。泠玖炎下令把能够寻找到的名贵品种都送到了他唯一的孩子的院落里，并命泠氏子孙之中最为精晓养花护花的阳堂来帮助旋眸侍弄花儿。

他从来都不会应允陌生人走进女儿的院落。即使他不在家里，亦没有人胆敢擅自闯进旋眸的独有院落。难道——

旋眸柔柔地笑道：“阳堂，你回来了？！”

她希望是自己的嗅觉暂时出现了紊乱；或者，阳堂离家许久，原先的味道已经改变了。

她的心里是浓厚的欢欣。但她没有像以往那样隐藏着。她表现着这种欢欣。她用这样的表现告诉身边的人，同时亦告诉自己，她是非常喜欢这位比她年长许多的族兄的，并且还有个强烈的愿望，并为这个愿望而希望父亲能够尽快地走进她的院落，然后向她提及婚事和阳堂的名字。

她再次地，欢欣地问：“阳堂，是你吗？是你终于回来了吗？”

然而，她的阳堂却三缄其口。

那一次，他也是这样缄默。

她能够感觉到他正热烈地凝视自己，与那次同样的热烈。但他缄默。

她起先并不知道他为什么缄默。他一向都不是这样的。以往，他会很细心地问她还冷吗，会劝她回房，然后亲自送她回到她的闺房。

她心里很乱。她不清楚阳堂是不是改变了，连对她的心意都改变了。

她不禁问:“阳堂,你怎么了?”

但是,阳堂仍然缄默。

她不敢仔细地去辨认身旁此人的味道。她不敢告诉自己,其实她是认错了人。

她不禁心慌慌地问:“阳堂,你为什么不说话?出什么事了吗?”

她的耳朵里,是阳堂带着凄慌的声音:旋眸,我要离开了……

她记得,那一日她在听到这句话的时候,双手都在抖。

阳堂告诉她,他非去不可。他曾经说过要永远陪着她呵护她,也曾经说过即使她的父亲反对,他亦会全力争取。他是决不会撇下她的。

可是,他竟然要离开她了。

难道他的誓言都是假的?难道他贪恋的竟是泠家的财产?还是,他嫌弃她是一个盲女?

是啊,她是一个天生的盲女,没有办法治好的盲女……她看不见自己的样子,看不见阳堂的样子,连自己的生身父母到底是如何的模样,都没有办法知道……

他嫌弃她是一个盲女,是理所当然、无可厚非的。她那时候曾经这样想过。

“阳堂,你变了,是吗?”

旋眸希望身边的人开口。她希望他告诉她,即使面貌变了,即使身份变了,他对她的心意亦永远都不会变。

可是,当他终于开口的时候,那话却令她胆战心惊:“你叫旋眸,是吧?”

这声音绝对不是属于阳堂的那个。这声音里,官宦之气太浓。这个声音甫一出现,便产生了凌驾于一切之上的气势。这个声音的主人,绝对不是温暖的阳堂。

阳堂……阳堂的呼唤,已经消失了。她为什么总不能勇敢地面对

现实呢？

她为什么会突然失去了自制？即使对阳堂的思念多么的强烈，也不能把误闯入她院落的胆大陌生男人当成是他啊！

“早衣！”她厉声呼唤。

早衣惶惶地奔过来，小心地避过小姐身边这个她不敢得罪的人。

旋眸向回走。她沿着熟悉的小径走，脚步是异常的迅疾，竟不似目盲的人。

别人不能了解她心里的恨，但她自己清楚地知道。她恨那个专权刚愎的男人。她恨自己不能选择自己的生身父母。她恨，她没有能力逃离泠家。

她永远都记得阳堂在不得不离开她的时候，曾经发出过一声叹息。

那叹息太凝重，太无奈。

泠玖炎站在黑暗里，望着前面不远处那所小小的但相当精致的院落。

他知道，他的孩子今日生气了，生他的气了。他很心疼，但却没有后悔。他认为这样做能够带给女儿真正昂贵的幸福，所以一定会竭尽全力促成这件好事。

他很累。

今日，泠家特别地繁忙。泠家每次接待从京城来的高官显贵的时候，都是如此地繁忙。

这些在京城里养尊处优惯了的高官显贵们从来都不乐意住在简朴的驿馆里，从来都是住在泠家大宅里。而在这个天高皇帝远的地方，没有人曾把这样不合规矩的事情上报朝廷，因为没有人敢得罪京城上司，亦没有人胆敢得罪泠氏家族。

今日的这位显贵，非同一般。能让他泠玖炎放下家族里的所有事情来专职招待的人，都是二品以上的大员。而今日的这位“大员”，在平时，是绝对请也请不来的。他赐下福祉，来到边陲西沃，来到泠家，是因为一幅画像。

画像上的女子妙龄青春，绝世美丽。

他乍一看到她的时候，便被深深地吸引住了。为她的美丽，亦为她那一双同样绝世美丽的大眼睛。

荼昶皇子，被认为是最有希望继承大统的皇子，亦是泠玖炎最想攀附的皇族。

但是，泠玖炎没有想到，荼昶皇子会亲自来到西沃。

他更没有想到，他虽然动用巨资，遣派心腹去京城打通了关系，却不能阻止办事之人的错手。

他不知道，他把旋眸的画像送向京城的时候，已过花甲之年的皇帝正下令在全国挑选秀女。而他派人买通的太监，竟错手将旋眸的画像和已经经过挑选的秀女们的画像，一起呈进了御书房。

但是，冥冥之中似有天意。第一个看到这幅画像的人，是荼昶皇子。

荼昶在御书房里随意翻看的时候，看到了旋眸的画像。那时候，他的父皇尚未下朝。他悄悄地，却是胆战心惊地，把画像揣到了自己的怀里。

他如此的大胆，是仗着自己在众多皇兄弟当中，是最受父皇疼爱的一个。

他近乎仓皇地奔到自己的寝宫之后迅速地想过，事情最好的解决办法，便是尽快把画像上的这位绝世美丽的女子纳为他的侍妾。

荼昶作为皇子，想查明这女子的身份是轻而易举的事情。但他没有想到，这女子和他所想象的，竟大不相同。虽然在发现她原是目盲之人的时候有过气恼，甚至还想过要惩罚和此事有关的所有人，但是，那双漂亮的大眼睛竟会如此地打动他。画在纸张上的时候是这样，见

到真人的时候亦是这样。

那样清澈,那样明洁,那样晶莹。可是,却是盲的。

上苍总是这样,以弄人为乐么?

她看不见他,但他能够把她看个清清楚楚。

他看得赏心悦目,看得心意坚决。他要把这朵生长在边陲的绝世奇葩带回京城去。他不要纳她为侍妾。他要,娶她做正妃。

她如今的心意究竟如何,并不重要。

总有一天,他会俘获她的心的。

荼昶是这样认为的。

即使知道荼昶的身份,即使清楚荼昶皇子所能够带给冷家的别样的辉煌与荣耀,旋眸根本不会去想。

她亦根本不想理会此刻正站在这个漆黑的深夜里的人。

她对他并不算熟稔。这么多年来,她只是在家族的重大庆典上"见"过他,对他行过家礼。但也仅此而已。况且,即使面对面,她亦看不到他。

她忽然意识到,自记事起,她便没有叫过他父亲,没有和他说过哪怕一句话,从来没有。或许,她在记事之前亦不曾喊过他一声父亲。

他,对她来说,是一个"陌生人"。

她已经猜到了,他这个"陌生人"不仅主宰了她的出生,安排了她的成长,还要主宰她的婚姻。

他凭什么?就凭他给了她生命?

生命,一个没有光明,永远都只能生活在黑暗当中,永远都看不见自己和母亲的模样的生命!

"早衣,熄灯就寝。"旋眸的声音很冷。

她听不到那声叹息。

她永远都会记得，阳堂和她离别之时的那一声凝重而无奈的叹息，但却听不到近在咫尺的这一声同样凝重而无奈的叹息。

冷玖炎缓缓地转身，缓缓地离开这所小小的却万分精致的院落。

夜，真的已经很深了，亦真的很凉了。

银痕的房里还亮着灯。

银痕低声诵经的声音，在这样的深夜里，在冷玖炎听来，竟是十分的惊心动魄。

他明白，很久之前便明白，那样绝世美丽的女子，为什么要变成一副枯槁，为什么要在房里点燃那样令他嗅之胆寒的檀香。

冷家的夜很安静。但是，人的心，却难以平静。不止是冷玖炎，还有那住在冷家却非冷姓的人。

茶昶皇子。

茶昶本来应该住在冷家最为宽敞、布置最为昂贵的客房里，但是，他却自己挑选了一所简陋的院落。他在走出那个小巧而精致的花园之后，便下令将自己的行装搬到了这所院落。

他虽然是皇子，整个天下都是他家的，可这样的行径未免太过肆无忌惮。而冷玖炎竟对此视若无睹，连一丝一毫的劝阻之意都没有。于是，整个冷家的人都知道了，这位年少皇子来到边陲冷家的真正目的。

因为，存在着这样的事实：出了这所简陋的院落步行，不过数步而已，便可站在那一所令整个冷氏家族都小心翼翼地呵护着的小巧而万分精致的院落之外，敲击那扇同样万分精致的院门，然后满心地希望，那为他开门的人，便是住在里面的那个生得绝世美丽的冷家大小姐。

茶昶的心，此刻更不平静。

他正站在精致的院门之外。他已经敲了门了。但是,院门仍然是紧闭的。

灿烂的阳光之下,这所院落竟如禁地一般。

他知道,泠旋眸不怕他,更不打算接受他。但他有办法实现自己的愿望。他是皇子,在西沃这个泠氏家族称王称霸的边陲,连泠玖炎都要对他大行叩拜之礼。

他恋恋不舍,但又不能继续傻傻地立在门外,尽管泠家的人没有谁敢嘲笑他。泠家的人都诚惶诚恐地伺候着他,躲避着他。

他转身,准备离去。

但是,在这样的时刻,那门竟然开了。

早衣深深低着头,将门完全打开,轻声说:“殿下请进!”

茶昶顿了顿,信步而入。

在那小巧而万分精致的花园里,在那条狭长而曲折的花径上,立着比花儿还要美上千倍万倍的人儿。

茶昶走近她,微微地笑。

旋眸缓缓顿身,说:“旋眸令殿下久候,实在放肆,请殿下恕罪!”

“泠小姐言重了!”茶昶的话远不止这些。

他还想尽情一吐倾慕之声,但他及时刹住了。

幸亏他刹住了,否则,旋眸听了之后,或许会立刻改变好不容易才做出的决定。

然后,沉默。

旋眸的手指轻轻触摸着身旁一朵已经绽放的花儿。

茶昶笑,说:“这花——”

“你能带我离开这里,是么?”旋眸蓦然这样问。

茶昶有些惊讶。这是当然的。但是,片刻之后,他释然了。他在想他的权势。

他没有去想：实际上，他误解了。

这怨不得他。他刚来到西沃不久，他对冷家的认识甚至连皮毛都算不上。

“当然。”茶昶回答道，释然之后迅速地说。

旋眸的心湖在澎湃。她长这么大，没有走出过冷家大宅，从来都没有。这一十六载里，她可以随意地走出属于她的这个小小的院落，她可以随意地出入冷家的任何一处院落，可是，冷家大宅的大门到底在哪里，她只是“知道”而已。

冷玖炎认为人心叵测，这个人间的人明争暗斗，有时候或许只是为了一碗饭食。他认为冷家的男人可以在外拼死拼活，但冷家的女人只要待在冷家大宅里安享富贵就好。

冷家的房屋因为有了冷家的女人才鲜活蓬勃。而冷家大宅的出入大门，是只为冷家的男人而建造的。

可是，旋眸并不打算体谅冷玖炎的苦心，一如她从来都不愿意承认，自己是冷玖炎最疼爱、最珍惜的人。

她的心里只有这样的印痕：冷玖炎禁锢她的手足，一禁锢便是整整一十六载。

这一十六载是她的牢狱生涯！她受够了！

“你能把我的母亲一起带离这里么？”旋眸问。

问的时候，旋眸心里想着她那苦守在一间小小的寝室里的母亲，眼眶里是湿润的。

“当然可以。”

茶昶回答的时候，心里只想着，他要将这样的绝世美人带回京城自己的宫阙里。旋眸的母亲对他来说，不过是一件行李。

那时候，茶昶还没有见过银痕。实际上，他从来都没有见过银痕，即使是以后他成了银痕名义上的亲人的时候。

旋眸没有想到，母亲竟然从未想过要离开泠家。

她本来以为，母亲一定和她一样，早已恨透了泠玖炎，进而恨透了这个家。她本来以为，只要有办法逃离泠玖炎的禁锢，母亲便一定不会有丝毫的犹豫。

“母亲，为什么不离开？难道您还没有受够这样的罪吗？难道那个男人对您所做的一切还不够可恨吗？”旋眸在恨，恨透了，“他宠爱每一位长相妖娆的女子，他自称风流多情，可却把结发妻子冷落在一个角落将近二十载！他配做丈夫吗？他对外声称是多么地疼爱唯一的女儿，他把他能给女儿的都已经给了，把能为女儿做的都已经做了，可是，他竟把女儿禁锢在一个大宅院里整整一十六载，甚至私自剥夺女儿选择幸福的权利！他算什么父亲？他没有资格做我的父亲！他没有资格做您的丈夫！他没有资格要求您为他苦苦守候！”

银痕本来在诵经，可是，女儿的话使她没有办法不暂停。她知道女儿怨恨父亲，却没有想到，女儿对父亲的恨竟是如此之切、如此之深，以至于让她不知如何是好。

她出生在一座大宅子里，在父母的百般疼爱之中长大。长成一十八岁，便嫁给了泠玖炎，住到了如今这座不希望女人频繁出入的大宅子里。

再然后，她躲在一间寝室之中，一遍遍地诵经。而她所诵的经中，没有教人怎样消解怨恨的。

她已经没有娘家了。她的父母双亲早已过世。银家那座大宅子，早已成了一座枯宅。她回去，谁也见不到。

可是，真的要离开吗？离开泠家，离开泠玖炎？

这间寝室，她已经住了将近二十年了。泠玖炎，她已经嫁了将近二十年了。

“母亲，您为什么不说话？难道您还留恋这间小小的寝室吗？难道这样的牢狱，这样的一成不变的生活，还没有令您厌倦吗？”旋眸紧紧抓住母亲的手，恳求道，“母亲，跟女儿走吧！跟女儿一起，永远离开这个可恨的地方，永远离开这里的、所有的可恨的人！”

银痕的心在动。但是，却并非因为离开泠家的诱惑。

诵经是她自己选择的。点燃檀香亦是她自己选择的。她早已习惯了如今这样的生活。她不想有任何的改变。

她从没有想过要离开泠家，亦没有想过要离开女儿。即使是女儿将来嫁做人妇，亦会依旧住在泠家大宅里。

可是，她却知道，女儿如今的决定，她是改变不了的。

她的心在动，其实是在疼。还有机会再见吗？骨肉至亲，从此相隔千里万里。

“母亲，您留在这里，便是和女儿分离，您舍得吗？我是您唯一的女儿，是在无数泠家人当中唯一真正珍视您的人，您舍得吗？”旋眸的泪水在涌，“母亲，女儿不想和您分离，不论是生还是死，不论是富贵还是贫穷，女儿都不想和您分离！母亲……”

旋眸的眼前是一片绝对的黑暗，她看不见母亲的面容，不知道母亲正在想着什么。她不知道要怎么样才能说服母亲，她不知道怎样做才能消解心里的痛楚。

她恨那个男人，那个给了她生命却不珍惜她的男人，那个把她的生身母亲冷落了将近二十年的男人。她一直哭。那双漂亮的大眼睛里，不停地流淌出清澈的晶露。

银痕很心疼。她几乎就要答应了，答应跟着女儿走，答应离开泠家，离开西沃。但实际上，她只是如此想想而已。

但是，她打算把一些事实告诉女儿。

这些事实，她如果说出口，便不用尝受隐瞒的痛楚。她如果说出

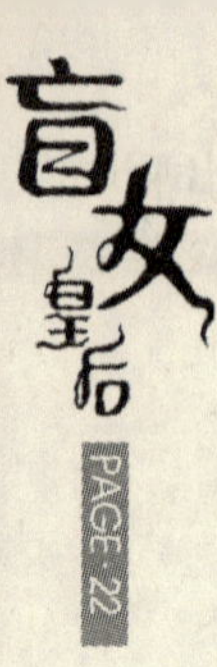

口，她亲爱的女儿便不会如此愤恨自己的生身父亲。

可是，她刚刚从蒲团上站起身，刚刚转身想要把女儿拥在怀里，刚刚想把那些事实说出口的时候，却不由地愣怔住了。

她竟然会看见他，那个已经许久，不，已经多年不曾到她的寝室里来的人。

他来了多久了？

“母亲！母亲！……”

“你的母亲不会跟你走的。”泠玖炎突然地开口，却是冰冷的语气。

银痕看见泠玖炎冷冽的眼神，硬生生地把话咽了回去。她看向女儿。看见女儿的惊讶，她很心疼，可泠玖炎对她的警示，她不能视而不见，绝对不能。

他们隐瞒了一十六载，都是为了女儿平静地成长。

而已受惊了的旋眸，立刻终止了哭泣，终止了祈求。

她恨自己的哭泣。如果没有哭泣，她便不会暂时丧失了灵敏的嗅觉，便不会对泠玖炎的到来一无所知。

“你跟荼昶皇子走，日后便是王妃，便是皇亲。你有你自己的荣华富贵。你的人生不在西沃，不在泠家。但是，你的母亲不一样。”泠玖炎说，“银痕生是泠家的人，死是泠家的鬼。她的根在西沃，不在京城。”

泠玖炎语气里的冷硬，旋眸自然听得出来。她只是看不见他的冷硬面容而已。

可是，如今的她，何曾让自己去想去念，在如此冷硬的语气和面容之下，其实掩藏着深厚的疼惜呢。

如今的她，只是再一次地告诉自己，泠玖炎终于把自己心里的真正所想说出口了。她这样的女儿对谁——即使是泠氏这样的大家族——来说都是一个累赘。她又何必苦苦哀求母亲，她又何苦担着母亲的忧虑呢？

“母亲，孩儿要离开了，您保重！”

旋眸迅疾离开母亲的寝室。

她在离开的时候，狠狠地嗅着泠玖炎的味道。她要牢记这样的味道。

她要牢记：拥有如此味道的人是阴毒的，他只要寥寥几句话，便可使你的苦苦哀求所得统统消散。拥有这样味道的人是不可信的，他的手段里含着随时随地致你于伤痛之地的可能，即使他是你的血亲。

这样苦痛的明白。

旋眸终于步出了泠家。

她要求步行离开泠家。

她在泠家无数人的注视之下离开。

囚禁了她整整一十六载的泠家大宅，她如今终于可以将之撇在身后了。她看不见这样的庞然大物。她一生都不想再看见它，她一生都不想再回到里面去。

离开。

即使是在她离开的时候，她的母亲都没有走出那间点燃着檀香的寝室。但她知道，跪在蒲团之上的母亲日日夜夜所做的祈祷，都是为了她这样的女儿。

离开的时候，她还嗅到她已经牢牢记住的味道。

但是，他亲自送到泠家大门的人，不是她。他敢不恭敬吗？！他敢在茶昶皇子的权威之下端着泠氏当家的架子吗？！他敢不领着泠氏上下恭送茶昶皇子吗？！

旋眸的脚步在移动，在人群里移动。

她是天生双目失明的人，但却撇下了软轿，撇下了茶昶皇子的护驾。不仅如此，她还挡开了随身使女的搀扶，肆意地在人群里移动。

她听到无数陌生的声音，嗅到无数陌生的味道，感觉到无数陌生的人，感受到有生以来的自由与畅快！

她猜想，周围的风景一定相当的漂亮；她猜想，人们在看到她的时候，一定是带着赞赏的目光；她猜想，以后的日子里，她可以经常走在人群里，呼吸着这个人间的真正的味道……

她告诉自己，她已经离开泠家了，已经离开泠玖炎了。

可是，为什么心里竟是隐隐的疼痛呢？

已经告诫自己要忘却泠家的一切，甚至忘却仍旧生活在苦痛之中的母亲，可是，为什么在蓦然回首的时候，眼前那片绝对的黑暗里竟闪烁着惨烈的光芒？

阳堂！

阳堂，你在哪里？你可知道，你的旋眸已经逃出来了？

阳堂……

旋眸这样的呼唤只能藏在心里。茶昶的味道已经逼近身边。

她想再次肆意走着，却被茶昶一把扯住。

"旋眸，日后有的是行走的机会。现在，我们要尽快赶回京城去。"茶昶说。

但茶昶的话没有进入旋眸的耳朵。她太欢欣。她还没有真正想过，她是已经逃离了泠家，逃离了泠玖炎，但却是依靠着茶昶的力量。

茶昶不是泠玖炎这样的边陲巨贾。他是泠玖炎花费巨资从千万里之外的京城引到西沃来的。

他还不是普通的京城人氏。京城皇家主宰着整个天下的命运，茶昶皇子或许只需一句话，便可使生灵涂炭，便可摧毁一切。

她会想到这些的。只不过，当她终于想到的时候，她不该做的事情，都已经覆水难收。

茶昶要尽快赶回京城去，并非仅仅是为了向皇室引见他自己挑选的王妃。

他的父皇，还没有在十五位皇子当中，挑出储君的人选。

他的父皇虽然还不算太过老迈，但身子骨却一日不如一日。

人间事诡异多变。

世间人心机叵测。

“旋眸，上轿！”茶昶索性下了命令。

旋眸微微地怔住了。

驿站不大。但是，茶昶的房间很大，因为，他是住在当地父母官的官衙里。

茶昶是从来不会住在驿站里的。他和他的兄弟们出京办事，一向都是住在当地父母官的官衙里。

茶昶是非常特别的皇子。不仅特别在是皇后所生嫡系皇子，还特别在，当堂而皇之地住进官衙之后，吩咐地方官把最好的婢女都叫去伺候泠旋眸。

不明的人都在背后猜测：泠旋眸，一个虽然绝世美丽却双目失明的女子，到底是个怎样的出身，竟能得到最有希望被立为太子的茶昶皇子的眷顾，竟有机会成为未来皇帝的宠妃。

这样的事情，散发着一种鬼鬼祟祟的味道。

旋眸的嗅觉很灵敏，灵敏表现在很多的地方。

她的听觉亦是异常的灵敏，灵敏到能够在更夫喊出的第一声更声之中，听出那一丝丝的异样来。

衙门的围墙之外，更夫一下下地敲着锣，一遍遍地喊着：“天干物

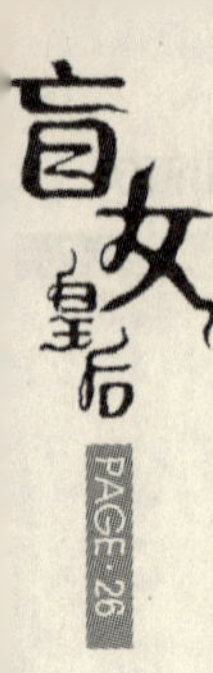

燥，小心火烛！”

这些都不奇怪。奇怪的是，这更夫在衙门围墙之外竟是徘徊不去。一下下地敲着锣，一遍遍地提醒着围墙之内的人们。

旋眸听得明白，听得心惊肉跳。她怎么可能听不出那是谁的声音，怎么可能听不出，这普普通通的话里，所隐藏着的含义。

她和他所认识的时间长达一十六载。她和他之间深厚得无与伦比的默契，使得彼此心灵相通。

她甚至可以隔着围墙嗅到他的味道，温暖的味道。

他终于回来了，为她。

她逃出冷家是为了和他一起脱离冷家远走天涯，他知道。

“早衣！”她急忙去呼唤心腹使女。

早衣奉命遣退了所有茶昶派来的下人。但是，现在已是深夜，她们出不去。而明晨，茶昶一定会下令继续赶路。怎么办？

旋眸一向冷静的心在此刻变得异常地烦躁与担忧。不能就这样跟着茶昶皇子去京城。他不过是她借以逃离冷家、逃离冷玖炎的一个依傍。她万分感激他，但绝对不可以就此以身相许。

只有阳堂，才是她今生死生相随的人。只有阳堂，才能够给她想要的幸福与安宁。

“小姐，可以装病！”早衣说。

旋眸看不见早衣的表情，亦没有想过要去猜测她的表情。不过，装病，倒是一个很好的办法。但是，如果茶昶皇子无视于她的病情，而仍旧继续赶路，怎么办？能够瞒过茶昶皇子吗？

“小姐，您只管躺在床上茶饭不思，其余的交给早衣就是。”这心腹丫头如此说。

阳堂很聪明。

他懂得躲在官衙外探察里面的情景，亦能够从有大夫被请入官衙这件事情上，猜测到旋眸的计策。

他唯一感到棘手的是，该怎么进到官衙里去。大夫已经到了，而且是官兵们去请，然后陪同着进到内衙的。他没有机会假扮。

他在官衙外徘徊。

而官衙内的旋眸假装出来的病情，使得茶昶皇子不得不暂缓行程。

茶昶很焦急。因为，旋眸这一场突如其来的病疾，竟是连本地最有名的大夫都诊断不出来的。

他还焦急于不能尽快地赶回京城。京城如今的形势，对他已经很不利了。所以，他此刻把官衙里的所有的人都叫到了面前，然后对着他们发火，发很大的火。

然而，不论他的怒火多么旺盛，旋眸依旧躺在床上茶饭不思。

茶昶走近旋眸的病榻之前，她便知道了他的到来。她不喜欢他走近自己，但如今倒是希望他能来探病。

她已经在病床上躺了很多天了，已经相当地焦急了。她想，阳堂亦一定是焦急万分了。

而茶昶已经轻声地问她如何了。她连欠身都做不到，只好虚弱地说："多劳殿下惦念……多谢殿下百般为旋眸请医疗疾……"

茶昶关心的话就在耳边，但旋眸听不进。她在等着他住声。她要把"病疾"的"真相"说出来。只有说出来了，她才有机会见到阳堂。

"但，旋眸的病疾并非普通大夫所能疗治。殿下有所不知，旋眸自小便有，便有隐疾……这隐疾不足为外人道去，泠家上下亦只有父亲一人知晓而已……"

茶昶自然是惊了："到底是什么样的疑难杂症，竟致名医束手无策？”

“殿下毋庸多虑，这隐疾虽不能治本，却早已有了应付之方。早年，父亲曾经派遣许多家丁出去找寻名医，为旋眸疗治盲目。医家虽对旋眸的盲目束手无策，却开了一张药方，以此暂时了结隐疾的疼痛。但因离家之时过于匆忙，未能将材料多带傍身。而如今这病发作得太过迅猛，许是因为初次离家，水土未免有些不服。幸好，药方还在身上。所以，恳请殿下恩准早衣出府采买材料，为旋眸一解缠身多日之病痛。旋眸感恩不尽！”

“这是应该的。但是，交与其他的婢女去采买不行吗？早衣毕竟是你的贴身使女。”

“正因是与旋眸自小生活在一起的贴身使女，早衣才最熟悉材料的质地与分量。况且，这药一直都是早衣经手的。”

“需要多久？”

“半日足矣。”

半日应该足矣。半日之内，早衣应该能够找到机会，避开官兵的视线，见到阳堂。不，不是应该，是一定。她能够编造出所谓“隐疾”的谎言，她有胆量欺骗茶昶皇子。她，足够机灵。

旋眸希望茶昶皇子离开。但是，他却始终陪伴在她的床前。

他担心她，担心她在“隐疾”发作的时候会很痛苦。他想尽可能温柔地照顾她，尽管，一向被别人好好照顾的他，其实并不懂得该怎样去赢得她的芳心。

旋眸不习惯，亦不喜欢茶昶的味道。这种官宦之气太过浓重的味道，给她带来了很强烈的压迫感。

在这样的时候，她便异常地想念阳堂。

她知道，在这个世上再没有第二个人能够像阳堂那样令她产生强烈的依赖感;再没有第二种味道能够像阳堂的那样令她万分怀念。怀念的时候,心里是那样舒服与温暖。

旋眸不能驱散不属于阳堂的味道,更不敢出言赶走茶昶皇子。她只求上天保佑早衣能够尽快找到阳堂,然后商量出一个计策,助她脱身。

她有些害怕。

她在祈求逃离泠家大宅的日子里,并没有想过,在终于逃离的时候,又会陷入另外一个金制的牢笼。

她不知道身边的这位声音温柔的茶昶皇子是不是表里如一,更不知道当她乞求他放她一马的时候,他是否还有成人之美的宽广心胸。

旋眸在假寐。

她不知道,茶昶在凝视她。

她很抗拒他的味道,却没有去想,他是怎样地因为她而激情澎湃。

她更不知道,因为对他的心意如此忽略,她付出了惨重的代价。

她本来应该想到的。

早衣回来的时候,脸上焕发着光彩。

她走进旋眸的房间的时候,茶昶正在饮茶。她原本想要冲进内间去告诉小姐好消息,却在茶昶的凛冽目光之下,蓦然胆寒。

她怀里抱着药材。她怕茶昶皇子亲自检查这些药材。用这些药材煎熬出来的汤药所起的作用,不过是清清肠胃。

茶昶盖着茶碗,顿了顿,说:“交与下人去煎药吧。”

“是。”早衣不敢不答应,不敢不把怀里的药材交与官衙的婢女。

“去伺候你家小姐吧。药煎好了,自然会有人送进来的。”茶昶边说边向外走。

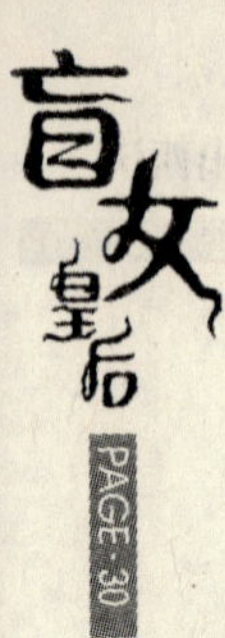

早衣深深低着头："是。"

她再抬头的时候，房间里已经没有官衙的人了。她有些颤抖地走进内间。

旋眸激动地坐起身，急急地问："早衣，你回来了！见到阳堂了吗？"

早衣心里还在抖，眼睛里看到的还是茶昶皇子那凛冽的目光。她不能告诉小姐这些，她只能对她说："药快煎好了……"

旋眸听出了不祥，顿生失落："怎么了？没有见到吗？"

"不，见到了，但是——"

"见到了？！那他好吗？他有什么办法吗？"旋眸急急地问。

早衣知道，如果自己一直这样害怕，这样颤抖，只会坏了小姐的大事。所以，她深呼吸两次，然后笑着说："小姐莫急，早衣已经见到阳堂少爷。阳堂少爷已经准备好了两匹快马，只待小姐脱离此处。"

早衣没有告诉旋眸，她在官兵的监视下行事是多么艰难。她没有说她在官兵不注意的间隙，丢下那方提前写下文字的手帕的时候，心里的恐惧有多深。

要是阳堂没有看到手帕，怎么办？要是随行的官兵其实并没有她所想象的那么简单，要是他们身后还有另外的官兵监视，要是受茶昶皇子之命监视她的官兵捡到了手帕，怎么办？

她也没有说，她在药铺的后门见到阳堂的时候，她是多么担心，药铺的掌柜会看不起她给的那块银锭子而出卖她。

她怕守在药铺之外的官兵冲过来抓住阳堂。那样的话，不仅仅是她一个人的性命危险了。

所有的事情她都不能说。她一个人担心，已经足够了。

她看到了，她的小姐的心已经略有安定。

然后，她说："小姐莫要担心，早衣一定在旁协助，不会在茶昶皇子面前露出端倪。”

早衣在说这话的时候，心是虚的。她不知道荼昶皇子是不是已经看出了端倪。

她在泠家随身伺候泠家大小姐，时间亦多半消耗在那个虽然小巧却万分精致的院落里。但是，泠家有很多“厉害”的人。那些辅佐泠玖炎的、在西沃响当当的人物，她能够在重大的节日和庆典上见到。

就算她从来没有见过那些人物，她亦会知道，这个世上的人有很多种，其中最令人感到胆寒甚至恐怖的，便是他们那样的人。

他们那样的人，在西沃有一位最为出色的代表，就是泠玖炎。

她不知道荼昶皇子是不是这样“厉害”的人。但她有机会知道。

这样的机会，很快便到来了。

机会到来的时候，本来有着预示。但是，她们却把这样的预示看成了上天的帮助。

她们本是柔弱女子。不仅如此，她们之中，一个是从小侍奉他人的地位卑微的使女，而另一个，不仅天生双目失明，还被禁锢在一个大宅子里长达一十六载。

她们和泠玖炎这样的人物相比，简直就是不谙世事的小孩。

那一夜，荼昶派遣来伺候旋眸的婢女们都不见了。旋眸和早衣两人悄悄出了房门，悄悄走向后门的路上，竟然没有遇到一个人。

官衙里，即便是平时，夜里亦应有巡逻的官兵，更何况现在荼昶皇子还住在这里。

这本是相当奇怪甚至可怕的事情，可是，她们却暗自庆幸。

她们出了官衙，顺着小巷急急地走。

小巷的尽头，有人亦有车，在等着她们。

那人已经等了她们很久。那人对旋眸的思念，丝毫不亚于旋眸对

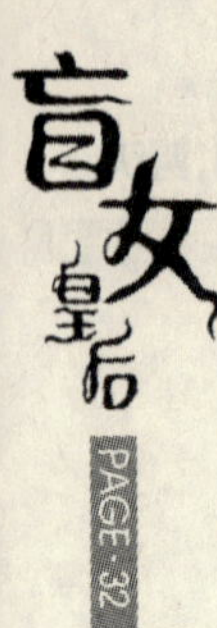

他的。那人在终于看到心上人的时候，一颗心都要爆炸了。

他在旋眸刚刚奔到近前还没有站稳的时候，便将她紧紧地拥入怀中。

旋眸有过一个小小的挣扎。在那将近十年的相处里，他从没有如此拥抱过她，他们从没有这样耳鬓厮磨过，他们从没有对彼此说过哪怕一句甜蜜的话……

"阳堂……"旋眸在哭。

阳堂的怀抱让她感到安全与温暖。阳堂的熟悉味道让她多日来的不安渐渐消散。

她已经一十六岁了，却不记得曾经被亲人紧紧地拥抱过。她的母亲一直住在那间点燃着檀香的寝室里，跪在那个蒲团上，不停地诵经。母亲对她的疼爱都融在了祷告里。而泠玖炎……她不愿意认识这个人。

"旋眸，我想你，想得好苦……"

阳堂的心很疼。若非手足兄弟冒着被泠玖炎发现然后被永远逐出泠家的危险，而派心腹快马加鞭通知了他，他还不知道泠玖炎之所以把他调到千里之外，不仅仅是要绝了旋眸的念头。

他若不迅速地赶回来，还不知道有没有机会再与心上人相见。

"小姐，阳堂少爷，"早衣急了，"我们还是快逃吧！"

早衣的话，提醒了深情相拥的两个人。

阳堂松了怀抱，说："旋眸，此时此刻时间相当紧迫，我们必须尽快地离开这里。"

旋眸轻轻地点头。

阳堂双手一托，把旋眸抱上了马车。

他们的马车一路飞驰。

路程太过顺利，阳堂不禁感到惊悚。

他不是不知道，自己要从谁人的手里，夺取冷旋眸这样绝世美丽的女子，尽管这女子原本便是属于他的。

他有这样的胆量，但却没有足够的定力，在知晓或许会遭遇到致命报复的时候，还能沉稳相对。

他狠命地抽打着骏马。

车里的早衣亦因害怕而微微发抖。

独有旋眸。

她在笑，即使飞驰着的马车把自己颠簸得厉害。但是，阳堂和她仅仅隔着一袭粗布车帘，阳堂的味道她嗅得真切。

可是，世间哪有如此便宜之事，茶昶皇子又怎会是等闲之辈？

顺利的路程是假象，绝对的假象。

阳堂和早衣只需要证实先前的假设，而旋眸却是要震惊地意识到，然后，恐惧地、真正地认识茶昶皇子这个人。

他们的马车在宽敞的大路上猛然刹住。

马惊了。而紧握着缰绳的阳堂，在好不容易安抚了惊马之后，看到了一队人马。

人马不是很多，却凛凛然，令人不禁胆寒。

坐在骏马之上的人中，只有一位是皇族贵胄，其他的都是一等一的大内高手。

茶昶坐在高高的骏马之上，冷冷地望着月光下这一辆死命奔逃的马车。

“怎么了，阳堂？”旋眸问。

问过之后，她随手一放碰到了早衣的手，却发现早衣正在剧烈地颤抖。她吃惊地问："早衣，你怎么了？"

早衣说不出话。

阳堂在和茶昶以及茶昶的心腹护卫们对峙。

茶昶不出声。

他的心腹护卫们亦没有一个人出声。

月光下，这样的场合里，只有泠旋眸越来越惊恐的声音在回荡。

"到底发生了什么事？你们为什么都不说话？阳堂，为什么马儿不跑了？早衣，你为什么颤抖得如此厉害？说话啊！……"

月光下的沉默依旧。

旋眸挡开粗布车帘，扑出马车，捉住阳堂："阳堂，你告诉我啊！"

阳堂一手紧握缰绳，一手将旋眸拥住。

他凝视着她。他必须要在此刻，将这绝世美丽的容颜深切铭记。

"阳堂，有危险是不是？我们遇到了劫匪，是不是？"

阳堂伸手轻柔地抚摩着旋眸的面庞。

旋眸蓦地住了声。

她似乎意识到了什么，却还不敢承认。

但是，阳堂敢。

他低着声，凝视着旋眸那一双异常漂亮的眼睛，说："旋眸，我们真正的诀别，到了……"

他们是两心相悦的人。他们终生最大的梦想，是和自己心爱的人长相厮守。他们亦为自己这样的梦想做出过努力，敢于触犯皇权的努力。

阳堂太清楚，这样的努力一旦失败，便要付出性命的代价。

他并不怕死，但却可惜自己和旋眸的曼妙年华。

假若他们不是泠家人，假若旋眸的画像没有被送入京城，那么，他们或许早已是神仙眷侣，或许还有机会子孙满堂，白头偕老。

“旋眸……”阳堂的呼唤，生死边缘时候的深情呼唤。

旋眸还没有回过神来。她不知道“真正的诀别”到底是什么意思，但心里已经感到了恐惧。阳堂松开了她，阳堂跳下了马车，阳堂的味道越来越远，越来越淡。可是，她抓不住他。

“阳堂，你要去哪里啊？”旋眸喊道，声音颤抖。

阳堂回头向着自己心爱的人微笑。她看不见，但他知道她感觉得到。

他看向早衣。早衣噙着泪水，点着头。她用这样的点头告诉阳堂少爷：她一定会好好地照顾旋眸小姐，不论要付出什么样的代价，她都一定会。

“你放过旋眸，我任你处置。”阳堂说。

他走到茶昶皇子的骏马之前的时候，抬着头，求这个位高权重的人。

茶昶没有说话。

但是，他的目光冷冽如冰刃，他的面容寒冷如冰霜。

他把阳堂的面容、眼睛、身形以及声音都记下了，狠狠地记在心里。

“你既然已经把旋眸带在身边，想必亦是非常喜欢她。今日之事，我愿意负上全责，我愿以一己之性命，来消却殿下之怒。”阳堂猛然下跪，“但求殿下放过旋眸！”

茶昶终于开口了，可是，说出的话，却令阳堂不由得胆寒：“你没有资格求我。”

在此地此境，谁都没有资格。

“但是，你的鲜血有资格。”茶昶说。说完之后，向一旁的护卫使了一个眼色。

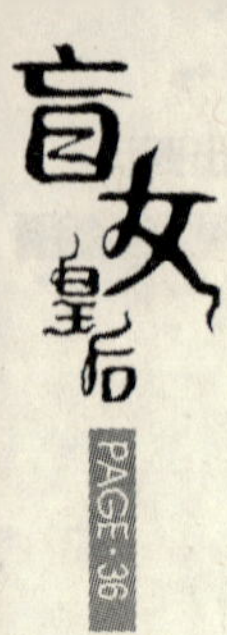

一柄长剑，坠落在地。

阳堂没有惊讶。他原本便是拼着性命走过来的。

他知道茶昶皇子等不了多久。所以，他没有停顿。他拾起长剑。

他望着长剑。

他心情凝重。他的心很疼。

他想再次回头，想最后再看一眼心爱的女子，可却又十分清楚，一旦他回头，连他的鲜血都会失去乞求茶昶皇子的资格。

他握紧了长剑。

他就要用长剑抹向自己的脖子。

“阳堂！”旋眸的呼唤十分地尖利，十分地凄切。

她是看不见，茶昶和他的护卫们是距离稍远，但是，她的听觉相当地灵敏；更何况，阳堂远离她一步，她便把心神贯注一分。

尽管听得并不真切，但却听明白了。

听明白了，那样的呼唤嘶喊出去了，她便仓皇地扑下了马车，向阳堂迅疾奔去。

早衣急急地跟去搀扶，竟是跟不上她的步伐。

旋眸循着阳堂的味道奔去，奔到了，和他一同跪在那匹高大的骏马之前。

她虽然看不见，却铮铮地抬着头。

“旋眸求殿下开恩赦了阳堂！一切都是旋眸的罪过！为求赎罪，旋眸愿做一切事情！旋眸愿意自裁，但求殿下莫要牵连无辜！”

阳堂手中的长剑，早已仓皇坠地：“旋眸，你这又是何苦……”

他知道旋眸此时此刻的心情。他想要安抚她，但却不敢。

他亲眼目睹她的面容逐渐变得凝重。

他能够感觉得到，她的心境在迅速变迁的时候，有种碎裂般的痛楚在她的心里蔓延。

“旋眸愿以速死，来一解殿下之怒！”旋眸说，然后迅速地摸索着刚刚阳堂丢落的长剑。

阳堂的速度很快。他把长剑横在自己的脖颈之上：“求殿下放过旋眸！”

他想荼昶皇子的怒气一定如火如荼，但还可以确信荼昶皇子是一言九鼎的人。所以，他必须要让荼昶皇子亲口答应。

但是，荼昶皇子的面容却始终冷若冰霜，荼昶皇子的承诺却迟迟冰冻不化。

他的身边，旋眸急了：“不，一切都是旋眸的过错，求殿下处死旋眸，放过阳堂！”

她说的同时，还在摸索着长剑。

阳堂望着荼昶。

旋眸死死地求：“求殿下处死旋眸！”

“够了！”荼昶终于开了金口，尽管这话里的怒气仍然相当地旺盛。

旋眸住了声。她仍然抬着头。

荼昶盯着那样绝世美丽的容颜，话说得狠烈：“我可以不处罚任何人，只要你冷旋眸一句话。”

旋眸的心在紧。她知道荼昶为什么来到西沃，她知道他如今到底是想要什么。

到了这种情境，她不敢再故意忽略任何事。

“旋眸已经说过，只要殿下放过阳堂，旋眸任凭殿下处置。”旋眸顿了顿，“旋眸发誓，从此之后，旋眸与阳堂永不相见！如违此誓，不得好死！”

冷旋眸于此发誓。

不思前往。

不虑后事。

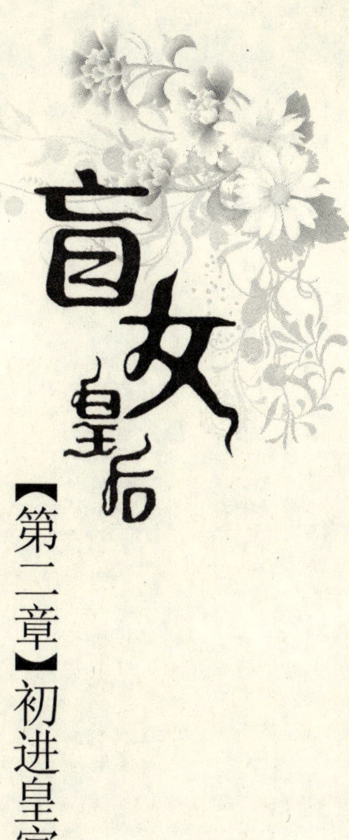

【第二章】初进皇宫

第二章　初进皇宫

茶昶皇子星夜起程。

那官衙里，没有人敢说自己知道，茶昶皇子为什么要星夜起程。

一路上，茶昶面色冷峻，只字不吐。

旋眸坐在马车里。

马匹奔驰不歇。马车颠簸厉害。旋眸一直隐忍着，直到忍无可忍。她食不知味，食物入腹片刻又要吐出。

她全身乏力，面色憔悴黯淡。终有一刻，她在马车之中昏厥。茶昶不得不暂停行程。

行程暂停，可以缓解冷旋眸的病痛，但对茶昶的前途却是绝对不利的。

茶昶心急如焚，但表面上却仍旧冷冽依旧。

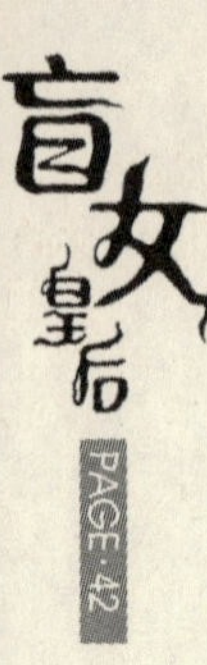

旋眸昏厥了，茶昶皇子的行驾，就地安营休息。

心腹护卫骑上一匹千里马，很快带回了一位大夫。

大夫开出的药方是很简单的，但是，给出的忠告，对如今处境的茶昶皇子来说，却是相当困难的。大夫说，病人不可过度劳累，病人需要卧床休息。

休息……原本冷若冰霜的茶昶皇子在此刻，蓦地叹气。

旋眸听不到这样的叹气。她躺在临时铺就的床榻上，不停地流着泪水。

她很痛，却不止是身体的痛。她已经再也不能嗅到阳堂的味道，已经再也不能听到阳堂的声音，已经再也不能得到阳堂的呵护……

她恨泠玖炎。假若不是他崇尚富贵与权势，阳堂怎么会被遣调出！假若他没有把她的画像送往京城，茶昶皇子哪来的机会将她带离天，带离阳堂！——永远，永远带离阳堂！

一切都是泠玖炎引起的！泠玖炎是所有事情的始作俑者！

“我恨你……我恨你……”旋眸不停地流泪，不停地这样细声说话。

她现在很痛苦，很伤怀。她听不见早衣的柔声安慰与为她向上天的祈求，她亦嗅不到任何的味道。于是，她不能知晓，有人在帐外听到了她的话语。

茶昶的脸上有着轻微的痉挛，然后他甩袖离开。

他本来是来看望旋眸的，虽然并不打算亲临病榻，可却没有想到会听到这样的话。

他知道，自己要赢得旋眸的心，在如今这种情境之下，更是难上加难。他亦想过她现在一定怨恨他，但却没有想到，在当真听到她的怨恨的时候，他竟是如此难受。

他又何尝想到，实际上，他是误会了旋眸呢。

茶昶皇子的行程继续。

旋眸的身体要想恢复到从前的状态，不是一时片刻的事情。茶昶能够命令所有人等停驻数日，已经是极大的损失了。

为了泠旋眸的康健，他所付出的代价，他能够想象得到，他身边的心腹护卫亦能够想象得到，但是，那个最为关键的当事人却想象不到。

他不是希望旋眸能够想象得到，然后体谅他。他不需要这样的希望。

全部人马再度行进的时候，马车因为笨重而被弃置了。

茶昶下令给了早衣一匹骏马。早衣一个人，一匹马。那马凶悍得很——茶昶皇子的骏马都非常的凶悍。

而旋眸虽然亦是在马上，却是被茶昶带在马上。

茶昶知道旋眸已经能够辨认得出他的味道，因此，在把她抱上自己的骏马之上的时候，他不曾发过一言。

他知道她在飞奔的马上一定坐不稳当，因此将她裹在披风里，然后绑在自己的胸口。她不能再坐在马车里遭受颠簸之苦。尽管坐在马上仍然避免不了颠簸。但是，他已经没有其他的办法。更重要的是，他必须要让她尽快地习惯他的味道。

旋眸很安静。尽管坐在骏马之上的行进所带给她的震撼，其实更加巨大。但她明白，她已经发过誓了。

这样的行程持续了数日。

京城已然在望的时候，天色已经渐渐晚去。

旋眸清醒着。茶昶的心跳在她的耳朵里怦怦作响。她不可能睡得着。

而此时此刻，他的心跳更急、更快。

他很激动。

京城是他出生和成长的地方。京城更是决定他的前程、他的命运的关键地方。他怎么可能会在看见京城的时候不激动？

他就要入城了。

在如今的情势之下，只要他及时地入了城，他的身份或许便会迅速地发生变化。他将不仅仅是一位皇子，一位被朝中大臣普遍看好的皇子。他将为自己顺利成为储君，而作出最为充足的准备……

他怎么可能不激动。

"荼昶皇子殿下驾到，还不快些打开城门！"荼昶的心腹护卫前行数步，举着一块令牌，向守城将士喊话。

那时候，因天色已晚，京城的各方城门都已经关闭。

守城将士急忙打开城门，列队出城，迎接荼昶皇子。他们虽然奇怪荼昶皇子的胸前为什么会突出一块，却谁也不敢窃窃私语，更不敢当面询问。

荼昶皇子的人马一路飞奔入城。

护卫们保护着荼昶皇子，直奔皇宫。

荼昶纵马，直奔入了皇宫。

他抱着旋眸跳下了马，然后直奔自己的寝宫，同时吩咐传唤太医。

他把旋眸解下来，放在自己的大床上。

旋眸蓦然一声轻叹。

在等待太医的时间里，荼昶坐在床沿，望着看不见他亦看不见她自己的旋眸。他看见她憔悴的容颜，听见她的不平稳的呼吸声，感觉到她的心里那样的伤痛。但是，这样的时间太过短暂。太医迅速地奉命来到。

在等待太医的诊断结果的时间里，茶昶仍然坐在床沿。

旋眸想睡觉，可是，茶昶的味道太过浓重。她觉得自己的心还在骏马上晃悠，觉得自己的身体还在路途中颠簸。

太医说，实因路途劳累，并无大碍，宜多多卧榻静养。

茶昶问，旋眸的眼睛可有医治之方?

太医摇头，说，请恕老臣无能。

茶昶无奈。但旋眸的身体毕竟无碍，他可以放下心来了。心是放下了，却依旧吩咐太医每隔三个时辰，便来诊脉一次。

太医退去，茶昶下令准备药浴。泡药浴，可迅速退去疲累。

药浴两盆，都摆放在茶昶的寝宫里。两盆中间隔着一道屏风，内为旋眸，外为茶昶。

旋眸由婢女们搀扶着踏进浴盆里的时候，隐约嗅得到茶昶的味道。

他立在屏风之外，等待婢女们向他回报已经安置好了旋眸。

他把所有的婢女都遣退的时候，药浴的雾气正散得欢。

药浴的香气很浓。旋眸的鼻翼轻翘。嗅觉，被这样的香气完全占据了。

药浴的效果很好。旋眸感觉到了万分的舒服。她还从来没有这样舒服过。然后，她逐渐地沉入了梦乡。

数日来几乎不眠不休地飞奔，她没有严重地病倒，已经是万幸了。她睡着了，睡得很沉，连何时出的药浴都不知道。

她醒来的时候，天色已然大亮。但她猛然想起的，并不是去感知明亮的白昼。

旋眸迅速地抓住被子，死死地抓住。她不知道，是不是一整夜自己都这样不着寸缕。她更不知道，她到底是怎样出的浴盆，然后躺到床上去的。

她惊讶。她恐惧。她羞怯。她无所适从。

当终于恢复灵敏的嗅觉的时候，她才蓦然惊觉，这床上并非仅有她自己的味道。

“您醒了？要现在梳洗吗？”一旁有声音在响。

尽管这声音轻细而恭敬，但是，旋眸仍然被惊了。她的声音很急，很慌：“你是谁？”

“奴婢是奉命侍奉您的宫女。”

“奉命？奉谁的命？我在哪里？”

“奴婢奉的是荼昶皇子的命令。您现在是在荼昶皇子的寝宫里。”

“那么这床……”旋眸不愿意接受这一切，声音变得更急更慌，“早衣呢？早衣！”

“您是要传唤随您一起进宫的婢女吗？她不幸染了风寒，现正在太医院接受诊治。”

旋眸突然觉得胸口很闷：“早衣怎么可能会感染风寒？我的身体都无大碍，她又怎么会病倒？荼昶皇子在哪里？”

她知道，在这个皇宫里，她只认识荼昶，她要央求荼昶务必帮助她找回早衣。她和早衣从小便在一起，她根本无法想象，有一天若是早衣不在她的身边，她的生活会变得多么糟糕。

“荼昶皇——”

“你醒了，旋眸？！”这声音打断了宫女的回话。

这声音的主人，挥手示意宫女退出他的寝宫。

他刚刚从他的父皇那里回来。他的父皇刚刚赏赐了他一顿训斥。

他私自出宫，又有意隐瞒行踪，害得父皇想要尽快地找到他都比较困难。更何况，他还将一名民间女子擅自带进宫廷。

他跪在父皇的脚边，一边谢主隆恩，一边在为旋眸担心。所以，他很快地回来了。连如今朝廷的局势都还来不及弄个清楚，便回来了。

回来之后，看见旋眸已经苏醒，心是雀跃的。雀跃得暂时忘却了自己的处境。

“有没有哪里不舒服？”荼昶急急地问，“太医前来诊过脉了吗？用膳了吗？”

旋眸有很多话要说，但在此刻却都堆在腹内。闷闷地堆着。

她想找早衣，想有人陪伴在身边。可是，荼昶不停地问，不停地说。她不敢得罪他，但她讨厌他。

她还一只手死死地抓着被子，她还一只手胡乱摸索着，想要快些找到自己的衣裳，她想尽快地离开这个有着陌生味道的地方。她知道自己为什么会如此急迫。

“旋眸，你在找什么？”荼昶已经走到床边了，“告诉我，我帮你拿。”

旋眸终于忍无可忍：“你走开！”

荼昶下意识后退了一步。他看见旋眸惊慌的面容，看见她死死地抓住被子的裸露着的手臂，蓦地明白了什么，急忙说：“你不要担心，其实昨晚——”

“住口！住口！”旋眸哪里听得荼昶把话说完。她这样喊的时候，硕大的泪珠沿着面颊往下滚落。

荼昶想要亲手接住那些晶莹的泪珠。他想要告诉旋眸，他是万分地不希望这一双漂亮的、看来和常人无异的大眼睛有任何的损伤。可是，恰恰就是这泪珠，阻止了他的想要。

他在心里轻轻地叹息。

旋眸还在落泪，看不见光明的大眼睛里，蕴藏着强烈的恐慌与羞耻。

荼昶一步步地离开。他没有说话，他知道她能够感觉到他的离开。

他走到寝宫外的时候，吩咐宫女把已经准备好的云裳送到床边。

旋眸站在茶昶宫里。

茶昶不在。这些日子，他很忙，很少回来寝宫。但他对旋眸的一切了如指掌。旋眸知道。

如今，她的身子已然大好了，却仍旧没有见到早衣。宫女告诉她，早衣仍在太医院。

旋眸不想待在这个寝宫里，一刻都不想了。尽管奉命侍奉她的宫女极力地劝阻，她仍旧摸索着走向那个风口。

风可以自由出入的地方，是茶昶寝宫的大门。

她的心情很急迫，脚步踉跄得更甚以往。宫女急急地跟着搀扶，竟是搀扶不到。

她已经奔到门口了。她扶着门框，稍事喘息。

宫女已经跟上来了，已经扶住她了，她竟一把甩开了宫女，愤愤地说："放开我！"

那宫女一脸的惊愕，慌忙低首后退。

旋眸迅速地向外奔，却急中出错，没有顾及到那门槛。她被绊了一下，眼看就要摔倒在地了。

却蓦地，伸来了一只手臂。

"小心！"一人说。

这人不是茶昶。

茶昶的味道，旋眸还辨认得出。这人的味道，尽管是同样的官气浓重，却令旋眸的鼻翼痉挛。她嗅到这样的味道，心里很难受。

她猛然挡开了他的帮扶。但是，她阻止不了他的话语出口。

"哟，新来的？好大的脾气！来了多久了？怎么一点都不懂宫里的规矩？茶昶在哪里？他是怎么调教自己的宫人的？"好盛的气焰。

旋眸立在一旁。而宫女们已经慌张下跪了："奴婢参见谦亲王！"

"谦亲王"是大皇子的封号。

皇帝希望，这个虽为长子却是十五位皇子之中最不成器的一个儿子，能够学会谦和地对待别人。但是，这位谦亲王行事荒诞、为人跋扈，到了如今不惑之年，不仅丝毫没有收敛，而且更胜年轻之时。皇帝不是不忍心下令对他稍加惩戒，可是，他的皇后在临终之前唯一的心愿，便是希望皇帝能够照看好她的孩子。那温柔端庄的司寇皇后并不是他最心爱的女人，但却是他这一生中最为敬重的人。

"你的主子呢？本王来了，他也不出来？"谦亲王盛气凌人地说。

"回谦亲王，七皇子不在宫中。"

"不在？"那谦亲王色迷迷地打量着旋眸，"你叫什么名字呀，美人？"

"回谦亲王，她叫旋眸。"这不是旋眸的话。旋眸的心里还在难受。

宫女的这话甫一出口，便惹得谦亲王一顿训斥："问你了吗？要你多嘴！"

宫女慌张地叩头："奴婢该死！"

那谦亲王不耐烦地挥挥手。宫女不敢违抗，只好退下。

旋眸能够感觉到，如今在这个宫门口，只剩下她和这位所谓的谦亲王了。她想离开，但她不能。

谦亲王凑近了她，说："美人，跟本王走吧！本王是皇上的长子，也是最早被封为王的皇子，将来的皇位也必是本王的。跟着本王，你便会有享用不尽的荣华富贵！来，跟本王走吧，从此，你就是本王的宠妾！"

他竟来抓旋眸的胳臂。

旋眸猛地向后撤，用力太猛，以致自己向后倒去。那谦亲王竟顺势行搂抱之实。

仓皇中，旋眸大喊救命。可是，这宫里的宫人们，谁又敢冒犯谦亲王呢？

恰在此时，传来一声厉吼："住手！"

这声音浑厚而苍老。但是，这声音里蕴涵着的威慑力，却是无比的强大。谦亲王绝不敢不理会。他迅速地放开了旋眸，迅速地整理衣裳，迅速地低头，迅速而小心地说："父皇……"

皇帝很生气："你这不成器的东西！还杵在这里做什么？滚！"

"是，儿臣告退！"谦亲王仓皇退却。

皇帝的怒气还在。他不过是在宫里随意地走走，竟碰到这样的事情。有些人该给予适当的惩罚，并不仅仅是因为不成器。

他拿眼扫了一眼旋眸，就要继续走他的路，却不由地停住脚步。

停住的原因不只一个：这"宫女"的美丽是一方面；这"宫女"不懂宫里的规矩，见了皇帝竟不下跪参拜，亦是一方面。但是，最主要的却是，这"宫女"从地上起身的时候，竟双手摸索着，无助地摸索着。

他的年岁已经很长了，更何况，他还是一国之尊。他本不该如此惊讶与好奇。但是，他却不仅是停住了脚步，还伸手在旋眸的眼前晃了晃。

他不禁叹息。如此漂亮的大眼睛，可惜了啊……

这皇帝竟亲自将旋眸搀扶起来，并且柔声问："小姑娘，你没事吧？"

旋眸还在惧怕当中，对身前这样慈祥的声音还没有任何的认知。她仓皇地甩开皇帝的搀扶。

有太监厉声斥责，但皇帝却示意太监退下。

"小姑娘，你是何时进宫的？谁人带你进宫的？"

皇帝这样问，并非是想谴责谁，尽管做出将一名盲女私自带进皇宫这种事情的人，本该接受处罚。他还没有想到，眼前这个盲女，实际上便是茶昶带回来的民间女子。

他只是看见了旋眸的惧怕。他仅仅是想安抚一颗被他那不成器的儿子惊吓了的心。

而旋眸却摆动着头颅，无助地摆动着。似在摇头，又似在寻找什么。

“茶昶何在？”皇帝突然凛声问。

他是在问茶昶宫的宫人们。那些宫人早已跪了一地了。但是，他们之中，没有人能够回答皇帝。他们都战战兢兢地跪着，同时期望他们的主子尽快地回来。

皇帝生气了：“速传茶昶到御书房见驾！”

茶昶宫的掌事太监惶惶地叩头。

皇帝离开的时候，回头看了一眼旋眸。

茶昶匆匆地赶回皇宫，赶到御书房。

他知道他的父皇正在气头上，所以脚步小心，说话也小心：“儿臣参见父皇，父皇万岁万岁万万岁！”

“茶昶，你可知罪？”

茶昶急忙说：“儿臣有罪！儿臣未曾禀报父皇，便私自出宫，远去边陲，是为大罪！儿臣归来，却将一名窈窕淑女藏掖寝宫之中，更是罪上加罪！求父皇严惩儿臣！”

这一席话，使得皇帝有些错愕。但是，这皇帝很快地明白了，他宠爱的皇儿是何等聪明。

“好个茶昶皇儿！”皇帝笑，“你既求惩，朕偏不惩你！朕问你，你寝宫里的那个小姑娘，便是你带回来的窈窕淑女，是吗？”

“正是她，泠旋眸。”

“她姓泠？！”皇帝在迅速地思索，“她是不是边陲西沃巨贾泠氏家族的人？”

荼昶很惊讶：“父皇何以知晓？”

“那么，她和泠氏如今的当家人泠玖炎是什么关系？”

“旋眸正是泠玖炎的亲生女儿。”

“哦……”皇帝在沉思。

荼昶不禁问：“父皇如何知道泠氏？”

在荼昶的认知里，泠氏家族充其量不过是边陲西沃的一方之霸，怎能有幸得到皇帝的注意？

他并不了解泠氏的底细。他并没有真正认识到，泠玖炎带领着的这个巨大家族，所能产生的影响。

“你日后便知。”皇帝缓缓地说。

荼昶不明白，亦不敢再问。但是，皇帝却突然地问他：“你为什么会去西沃？难道你在去之前便已然知晓西沃有位窈窕淑女？”

皇帝的话没有说完。但是，荼昶心里很惧怕。

在御书房内窃取秀女画像这样的事情，一旦东窗事发，后果将不堪设想。尽管他已知道，旋眸并不是待选的秀女，花名册里更没有她的名字，她的画像之所以会出现在御书房，不过是太监的错手所致。但是，事实的真相并不重要。重要的是，他擅自取走了御书房里的一幅画像。

他当时若能稍稍思考一下，也许便不会做出这样的事情。他完全可以请求父皇，将这个“秀女”赐给他做妃子。

然而，后悔已经无用。他只得迅速地编造谎言：“儿臣早就听说边陲西沃风景秀丽，一直都很想去游赏一番。而泠氏家族在西沃是赫赫有名，儿臣能够结识泠玖炎亦不足为奇。父皇，儿臣对泠旋眸是一见倾心，故而斗胆将她带回京城。儿臣处事有所不周，但求父皇看在儿臣的一片痴心上成全儿臣！儿臣给父皇叩头！"

茶昶响响地叩着头。他的乞求成功了，因为他的父皇一直都十分疼爱他。

那皇帝点着头，却很轻很轻地说："年轻啊……"

茶昶喜出望外。他以为事情就这样解决了。却不料，他的父皇还有话。

"你可以纳她做妾，但决不可以娶为正妃！"皇帝很严肃，不容置疑的严肃。

茶昶的欣喜猛地从顶端掉入低谷。他原本早就应该想到，茶昶皇子的正妃，怎能是一位被私自带进皇宫的女子呢，更何况是一位双目失明的女子！

他在告退的时候，神情是黯淡的，心情是沮丧的。

他还不知道，在回到寝宫之后，该以什么样的面目面对旋眸。他需要时间来好好地思量。

但是，有人不给他足够的时间。那人在他离开御书房之后没走几步的地方，截住了他。

"七弟，借一步说话。"那谦亲王把茶昶拉离御书房，面上堆着笑，"大哥想跟你商量件事。"

茶昶感到疑惑。他不知道冷旋眸企图逃离皇宫，更不知道随后发生的事情。

那时候，他正坐在户部尚书司寇大人的府邸里。当时，他连皇帝为什么要如此急迫地宣召他回宫见驾都不知道。

"大哥有事，不妨开门见山。"茶昶说。他说话的时候，脑子里全是皇帝的话，并没有多想其他。

但是，谦亲王一开口，便把茶昶说得一阵愣怔："七弟寝宫里是不是刚来了一个宫女？"

"大哥你……"

"七弟年纪还小，连正妃都还没有娶呢，这侍妾嘛……七弟，大哥也就不拐弯抹角了，这么说吧，你寝宫里那个新来的宫女名叫旋眸是吧？大哥我想向七弟你讨这个人。"

茶昶的心里，立时升腾起一把怒火。他双目含怒，盯着谦亲王，说："大哥身边妃妾成群，怎地又来惦记愚弟的宫女！"

他甩袖，急欲离开。但是，谦亲王偏不放过他："哎！七弟莫走啊！不就是一个宫女吗，七弟何必动怒？咱们可是亲兄弟！"

"亲兄弟？你要是真记得我是你的亲兄弟，还会惦记着我的女人吗？！"

"你的女人？哎，七弟，难道你和她已经……"

茶昶的眼神好狠，他的话亦好狠："我可以肯定地告诉你，冷旋眸是我茶昶的女人，这一辈子都是！谁要打她的注意，便是和我茶昶为敌！"

谦亲王不由得怔了。但是，他并不打算就此罢手。他是皇帝的长子，如果皇帝一日晏驾，他还可以用"长兄如父"的教条来训斥茶昶。但是如今，这个年少气盛的七皇子仗着皇帝一时的宠爱，竟然如此傲慢无礼。

他望着茶昶远去的背影，冷笑一声。

谁又可以肯定，他的手里没有王牌呢。

茶昶的模样，好阴，好冷。

茶昶宫的宫人们，都禁不得胆战心惊。除了旋眸。

旋眸正站在窗前扶着窗框，吹着冷风。

她很紧张。她的全身都在警备当中。茶昶刚一走近，伸出来的手还没有触摸到她的时候，她便猛然转身。

“滚开！”

旋眸声音里的尖利，刺痛了茶昶的心：“旋眸，是我……”

“是你又怎样？你以为你是谁？你对我来说，不过是一个陌生人！我曾经把逃离冷家看成是我这一生最大的希望，曾经把你当成救命恩人，可是没想到，当终于脱离了冷家之后，我竟又落入了一个更加牢固的黄金牢笼！如此说来，茶昶，你是我要愤恨的人，比愤恨那个冷家的人还要愤恨！”谁能解开她心里的结，谁能熄灭她心里的火呢。

“旋眸，我也是无可奈何的啊！”茶昶的心里在涌着什么。

“什么叫无可奈何？你有足够的权力成全我和阳堂，可是，你却逼我发誓，逼我和我所爱的人永远分离！你何来的无可奈何？你知不知道阳堂对我来说有多重要？你知不知道，他对我来说意味着什么？不，你不知道！你不知道，他是这个世上我唯一愿意依靠的人！你不知道，我们相处十数载，已经产生了无可匹敌的默契！我们珍惜着彼此，渴望着彼此！可是，上苍竟如此残忍，把你派到了西沃，拆散了我们！”旋眸的泪水流淌不息，“阳堂的味道是我此生的依赖，他与我分离得愈远，我对他的想念便越发强烈，对他的味道的依赖便越发地强烈！你的味道，你强迫我接受的味道，我不喜欢！不喜欢！”

茶昶心里涌着的东西冲出胸膛了：“你不喜欢也不可以！你冷旋眸如今是在我茶昶的寝宫里，此生注定了是我茶昶的女人！”

茶昶的话好狠。

茶昶的力道好大。

茶昶拦腰抱起旋眸的时候，眼神好凶……

散乱的衣服，散乱的佩饰。

旋眸躺在床上，茶昶的床上。

她自来到皇宫便睡在这张床上。她本来已经对这张床熟悉了。可是，此时此刻，她却对它感到那么的陌生，甚至万分厌恶，甚至极端恐惧。

她的泪水流淌在这里，她的贞洁流失在这里。

她终于知道，那一晚，荼昶或许是和她睡在同一张床上，也或许是睡在别的地方，但她自己并没有失去过什么。那样的痛楚，即使是在熟睡之中，亦不可能毫无感觉。

但是如今，她已经为自己幼稚的愤怒，付出了最为惨重的代价。她已经如他所说，成为了他的女人，真正的女人。

他要这样来惩罚她的愤怒与对他真诚心意的不了解、不接受。他不仅仅是如此做了，他还在她还流淌着泪水，仓皇地躺着的时候，将一块烧得通红通红的烙铁，当成了怒气的载体。

那一块烙铁虽小，但烙在人的皮肤上，还是万分疼痛。可是，荼昶在手执那烙铁往旋眸的右脚踝上烙的时候，竟是没有丝毫的犹豫。

那灼热，令旋眸的踝骨好痛；那耻辱，令旋眸的心好痛。

可是，那荼昶竟望着还冒着热气的脚踝部位，撂下咬牙切齿的话："你冷旋眸是我荼昶的女人！这已经是铁一般的事实，谁都不能否认，谁也没有机会改变！"

此刻的旋眸终于清楚地知道，她把荼昶皇子低估了，把他的心肠低估了。

但是，她还有能力不让他完全主宰自己。她不过是借他之力逃离冷家。她没有把自己卖给他。她的命，是她自己的。她动不了身，但还能够握住发簪。

这一支发簪是她从西沃冷家带来的。她只要令它发挥了另类的作用，她便和冷玖炎再无瓜葛。

金制的发簪，锥形的发簪。她在自己被强迫的床上摸索，摸索到了它。

她握紧了它。然后，她猛地刺向自己的心窝……

她本该早些这样做。

早些这样做了，她便不会流淌如此之多的泪水，便不会遭受轻浮之流的戏耍，便不会令自己陷入空前的恐慌与孤单之中，便不会失去珍贵的贞洁，便不会负了阳堂……

阳堂是何等好的人，阳堂对她是何等的疼爱，阳堂对她的想念是何等的强烈，阳堂和她的默契是何等的无与伦比……她竟负了这样的阳堂！

她还有脸面活在这个世上吗？！即使以后有机会再见阳堂，她还有颜面面对他吗？！

发簪十分尖利。可是，它却没有发挥出那另类的作用。

有人身形疾似闪电。看见旋眸就要自尽的时候，他的人还在数步之外，但当他奔到床边的时候，旋眸手中的发簪的尖端，竟刚刚触到皮肤。

那手，抓得旋眸的手腕生疼。

“你想死？！”茶昶低低地吼。但是，这吼声却微颤。

旋眸听不出这微颤。她能够听出的，是茶昶的跋扈。他竟连死亡的机会都不肯给她。

她拼却力量，竟是挣不开他的手。她感到了极大的屈辱，反吼回去：“命是我自己的，我想如何处置，便如何处置，关你何事？！”

“是不关我事，但却关西沃泠家的事！”

旋眸的心猛地一抖：“你什么意思？”

“我什么意思，难道你会想不明白吗？”

“你堂堂茶昶皇子的心思，我一个生于偏远地方的乡土女子又怎能听得明白？！”

“既然你执意不承认，我也无意拐弯抹角。我可以明明白白清清楚楚地告诉你。”荼昶的目光一如刀刃，“你想死，可以！但是，你死之后，我发誓，不出七日，整个西沃冷氏便会家破人亡！”

旋眸的心陡地向下沉：“你当真要这样做？”

“我荼昶皇子向来一言九鼎！”

“你要怎样对付冷氏，是你的事！难道你一直认为冷玖炎是我的父亲？不，你错了，冷玖炎决不是我的父亲！我的父亲不会长年冷落我的母亲，不会把我禁锢在一个大宅子里长达一十六载！”旋眸的心，在记忆中疼痛，“冷玖炎是生是死，都与我无关！西沃冷氏是存是亡，也都与我无关！”

荼昶冷笑一声：“这可是你说的！”

旋眸的心，颤抖得十分厉害。

荼昶把手放开，让旋眸有机会再次握住那发簪。但是，他还有话：“发簪还你。既然你的心意如此决绝，既然你对西沃冷家的感情竟是如此淡薄，我发誓再也不会阻止你。这寝宫里所有的人都不会阻止你。但是，你可要想清楚了，你的死，将会带来整个冷氏家族的永远灭亡。冷玖炎会死，你的母亲、那美丽的银痕小姐，也会死。”

荼昶的话真毒。

荼昶的心真毒。

荼昶离开的时候，脚步却沉重。

旋眸再次握住了发簪。但是，她的手在抖。

她不用去恨别人。她连恨自己的时间都很紧迫。

她不仅低估了荼昶的心肠，还低估了他的权力。

发簪的尖端向下。旋眸的手还在抖。

真的不顾冷家的存亡吗？真的……

冷玖炎的生死是与她无关，可是，母亲呢？将她带到这个世界上的母亲，在一间冷清的寝室里过着拜佛念经的清苦日子的母亲，又为什么要遭受她的牵连呢？

发簪仓皇掉落，掉落在曾经冰清玉洁的肌肤上。

如此的冰冷。

如此的颤抖。

如此的无所适从。

茶昶宫里很安静。茶昶的心腹护卫门神一般站在宫门外，把这宫殿，把这宫殿里的人保护得丝风不入。

旋眸躺在床上养伤，养了很久。在这段时间里，宫女们把她当成未来的女主子一般伺候着。但是，茶昶连一面都不曾露过。

他很忙。

前些时候很重要。江南一带叛军肆虐，十位成年皇子之中多半都争当将军前去平叛。

诸多皇子之中，还没有谁有过可观的建树，如若不是生为皇室子孙，哪里来的如此荣华富贵？但是，此番一旦哪人建立赫赫军功，朝中还有谁人胆敢小觑其能力与地位？

而在如此可贵的机会到来的时候，茶昶竟然不在京城。他的舅父、现任户部尚书司寇大人八百里加急为他送去了消息，可当他紧赶慢赶终于赶回京城的时候，四皇子已经争到了帅印，领军出征了。

失去了建立军功的机会，但还可以在四皇子凯旋归来之前，先行笼络住朝中文武百官尤其是父皇的心。

何况，四皇子能否凯旋归来，尚是未知之数。——这个，茶昶敢想。但是，如果四皇子兵败，那么后果……——这个，如今的茶昶还不

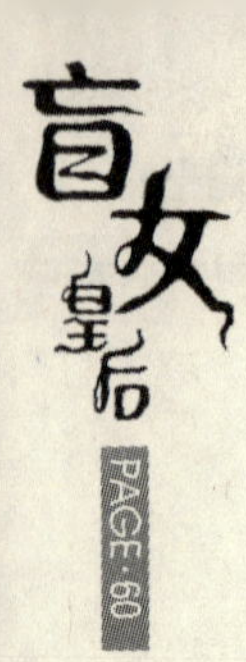

敢想。

尽管，“何况”与“但是”所指的，其实是同一件事情。

旋眸抚摩着右脚踝的内侧。那上面有字，字体很小。但是，每一笔、每一画，都清清楚楚。她认得。

泠玖炎禁锢她的手足，却为她请了很多的老师。这些老师教授她琴棋书画，但她能够学得会的，亦只有琴与书。别人学写的文字都是用毛笔写在纸张上的，而她学写的文字，却都是泠玖炎下令一一刻在木板上的。泠玖炎还亲自检验过。

所以，当把脚踝上的两个字摸个清楚的时候，她切齿地恨泠玖炎。她是天生双目失明的人，对文字本该无从认知。

前方的战事吃紧，四皇子的军事才能，似乎并不足以对付那些反叛作乱的人们。那些先前没能争上将军之位的皇子们，如今更是忙上加忙。

荼昶住在户部尚书的府邸里。

旋眸的伤势已经痊愈了，可是，荼昶还没有回来。但这并不表示，荼昶宫里的人们过着的便是绝对平静的日子。这不包括人的心态。

那年老的皇帝因为国事的繁忙与体力上的不支，已经难得在皇宫里随意走动了。来到荼昶宫的人，亦不是那曾经带给旋眸以惊吓、带给荼昶以愤怒的谦亲王。

这人的味道，和旋眸已经认识的任何人的味道都不相同。这人的气势甫一出现，便震住了荼昶宫所有的宫人们。

这人不是皇子，却比旋眸已经熟悉的七皇子和皇帝恨铁不成钢的谦亲王，都要具有皇家的气势。

茶昶宫里所有的人，除了旋眸，都惶惶跪地，高声山呼："给宇霓公主请安！公主千岁千岁千千岁！"

宇霓是这皇宫里唯一的一位公主。皇帝一生龙子盛隆，却直至知天命之年才幸得一女。而此女自一出生，便拥有了父皇、十五位皇兄皇弟以及后宫诸多嫔妃的共同宠爱。她所拥有的，是这个国家里最为昂贵的，亦是最高不可及的。

而如今她来到茶昶宫，却是因为想要知道，究竟是什么样的女子，能够令茶昶皇子奉若至宝万般珍爱，不仅斗胆将之藏匿在寝宫，而且不惜冒犯谦亲王。

旋眸还不知道，自己竟已成了宫闱之中相互传说的对象了。

她只是在这位公主一声不吭的打量下，微微地颤抖。她不是没有听到宫女、太监和护卫们的参拜声，但却一时忘记了行礼。直到奉命贴身伺候她的宫女轻轻地碰触着她，提醒她，她才带着些许惶恐地双膝跪地，向着这陌生味道的来源参拜。

她跪着，却是很长时间都不能起身。这公主依然一声不吭地打量着，打量得自己兴趣盎然。

旋眸只好再次说："民女泠氏旋眸参见公主殿下！殿下千岁千岁千千岁！"

宇霓公主终于开了口："你的眼睛，真的看不见吗？"

"回公主，民女先天双目失明。"

宇霓公主微微扬着眉，问："你是西沃巨贾泠玖炎的女儿？"

旋眸不想回答，却不能不回答："是。"

"听说你们泠氏一族在西沃称王称霸，连官府都要礼让你们三分，是这样吗？"

"公主言重了。"

"那么,为什么你的父亲冷玖炎会这样不清不楚地把你送进皇宫?哦,不,应该这样问,我的七皇兄不清不楚地把你从边陲西沃带回京城,难道冷玖炎——听说冷玖炎不仅有能力把冷氏打理成边陲巨贾,而且生得英俊潇洒,娶的妻妾亦都是西沃万里挑一的女子,是这样吗?"

旋眸低着头,没有回答。

宇霓微微地笑:"你不用不好意思,就当本公主没有问过好了。冷旋眸,本公主想要知道,你希望嫁给荼昶皇子吗?"

旋眸依旧不回答。

"冷旋眸,你可要听清楚了,嫁给荼昶皇子之后,便是我宇霓公主的七皇嫂,而且还有希望成为未来的后宫之主,母仪天下!"宇霓依旧微微地笑,"你不回答,是因为羞涩吗?可是,羞涩帮不了你什么。你初来乍到,对这皇宫里的事情或许一无所知。我不妨告诉你,你想要成为荼昶皇子的正妃,其实是一件相当困难的事情。即使冷玖炎把冷氏全部家当都赌上,你们都未必能够达成所愿。你想知道为什么吗?"

旋眸依旧跪着,依旧没有回答,但这并不表示她的脑子亦在沉默。她已经感觉到,这宇霓公主的来意似乎不善。

"你不要以为你不说话,便是以不变应万变。"宇霓用自己的表现,让旋眸肯定了自己的感觉,"我宇霓公主向来讨厌拐弯抹角,今天在这里,我便把话挑明了。首先,皇子的正宫娘娘不可能是一位双目失明的女子,即使是你生得绝世美丽,艳冠群芳;再次,你不清不楚地进宫,已经犯了皇宫的大忌。荼昶皇兄假如是真的想要娶你为妃,不可能忽略这一点。而如果连荼昶皇兄都只是把你当成一时的新鲜玩物,你若想成为皇族中人,更是难如登天。所以,我劝你趁早打消这个念头。不如这样,你写一封信,我派人快马加鞭送到西沃冷玖炎本人的手里,让他尽快进京接你出宫。"

旋眸虽然难以摸清楚这宇霓公主善变的语意，却决定放手一搏。决定的时候，她的脑海里全是阳堂的身影，她的鼻翼里充满着阳堂温柔的味道，她的心里满溢着曾经的万分默契。

她深深地鞠躬，恳切地说："求宇霓公主助我逃出皇宫！"

"你，你说什么？"宇霓公主的惊讶在所难免。她原本以为，旋眸会为自己不正当的进宫事件找寻百般解释，会为父亲泠玖炎不惜赔上亲生女儿来巴结茶昶皇子，以达到不可告人目的的行为，千样开脱。

"假若宇霓公主能够帮助旋眸逃出皇宫，旋眸发誓，此生必会为公主殿下日日烧香祈福，来世必将做牛做马，肝脑涂地，以报答公主殿下的此番恩德！"旋眸的语气很坚定。

宇霓公主突然冷笑了一声："本公主险些着了你的道儿！你以为你这样说，便能撇清你入宫的不纯目的吗？不过，既然你已经开口求本公主了，本公主定然不会置若罔闻。"

"多谢公主殿下成全！"旋眸说得诚心诚意。

宇霓公主虽然并不相信旋眸这样的诚心诚意，但心已经开始晃悠。

还有一点：如果真的帮助旋眸出了皇宫，她该怎么向茶昶交代。

宇霓公主不用费心去想"交代"了。她身为皇帝唯一的亲生女儿，自然会有人帮她出头。

她要带旋眸出宫不需要偷偷摸摸的，她可以光明正大。但她还不能肆无忌惮得连茶昶都不知会一声。她不能说带走便带走。

至少，她的脚步刚一离开茶昶宫的时候，便有人飞速赶去户部尚书府。茶昶的心腹护卫都是奉了严命的。

茶昶迅速赶回寝宫的时候，旋眸正将那支金制的发簪往发髻上插。他看见她的身影，暗自舒了口气。

他走到她的身边，轻声说："我帮你挽髻吧！"

那支尖端锋利的发簪蓦地坠地。

旋眸太沉溺于自己的幻想，以至于忽略了身边这强烈味道的逼近。

“你怎么了？”茶昶捡起发簪，装作无意地问，“刚刚，你在想什么？”

旋眸的心逐渐变得冰冷。他到底想怎么样？他会违背自己曾经的誓言吗？

“宇霓跟你说什么了？她还是小孩子，又是金枝玉叶，平日里娇生惯养的，语气可能有些冲，你不要介意。”

“旋眸岂敢！”旋眸退开，距离茶昶远远的。

她不用顾及他会怎么想。她只问：“能告诉我早衣的情况吗？”

她已经猜想过了，早衣或许早已不在人世了。茶昶能够在她身上烙印，他还能有什么事情是做不出来的。

“早衣还在太医院里接受诊治。”

“你以为你这样的借口还有用吗？还是因为我是一个盲人，所以你便如此肆无忌惮地欺辱于我？”旋眸早就动气了。

茶昶突然变了脸色：“冷旋眸，你不要得寸进尺！我可以对你和颜悦色，也可以提刀将你砍杀！”

不，这颗心里不是真的这样想的。它的主人只想对旋眸和颜悦色。他从不曾真正想过要将她砍杀。即便这样说了之后，心还在微微抽痛。

“你既然已经有了这种想法，为什么迟迟没有动手？你以为我是惧怕死亡的人吗？”

“这么说，你是希望冷氏家族从此在这个人间永远消失了？”

旋眸心里在阵痛：“你什么意思？你不是说过我如果自尽……你不是一言九鼎的人吗？你茶昶皇子不是从不食言的吗？”

“我是一言九鼎的人，我茶昶皇子从不会食言，只是你并没有真正了解我的意思。我不妨明明确确地告诉你，不论是自尽，还是他杀抑或病死，只要你死去，西沃冷氏便没有存活下去的理由！”

“你，你不能这样做！”旋眸控制不住地嘶喊。

她的眼前是一片绝对的黑暗，可是，她却“看”得清楚：冷氏家族数百条人命，在她的面前陆续横死。而这样的罪孽，却都是因她一人而起。

她不是心疼每一个人。她甚至不曾对冷家那些长辈们真真正正地行过家礼。那些家族里的称呼，什么祖父，什么叔父，什么堂公……她甚至不曾喊出口过。

在冷家，她只在乎一个人。她并不在乎自己的命，可却万分珍惜这个人的命。

这个人是可怜的人。这个人作为冷家真正的女主人，却长年住在一间小小的寝室里诵经念佛。冷玖炎自恃英俊潇洒，呵护红颜，可却把这样一位绝顶美丽的女子长年冷落。

冷玖炎即便是死一千次一万次，都抵不过这个人的命！冷家数百条人命都抵不过这个人的命！

“我要怎么做，还要经过你的同意吗？”茶昶的话好狠，茶昶的面容好狠，“我再次提醒你，你可要记清了：你最好万分珍惜自己的性命，否则，冷氏家族数百条冤魂，便会纠缠你生生世世！”

“茶昶，”旋眸的手在抖，旋眸的心在抖，“你好狠的心哪！”

茶昶蓦地住了口。

旋眸还在抖。

茶昶突然抱起了旋眸。

“你放开我！”旋眸死命地挣扎。

“不许动！”茶昶的声音好严厉。

旋眸知道，她的挣扎是不会有用的。她把脸儿侧开，却遭到茶昶又一声厉喝：“不许躲！”

她只得任他摆布。可是，他的双唇无比灼热，他咬住她的唇瓣的时候，似乎有水珠流淌下他的脸颊；他把她整个箍在自己怀里的时候无比霸道；他一件件撕扯她衣裳的时候，无比猖狂……

她不知道，不知道为什么会这样。他明明那样跋扈那样无情那样狠毒那样可憎，可是为什么在亲吻她的时候却又是无比地温柔而小心？是她感觉错了，还是其他的什么？

茶昶立在御书房里。他在求他的父皇开恩。他的那位骄纵跋扈的皇妹，不仅正站在他们的父皇身边，而且已经求得了父皇的恩准。他只是在争取。可是，他父皇的决定，岂是随意能更改的。

“茶昶皇儿，君无戏言，朕可是已经答应你皇妹了。”这皇帝说的时候，还轻轻地拍着那刁蛮公主的手背。

可是，茶昶不能说父皇也曾经答应过他了。他哪里有胆激起父皇的怒火。

茶昶深知这皇帝对宇霓公主的疼爱胜过任何一位皇子。他只能说：“旋眸双目失明，又还不知道宫里的规矩，皇妹讨了她去，又有何用呢？”

“双目失明不打紧，我不会使唤她做粗活的，而且还会指派宫女给她。不知道宫里的规矩也不打紧，宫里那么多教习嬷嬷，随便指派一个教她都可以嘛！”这公主挑着眉毛，“皇兄有所不知，宇霓初一看见泠旋眸的时候，便非常喜欢她。她不是还会抚琴吗？有了她这样一位有来头又有看头的琴师，我的宇霓宫一定会增色不少。七皇兄，你不会连一名侍妾都不舍得吧？”

“旋眸虽然出身豪富之家，但相比皇家，亦不过是一个下人。既然宇霓皇妹开口讨了，为兄岂有不给之理。”茶昶知道多说无益。

宇霓公主笑：“那就多谢七皇兄啰！”

“皇妹客气了！”茶昶是心不甘情不愿的。

皇帝看出来了，说："荼昶皇儿，你放心，朕会为你挑选一位合格的正妃。"

"谢父皇！"荼昶知道，自己早已过了大婚的年纪了。他不能再借故推辞。

旋眸正步出荼昶宫。

她再次离开牢笼。上次离开的时候，她的心里至少还有一丝牵挂。但是如今，她恨不得和这宫里所有的人，都毫无瓜葛。

荼昶在。他亲自送她离开。

他的寝宫外，站立着宇霓公主派遣来的宫女和太监。他还不知道宇霓想要做什么。他希望如她所说，她只是单纯地喜欢旋眸，然后讨了她。

他担心旋眸，可她却是欢欣的。她知道自己很快便可以逃离皇宫，逃离荼昶，她很快便可以见到阳堂，见到那个令她朝思暮想的、拥有着温柔味道的人。

她离开荼昶宫的时候，身上穿的还是当初离开泠家的时候所穿的衣裳，全身上下的佩饰，没有一件是荼昶宫里的。

她原本以为，宇霓公主必是非常希望她能够尽快离开皇宫，因此会毫不耽搁地送她出宫。但是，她却没有想到，宇霓公主却只是命她写信。

信件由专人快马加鞭，送往边陲西沃泠玖炎的手中。信件的内容，是宇霓公主口述的，旋眸不过是捉刀代笔。她虽然并不希望前来把她带离皇宫的人是泠玖炎，却把信件写了。

从信使出发赶去西沃至泠玖炎赶往京城，即使是骑上千里马，即使其中片刻都不耽搁，也要数日。何况，泠玖炎作为泠氏家族的当家，总不能说离开便离开。他总要把泠家的大小事情都安排妥当了，方可

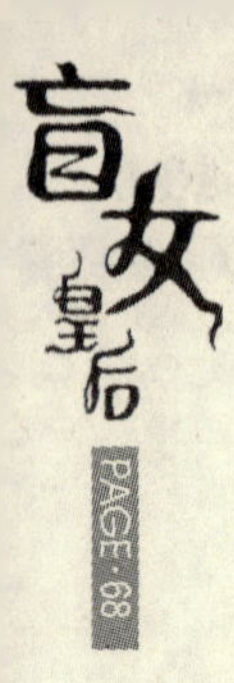

动身。

旋眸急不得，只好住在宇霓宫里静等消息。而宇霓公主为她准备了一具七弦琴。她真的成了宇霓公主的专用琴师。

泠玖炎的眼睛上蒙着黑布。

不是有人想要他的性命，也不是有人想要敲诈他，勒索他。他只是被劫了。在赶往京城的路上，被劫了。而劫他的人，尽管杀光了他的随从，尽取了他随身携带的财富，却对他本人礼遇有加。

他起先还感到奇怪，直到他看见劫他的主谋。

是茶昶亲自揭去泠玖炎眼睛上的黑布的。他本无意隐瞒泠玖炎什么。皇室之中的事情，世人心知肚明。

他命令心腹护卫在京城郊外先行把泠玖炎截住了，然后亲自赶往京城郊外，与泠玖炎开诚布公。他告诉泠玖炎，他这次被邀请入宫，可能不只是宇霓公主的心血来潮。

茶昶虽然不能确知，宇霓公主为什么要召泠玖炎进京，但却可以断定，他必须先行截住泠玖炎。

要想不暴露身份地截住泠玖炎，必须先行打发掉宇霓公主派出去的信使。杀光泠玖炎的随从，尽取泠玖炎的盘缠，是为了制造假象，是为了让那信使继而让宇霓公主认为，泠玖炎确实是遭遇了蒙面强敌，故而耽误了时间。

茶昶本无意杀了那信使，他还要信使回宫复命，何况，那信使的武功不弱，他的护卫们要是真的穷追不舍，恐怕只会耽误他的大事。但他却未曾料到，那信使逃脱之后，因自责保护不力，竟致公主邀请的重要客人落入贼人之手，他即便是赔上身家性命亦不足以赎罪，哪里还敢回宫复命，竟在城外自刎谢罪了。

而宇霓公主这边还在等。已经等了半个月了，旋眸的琴声里透露出越来越强烈的焦急。宇霓公主早已听不下去了，索性下令停止奏琴。

宇霓公主感到些许的烦躁。这宇霓宫里来了泠旋眸这样一位虽然绝色却先天双目失明的巨贾之女，亦并没有增添多少乐趣。

直到有一天，宇霓公主看见泠旋眸那一双漂亮的大眼睛的时候，心里蓦地一动。

那时候，旋眸正站在窗口。这是她喜欢的。只有感觉得到风的气息，她才不会产生又被囚禁的恐惧。

而在这样的时候，她的听觉与嗅觉都是异常的灵敏。所以，当那些太医还在宇霓公主的跟前等候旨意的时候，她在这间位于宇霓公主寝宫旁边的、虽然窄小却是宇霓公主特令指给她的房间里，已经知道了。

那些太医本是奉了宇霓公主的命令，为旋眸号脉看相的。宇霓公主的意思是想要确定旋眸的双目是否真的无法视物。

她不喜欢看见一个美丽的盲人在眼前晃来晃去，所以还没有想明白，为什么她的七皇兄不曾动用皇家的太医院。她甚至猜想，七皇兄有特别的嗜好。

但是，那些太医诊断之后得出的一致结果——和盲目无关的结果，却令宇霓公主惊愕不已。

其实，这并非是什么匪夷所思之事。只是因为这小公主从来没有想过这一层。

当太医们禀报这一诊断结果的时候，宇霓公主首先想到的是，这泠旋眸必须暂留宫中。然后，她忽然意识到，其实，她和泠旋眸年龄相仿。再然后，她想到，她必须将此结果禀报父皇。

皇帝急诏，宣茶昶见驾。

那时候，茶昶还在京城郊外和泠玖炎商讨一些必须商讨的事情。大事，处理得好了，皆大欢喜；一旦处理不好，将是一场浩劫。

茶昶说，如今，旋眸身在宇霓的眼皮子底下，如何脱身还是个大问题。

泠玖炎说，只要能够保得旋眸安然出宫，西沃泠家愿意倾其所有。

然后，茶昶说，如今江南一带叛乱不息，四皇子的军队已然溃不成军，若能在此时领军出征一举平叛，将会建立莫大功勋。

泠玖炎跟上茶昶的话意，说，只要用得上西沃泠家，七皇子尽管开口。

茶昶沉吟片刻，就要开口。却不料，留守寝宫的心腹护卫匆忙赶来。他只好火速赶回皇宫。

皇帝召见茶昶，竟又是在御书房里。

皇帝说："茶昶皇儿，你可猜到，朕此番急诏宣你前来，是为何事？"

"儿臣猜想，是为江南叛乱之事吧？"茶昶如今最想的便是建立赫赫军功，"求父皇赐予儿臣一支精锐之师，儿臣有把握，可以一举歼灭叛军！"

皇帝顿了顿，说："没有其他的吗？"

"如今国难当前，儿臣一心只想为国纾难，为父皇分忧！"

皇帝轻叹："既然如此，茶昶听旨！"

"茶昶在！"

"钦封七皇子茶昶为平叛大将军，明日早朝宣旨后，即刻动身！"

"茶昶谢主隆恩！"

茶昶就要告退，却不曾想，皇帝还要问话："茶昶皇儿，此番带兵，可要万分小心啊！"

茶昶的心里蓦地一抖："父皇……"

"皇儿尚不曾真正带过兵，到了前线，一定要多多听取老将的规劝，切不可步老四的后尘，一意孤行啊！"

"请父皇万莫担心，儿臣一定会凯旋而归！"

皇帝微笑，说："好了，你跪安吧。"

茶昶不知道，在他告退之后，有人从龙椅的后面转出来，转到皇帝的身前。那人和他，同是皇帝的儿女，却不是同一条心。

"父皇为什么不告诉他？"宇霓公主说。

"有这个必要吗？"

宇霓的脑筋转得很快。她想到了，却不免惊讶："难道父皇是想……"

"宇霓，"皇帝沉着脸，"泠旋眸是你执意向茶昶讨的，她已经是你寝宫里的人了，所以，她的事情应该由你自己解决。"

"可是父皇——"

"没有什么可是！"皇帝的眼神十分地犀利。

宇霓不禁感到一阵寒意。在她的记忆里，父皇的面上都是笑容，父皇的眼里都是笑意。从前，她只有一个认知：她是这皇宫里唯一的一位公主，她备受皇族宠爱，她备受皇帝的恩宠，她可以飞扬跋扈，她可以为所欲为。但是，此时此刻她才真正明白：她的父亲是皇帝，她和她的十五位皇兄皇弟尽管享尽荣华富贵，但在某种时候，或许连平民百姓都不如。

她突然想起了泠旋眸。她和她年纪相仿，可是，这位来自边陲之地的女子，却早于她经历了人生中必不可少的磨难。

她知道泠玖炎万般疼爱这个唯一的女儿，所以才有把握用一封书信召来泠玖炎进京。她并不是纯粹为了帮助泠旋眸。要把一个人悄悄送出宫，对她来说是易如反掌的事情。她当然也有能力，把泠旋眸

好好地安置在宫外。

可是，已经将近一个月了，那冷玖炎竟然还没有赶到京城。她二度派遣出去的信使都已经回京了。她本想派遣更多的人前去接应。她有些担心冷玖炎。她怕这位边陲巨贾被匪徒或者叛军绑架了。但是，她两度派遣信使前去西沃都是秘密的。明目张胆，会落人口实。

她回到寝宫看见冷旋眸的时候，心里蓦地升腾起一股怜惜。

旋眸很难过。身体似乎出了什么毛病，可却是时有时无。她食不甘味，寝不安席，腹内时常翻江倒海。

这“病”早已有了，早在宇霓公主为她指派太医号脉诊断的前夕便有了。她原本以为，太医前来就是为了诊治这样的“病疾”的，可不曾想过，这“病”，竟致太医不敢告知于她。

宇霓公主吩咐宫女送来的汤药，她喝是喝下了，却不知那是什么。

她还想过，难道这是遗传自母亲吗？母亲被冷玖炎冷落多年，难道就是因为这样奇怪的病疾吗？母亲在寝室之中日夜点燃檀香，难道就是为了疗治这样的病疾吗？

直到那一天。

那一天，她很着急了。她不知道为什么宇霓公主迟迟不送她出宫。她更怕这公主反悔。所以，待宇霓公主回宫之后，她便上前相求。

然而，宇霓公主却沉默了。她只好跪地叩头，说：“旋眸不想再在宫中停留，多累公主殿下，请殿下尽快送旋眸出宫！”

宇霓公主沉默片刻之后，却说：“这几日，你感觉身体如何？”

“旋眸的身体并无大碍，旋眸一心只想离开皇宫，请殿下成全！”

“不是我不成全你，实在是……”

旋眸认为宇霓公主不可能有难言之隐。她只把这样的话看成是托词：“请殿下成全！”

宇霓公主挥手令宫人们全部退下，然后对旋眸说："我问你，出宫之后，你要去哪里？"

"去找……"

去找阳堂。只有阳堂才能让她安心，才是她这一辈子真正想要的依靠。但是这话，能在宇霓公主跟前说吗？

"你父亲泠玖炎尚未来到京城，我怎能轻易让你出宫？！你一个弱质女子，又是目盲之人，我就这样把你送到宫外去，岂不是害了你吗？"

"公主此言差矣。他是西沃泠氏的当家，泠氏的生意绝对离不开他，他怎能为了接一个我，而扔下泠氏的一切亲自来京呢？更何况，我今日身在皇宫，都是拜他所赐！"旋眸的恨意仍浓。尽管，之前写信召泠玖炎进京，亦是她同意了的。那信，还是她亲笔写的。

宇霓公主听出了什么，试探着问："你对你的父亲，似乎——"

"他不是我的父亲！"旋眸的反应很激烈。

宇霓公主不免有些惊讶。旋眸的眼睛是空洞的，但她能够看得见她内心里翻涌的恨意。她来回观察着旋眸，她不知道是什么原因使得这个盲女如此憎恨自己的父亲。

"他风流好色，家里的小妾数不胜数，可却把我的生身母亲冷落在一间寝室里已近二十载！不仅如此，他对外声称是多么疼爱我，把我当成是他一生最为珍贵的宝贝，可是那些外人又怎能知道，我这个泠家的大小姐、他唯一的亲生女儿，竟被囚禁在一所小小的院落里？！谁又能想象得到，这样的囚禁从我一出生便开始了？！"旋眸的恨一发不可收拾。

宇霓公主有些怔。

"他的生意比什么都重要，他和无数红颜嬉闹调情比什么都重要，他的结发正妻和亲生骨肉比什么都轻贱！"这恨，还是一般的恨么！

"如果他真的还记得我是他的女儿，怎么可能把我的亲笔书信看做是一张废纸？他很忙，他抽不出时间赶赴京城，可是，泠氏家族里那么多的强壮男儿，那么多的雇工家仆，竟都是忙得脱不开身吗？！"如若不是这样的原因，她今日这愤恨又从何发起呢？

"那么，我更是不能让你出宫。"

旋眸本还在愤恨里，却被这句话硬生生地牵扯住了。她才猛然醒悟，她竟忘记了自己身处何地。

"看如今的情势，你是不可能重回荼昶宫中的了；而如果不回西沃泠家，你便只有留在宫中。你可以放心，只要有我宇霓公主在，你泠旋眸便不会受到半点伤害。"

宇霓公主的决心是这样下的，尽管下的同时还很惧怕。她不是惧怕事。在这个人间，在这个天底下，她只惧怕一个人。这个人是她的生身父亲，她却为了一个异姓女子瞒着他行事。

"公主！"

"好了，就这样吧。"宇霓公主想起一件事，"今天的汤药，你喝了吗？"

旋眸错愕："那汤药……公主可否告知，旋眸到底是得了什么病疾？"

宇霓公主顿了顿："不是什么不治之症，但是……你不用着急，过不了多久，你自然会知道，现在只需按时服药。好了，我累了，你出去吧。"

【第三章】宁王大婚

第三章　宁王大婚

茶昶的军队已经出了京城了。

这是一支精锐之师，原本是由本朝最富军事才赋的将军操练的。如若不是众多皇子争相领军出征，平叛大将军一定会是他的职衔。

而四皇子领军在前，却未能动用这支军队。皇帝对茶昶的圣眷，由此可见一斑。

将军姓武，单名一个字，颜。

泠玖炎等候在皇宫之外。

他是急于进宫的。他急于知道，他的女儿到底出了什么事，竟致公主派遣专使前去西沃。他还想知道，宇霓公主借助皇帝的权力把旋眸要了去，到底是什么原因。

茶昶还不是他的乘龙快婿。他和茶昶还不曾推心置腹。茶昶即使猜到了什么，亦不可能尽数告知于他。尽管，他已经为茶昶的平叛大军捐赠了百万银两。

通传的卫兵很快回来了，身后还跟着一个小太监。太监不是宇霓宫中的，但冷玖炎以为是。

他随着太监进入宫墙之后，仍然觉得，他这样一个宫外男子，走进尚未出阁的公主的寝宫是不妥的。但是，到了此种境地，他已经顾不得了。

他走进深宫内苑。他看见恢弘的皇家建筑，不禁暗暗赞叹。他希望他的女儿能够长久住在这里，万分希望。

但是，那引领他进入皇宫的小太监却走得很深。他不知道路径，但感觉到了一丝不祥。他环首四顾，看到的是楼台殿阁、雕梁画栋，看到的是皇家的富丽堂皇。他不知道这不祥来自何方。他怕这不祥会和旋眸有关。

小太监终于停了步："到了，请进吧。"

冷玖炎看到了一处窄小的院落、冷清的院落，仿佛许久都不曾有人住过，仿佛许久都不曾有人身临。

冷玖炎感到奇怪，亦不相信这里会是宇霓公主的寝宫。但是，他推门进去了。

那院落的天很小。那里面很冷清。那个住在里面的人很憔悴，很孤单。

这孤单的人看见有人走进来的时候，十分地恐惧。可是，当她看清楚了这人的面容，竟是全身颤抖不已。

冷玖炎心里的不祥已然浓重。可是，心底翻滚的疼痛，更加浓重。

尤其是那一声呼唤。

尤其是那一双颤巍巍地伸向他的精瘦的手。

"炎哥……"

上一次这样的呼唤，已经隔了二十年。二十年来，她日日夜夜都期盼能够再次这样当面呼唤他。二十年来,她时时刻刻都在希望能够再次看见他的容颜,听见他的声音。

二十年深宫禁苑里的日子,把她折磨得万分憔悴,却让她的思念流成了江河。

"炎哥,是你吗?"她很怕又只是幻觉。这二十年里,这样的幻觉太多了。

单薄的身子,单薄的生命。

泠玖炎急奔一步,握住了那一双颤巍巍的手,紧紧地握住:"是我,是我……洛姬,你怎的到了如此境地……"

当年邂逅佳人之时,佳人容颜胜似桃花,佳人身姿更比杨柳。而如今,风华逝,颜面枯。

"炎哥,二十年的宫闱囚禁生活啊!炎哥,此生还能再见你一面,洛姬死亦无憾了……"

"洛姬……"

当年突然失去她的时候,哪里会想得到,她竟是入了宫廷。那罪魁祸首誓死不肯吐露一个字。他本以为,她早已命丧黄泉,却哪里想得到,那罪魁祸首竟是如此歹毒:分割有情之人,一个天南一个地北;毁坏一个家庭,使之分崩离析。

他恨。他的心,在痛。

"炎哥,洛姬隐忍度日,未曾想过竟有今日此时此刻。炎哥,我……"

正是旧日浓情翻滚之时。

泠玖炎拥住那单薄消瘦的人儿,泪水喷涌而出。

可是,他们都太大意了。这深宫禁苑里,岂是他们如此肆无忌惮的地方。

洛姬是谁?洛姬是皇帝打入冷宫的妃子。

“炎哥，你不能在这里停留，还是快走吧！”洛姬强迫自己离开冷玖炎的怀抱。

冷玖炎虽是万分不舍，却也无可奈何。

他离开冷宫之后，没有见到一个人。他不知道该往哪儿去。

他忽然疑惑起来。他本是要去见宇霓公主的，却怎的被领进了冷宫？

他想不透。他离开冷宫之后走了很久，才见到了人。他拦住那太监，请他引领自己去见宇霓公主。

他还在去往宇霓宫的路上，却见有驾舆迎面而来。他忙低头闪身，侧立一旁。但是，那驾舆却停在了他的面前。

他有些惊讶，因为那驾舆里的人竟问他：“你是不是冷玖炎？”

问他的人不是别人，正是宇霓。她在寝宫里呆不住。她想尽快见到冷玖炎。

当看见冷玖炎的时候，她的第一个认知就是：他就是她一直想见的人。然后，她的心猛地一震。

“草民正是冷玖炎！”

冷玖炎正不知如何应对驾舆里的人，却听引领他的太监说：“这便是宇霓公主，还不快些见驾！”

“草民参见公主殿下！”

“守宫士兵通传，说你在宫外求见，怎么迟迟不见你的人影？”宇霓瞪一眼先前引领冷玖炎的太监，“你是怎么领的人？还是，你竟敢轻慢本公主？”

那太监慌张跪地：“奴才有几颗脑袋，敢轻慢公主？！奴才并不是从宫门引领贵人的人，请公主明鉴！”

“狗奴才，还敢顶嘴！”宇霓一怒，“来人，掌嘴！”

冷玖炎正要为太监开脱，却又想起自己刚刚所去的地方不同寻常，只得作罢。他想过了，那小太监不可能无缘无故地把他引领到冷宫，一定是有人指使的。

那太监被结结实实地赏了十个耳光。

宇霓问泠玖炎："你怎么直到现在才到京城？"

"因中途遭遇强盗拦截，草民的随从们都被杀了。不过，公主派出的信使最终脱身了。公主这样问，难道信使没有回宫复命吗？"

"没有。"宇霓加了一句，"这是实话。你是怎么逃脱的？看你的样子，不像是遭遇抢劫。"

"这都是金钱的功劳。"泠玖炎没有说谎，尽管那百万银两都是他自愿捐赠的。

"在哪里被劫的？"宇霓蓦地问。

泠玖炎没有多想，便说："京城郊外。"

宇霓挑着眉毛："你是说，你们一路上都安然无事，却在京城边上天子脚下遭遇了强盗？"

泠玖炎才猛地意识到，但也只好顺着说了："是。这伙强盗实在是胆大包天，而且胃口也不小，一开口就是一百万两。"

"一百万两换你泠玖炎一条命，值得。你此次来京，损失了一百万两，心疼吗？"

"只要能见到旋眸，确保她平安无事，就算是要我掏出更多，我亦不会皱一下眉头。"这是真话。泠玖炎的脑筋转得也快，"请宇霓公主开恩，让草民见女儿一面。"

"我既派人前去请你，又怎么会不让你们父女见面。不过……"宇霓本来想说，旋眸未必愿意见他泠玖炎，但转念一想，这毕竟是人家的家务事。于是说，"你跟我来吧。"

泠玖炎走进宇霓宫的时候，旋眸正在服药。

她已经厌烦这汤药的味道了。但是，如果不服下，便是违背了宇霓公主的旨意。她全部的精力都用在对付这汤药上了，所以没有注意到冷玖炎的到来。

冷玖炎默默地站着，望着自己的女儿服药。他看着她把汤药喝完，看着她把药碗放下之后猛然惊觉。他看见，她的面容霎时冰凝。

他说："是我，旋眸！"

他本不用这样说的。他的味道，旋眸早已刻在心底。即使相隔天涯，即使是在阴曹地府，即使他烧成了灰，而她化成了雪，她亦能立刻辨认出来。

"你来做什么？"旋眸的话，问得狠厉，"既然一个多月过去了你都没有赶来，现在还站在这里做什么？"

"旋眸！"

"住口！"

"冷旋眸，不要意气用事！"这不是冷玖炎的话。他是不会这样说的。从前不会，现在不会，以后，或许亦不会。宇霓挥手示意所有的宫人都退下。她说，"冷旋眸，你的父亲不是有意耽搁的。他在路上遭遇强盗，命都险些丢了。"

旋眸的心抽紧，可她的语气却依旧冷硬："不是还没丢吗？"

冷玖炎的脸色微微地变了。

"冷旋眸，他毕竟是你的生身父亲，你不要太过分了！"宇霓有些气了。这气，令她自己都感到诧异。

旋眸的一只手死死掐着自己的另一只手。

宇霓对冷玖炎说："好了，如今你见也见了，可以确知旋眸一切安好了吧！"

冷玖炎施一礼："多谢公主殿下照顾小女！"

"那么，你回西沃去吧。"宇霓看见了冷玖炎的疑惑，"书信上是说要你接走旋眸，但如今事情有变，旋眸不可以离开皇宫。你放心，我会继续好好照顾她的。”

“草民可否细知是何事？”

“你不用知道。——你不相信本公主的话？”

“草民不敢。既是如此，草民告退。”泠玖炎望着自己的女儿，“旋眸，你保重！”

旋眸的一只手仍然在死死地掐着另一只手。

宇霓却说了话：“也不用这么急。你赶了这么长的路，又刚从强盗手中逃脱，想必已经身心俱疲，不如暂留京城休养生息。”

“草民遵命！”

泠玖炎正要告退离开，却不料，这公主突然问：“你随身带着百万银两？”

“草民只是贴身带了一枚印章。有了这枚印章，草民可以在全国任何一家大钱庄提取现银。”

“哦，是这样。”宇霓才意识到自己的问题是多么幼稚，“好了，没事了，你下去吧。”

“草民告退。”

即便是宇霓公主不开口，泠玖炎也不可能立刻离开京城。

他出了皇宫，住进京城最大的客栈之后，他的金钱才真正发挥了作用。

他和那些王公贵族们截然不同：他是主动拿钱去砸别人的人，而那些王公贵族们，则是等着被别人拿钱来砸的人。

江南前线传来捷报，平叛大将军茶昶的军队势如破竹，直杀得叛军溃不成军。朝中大臣之中，那些原先一直支持茶昶的，如今更是趾

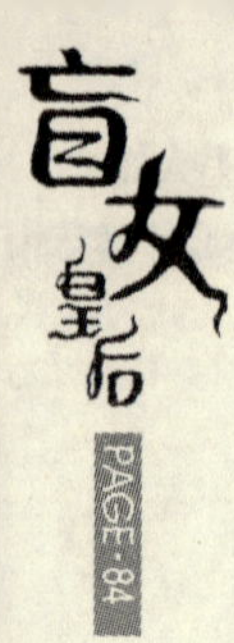

高气扬。而那些曾经力捧四皇子领军平叛的，有人悔恨，有人憋着恶气。

皇帝自然很高兴。宇霓公主自然也很高兴。

宇霓宫里，所有的人都很高兴。除了旋眸。

旋眸不是不高兴。她只是对这样的消息无法动容而已。她只想尽快地离开这皇宫。

她越来越急躁，甚至打翻了宇霓公主下令为她准备的汤药。宇霓公主不在寝宫里，她于是央求奉命伺候她的宫女。她知道宫女是绝对不敢放她走的，她只是求她帮忙找寻早衣。

但她忽略了一点。这宫里所有的宫女和太监都要听命于掌事太监，而掌事太监所掌管的，是这宫里所有宫人和宇霓公主的饮食起居。

关于泠旋眸这样一位身份比较特殊的外人，如果没有宇霓公主的命令，任何人都不敢擅做主张。

旋眸不知道泠玖炎是否还在京城。有一个片刻她想过，泠玖炎是她所愤恨的人，但是未必不可以借助他的力量，实现自己的愿望。

早衣是和她同在一个屋檐之下相处了十几年的贴身使女，她可以命令早衣做任何事情，亦可以理所当然地要求早衣回到她的身边。宫女不敢帮她找，没有关系。她只要等。等宇霓公主回宫。

但是，宇霓公主一整天都在皇帝的大殿里。她再回到寝宫的时候，天已然黑了。而旋眸还在等。

“我答应你会帮你去查。但是，你不要再想着离开皇宫了，我是决不会放你走的。”宇霓公主的话意不容置疑。

“旋眸是一个柔弱女子，又先天目盲，而且心思全然不在这皇宫里，殿下硬是强行留住旋眸，又有何用？旋眸在外，即使流落街头，亦是命数使然。求殿下开恩，放了旋眸！”

“你最近的身体怎么样？”宇霓突然问。

这一句话，把旋眸的恳切哀求拦腰截断。

她错愕。

她疑惑。

“把我命人送来的汤药和补品都用了，把精神养足，把身体养好，是你目前最为紧要的任务。我警告你，”宇霓的脸色变得很快，“你以后休要再提此事，把本公主惹恼了，后果不堪设想！”

宇霓甩袖而去。

旋眸的错愕迅速地被恐惧替代了。宇霓冷冽的话语令她猛然在脑海里回响起荼昶的警告。

宇霓公主和荼昶皇子，同是天下之主的孩子。

夜深人静。

旋眸蓦地从梦中惊醒。刚刚的梦境里，她子孙满堂，却始终不知道夫君是谁。

在梦里，她嗅不到任何的味道，听不到任何的声音。

夜里很冷。她双手抱头。

陡然间，她双手去摸自己的身体。她不禁感到一阵寒冷。

曾经的纤细腰肢不在，曾经的平坦腹部不在。是汤药喝得太多了？是补品用得过分了？还是因为她身在皇宫自然而然地发福了？可是，边陲西沃的饮食全国有名，泠家的一席家宴可使百人无忧度过一载。

还是，她确实得了某种怪症？

她蓦地想到了一种可能。想到了，惶惶然。宇霓公主不是善男信女，却为什么会改变初衷执意留她？只有这一种解释。但她还猜不透，宇霓公主为什么要刻意隐瞒她。

她恨自己，恨自己竟是如此愚蠢。自己的身体发生了变化竟不自知。自己每日服用,竟不知道那是什么汤药。自己的腹内早已孕育了幼小的生命,她竟毫不知晓!

怎么办?怎么办?怎么办?

她白天还一直想着出宫去找阳堂,去和阳堂过着幸福安康的日子,可是如今,她不仅人还在皇宫里,腹内亦早已怀了仇人的骨肉。

荼昶逼得她和阳堂无奈分离。荼昶强迫她。荼昶恶狠狠地主宰她的生死。荼昶已经成为她所愤恨的人。杀死他的孩子,是不是就等于杀了他?

杀。

怎么杀?

要杀的人在自己的身体里,用药最好。可是,她哪里弄得药来。

捶打腹部?打得下来吗?没试过如何知晓。她的拳头,于是好狠。狠的同时,心在疼,无比的疼。

"你在干什么?"突起的厉喝,"拉下她!"

旋眸听得出这声音的主人是谁,也已经从纷沓的脚步声中听出了,这房里已经来了很多的人。

伺候旋眸的宫女原本夜夜陪睡,在旋眸从梦里惊醒的时候,她便已经警觉到了。旋眸第一个拳头捶下去的时候,那宫女已经慌张奔去宇霓公主的寝宫了。

"你好大的胆子!"宇霓厉声喝,"竟敢下此毒手!"

宫女们已经牵制住旋眸了。

"速速去传值班太医!"宇霓转而对旋眸说,"孩子最好安然无事,否则,你死千次万次都不够!"

旋眸的身体抖得很厉害,心也抖得很厉害。

宇霓坐着,脸色阴沉。

太监和宫女们都默默地侍立一旁。

太医很快地到来……

太医说:"启禀殿下,胎儿安好,但安胎汤药仍需服用。"

"有劳太医了。"宇霓的脸色稍微缓和。

"微臣不敢当!"太医收拾好诊具,"请殿下安歇,微臣告退。"

宇霓示意牵制旋眸的宫女们松手。但是,她对旋眸所说的话,却仍然很狠:"你可知道你要杀的不仅仅是你自己的孩子?你杀的是皇孙,是皇上的后嗣,你知道这是什么罪吗?能够孕育皇族的子孙,是上苍赐予你的福气,你本该万分珍惜才是,可却胆敢施与毒手!你们西沃泠家有多少人?难道你竟不知道,皇上一旦怪罪下来,你们西沃泠氏便会家破人亡?你究竟知不知道,这位皇孙一旦有所闪失,皇上便会令泠氏九族陪葬!"

宇霓在危言耸听。她欺旋眸无知。但是,只要能够达到目的,更加危言耸听的话,她也说得出来。

她把旋眸好好地照顾,把旋眸腹内的胎儿好好地照顾,已经栽种下了巨大隐患的种子。她即便是对旋眸怒气冲天,即便是把旋眸的胆子吓破,都远远不能抵消由这隐患成长而结出的恶果。

她的目的达到了。为了西沃泠家,旋眸再次妥协。

日子过得很快,自茶昶率军出征,四个月已然逝去。

对于处于平静地方的百姓们,这几个月或许只是弹指一挥间。但是,对于朝中上下,对于皇帝来说,这几个月是苦候战果的时间。而对于在战场拼死拼活的将士们来说,这几个月是与死神较量的时间。难熬。非常的难熬。

不过,庆幸的是,这场始于江南终于江南的仗,打了将近六个月,如今终于打完了。

全国上下都颂扬着荼昶皇子的英武。满朝文武的奏折上几乎都是表彰之词。

皇帝很高兴。在加封功臣的时候,有意无意地透露出欲册立太子的讯息。

有人很沮丧。有人很懊恼。有人的脸色尽管不得不在人前显示着高兴与赞扬,却在下朝之后变成了阴沉与不甘。

有人说四皇子远远不及自己的七皇弟。亦有人说,暗地里说,若不是武颜将军从旁出谋划策,全力襄助,七皇子未必能够建立此功。或者说,这场战争的胜利,其实是可以预见的,只要武颜将军出征便可。

没有人敢妄言皇帝的决策有偏差,亦没有人敢说,四皇子和七皇子在皇帝心中的地位相差悬殊。

但是,几乎所有的人,包括荼昶,都有一个遗憾。叛军大部虽然被击溃粉碎,但叛军首领及一小部分军队却逃之夭夭。

那首领名叫一浮。但这仅仅是化名。他自然是有着一张面皮的。但这面皮之外,却还罩着一张面具。他在人前出现的时候,总是戴着面具。所以,事实是,几乎没有人看到过他的真容,亦几乎没有人知道他的真正姓名,包括大部分叛军。

凯旋而归的荼昶,心里还翻滚着一个强烈的愿望。不是想要被确定继承大统的愿望,但这愿望的实现,却同样需要父皇的认可。

他在朝堂之上不便讲,准确地说是当着满朝文武的面不便讲。所以,他想私下里乞求父皇。但是,他的父皇要接见的人,要褒奖的人,实在太多。

在率军平叛的四个月里,他没有好好地休息过。即便是如今凯旋而归,他亦是直奔皇宫大殿面圣,然后接受封赏。

他的父皇本特旨他可以先行下朝回去休息,他却抱着平叛大将军的头盔,奔去宇霓宫。

宇霓早已等候着了。

她太清楚，她的这位七皇兄如今建立了赫赫战功，究竟意味着什么。她亦知道，他奔来她的寝宫，是多么的急迫。

他终于出现的时候，她盈盈顿身，说："宇霓恭贺英雄凯旋而归！"

"皇妹快快请起！"荼昶搀起宇霓的时候，脚步仍然很急。

宇霓笑："皇兄莫要心急，旋眸一切安好！"

荼昶也笑："为兄有一事相求，不知皇妹可否玉成好事？"

宇霓的笑容很灿烂："皇兄什么时候带走都可以，宇霓不会横加阻拦，更不会夺人所爱了。"

荼昶的脑筋迅速地转："是什么事情令皇妹改变了想法？"

宇霓还是笑："皇兄待会见了旋眸便知。"

荼昶再也等不及了。他按着宇霓的指示奔进那个小房间的时候，旋眸正急急地遮掩着自己高高突起的腹部。

她没有成功遮掩住。荼昶刚刚想要见到她的迫切，急速地转变成了惊讶，而这惊讶如火如荼。

惊讶，顿悟，然后是欢喜，如火如荼的欢喜。他奔到她的身边，想要深深地拥抱住她，却又担心会伤害了她腹中的胎儿。

平叛大将军的头盔早已被放下来了。他的双手在空中胡乱挥舞。

"旋眸！"这样的呼唤相当温柔。这温柔里渗透着无比的想念与疼惜。

旋眸不想听到这样的呼唤，亦不愿意嗅到他的味道，更不愿意他靠近自己。但是，她却无可奈何。

"旋眸……"荼昶竟是说不出别的话来。他本来有很多很多的话。四个月的想念与牵挂，太深重了。是激动，万分的激动，把他的话压住了。

旋眸亦没有说话。她是根本不想说话。

情境很微妙。

不过，宇霓公主是一个“好”人。她恰在此时走进来，看了看似乎僵持着的两位，说：“皇兄，可否借一步说话？”

旋眸感激宇霓公主。

荼昶有些不情愿，但还是随着宇霓公主出去了。出去的时候，频频回顾。

他们走到宇霓公主的寝宫。只有他们兄妹两人。

宇霓说：“皇兄不可过分张扬。”

荼昶看见宇霓的面色凝重，不由得问：“皇妹不妨直言。”

宇霓踱着步：“原先，我是不忍眼看冷旋眸耽误了皇兄的前途，想悄悄送她出宫，替皇兄了结一个隐患，故而执意把她讨了来。但是，我没有想到，她竟已经怀了皇家的骨血……皇兄，宇霓今日跟你交个底。当日我将旋眸怀有身孕之事禀报父皇的时候，父皇虽然明说让我全权处理，但我揣度圣意，怕是想彻底解决掉这个隐患。我买通了太医，又对这宫里所有的人都下了死命令，消息才未曾泄露，旋眸母子才得以保得平安至今。皇兄此番得胜归来，可谓已得朝野上下的眷顾，但是，自古圣意最难揣度。所以，宇霓在此提醒皇兄，处事务必要小心！”

荼昶的面色同样凝重：“愚兄始终想不明白，父皇不应允我娶旋眸为妃，倒是情有可原，但是为什么要……”

“皇兄，我们都是父皇的亲生孩儿，父皇自不会轻易将灾难降于我们身上，但是，皇兄不要忘了冷旋眸是如何入的宫。她是你私自出宫远去西沃带回来的。如果她是普通人家的女儿倒也罢了，父皇或许会许你纳她做个侍妾，事情倒是简单了，可是，她却偏偏是边陲巨贾冷玖炎的女儿！”宇霓蓦地住了口。她暗暗地骂自己，怎么如此容易便说出来了。

“冷玖炎的女儿又怎么了？”茶昶盯着宇霓，“皇妹是否有所隐瞒？”

宇霓明显地闪躲。茶昶紧逼：“既然皇妹有意坦诚相见，却为何还要有所隐瞒？”

他突然想起了他当初回京向父皇请罪的那个时候：“当初我初次向父皇提起西沃冷家的时候，父皇的反应是有些奇怪，难道这西沃冷家真的非同一般吗？皇妹你又知道多少？”

“皇兄莫要多问了。其实也没有什么……”宇霓必须找借口为自己开脱，“皇兄，你若真想保护旋眸和西沃冷家，最好是悄悄地把旋眸从我这里接走，从此再不要和父皇提起旋眸的名字。至于我这边，父皇若有问起，我再权度应对便是。皇兄，你记住宇霓的一句忠告：万莫张扬！”

“可是，旋眸已经大腹便便，我接她回宫不久，茶昶宫便会新添幼子，这事怎么可能隐瞒得住？”

“我倒有一计，但不知皇兄意下如何？”

“皇妹请讲！”

“以防不测，皇兄不如把旋眸母子送往宫外抚养！”

茶昶沉默。

“原先，在皇兄前线平叛之时，我亦曾打算，先行送旋眸出宫。但是，一则我无法时常出宫探视，因此不能确保她们母子安然无恙；二则，如果不是亲手将她交还皇兄，我始终心存愧疚。若皇兄信任宇霓，便请速做决断。”

茶昶还在沉默。宇霓急了：“皇兄，我知道这样做对旋眸母子极不负责，但这是没有办法的事情！何况，这不过是一时权宜之计。假若一日你荣登大宝，是要册立旋眸为皇后，还是钦封她的儿子为太子，都不会再遇阻难！皇兄，我是你的亲妹妹，我出此计策，可全是为了你好啊！”

“为兄都明白！”荼昶终于开了口，“如今看来，怕也只有如此了。”

宇霓舒了口气：“此事宜早不宜迟。不瞒皇兄，实际上，宇霓早已在宫外物色了一处小院，皇兄可先行前去探察，如若看得合意，便不用另寻他处。”

“皇妹帮此大忙，为兄不知何以为谢！”

“你我乃亲生兄妹、骨肉至亲，不谈谢字。不过，为了掩人耳目，旋眸还是由我暗暗送出皇宫，皇兄在外接应便是。”宇霓想得很周到。

“那就这样定了。”

宇霓的意思是，她乘轿出宫之时，可将旋眸藏匿轿中。但是，最好是有合理的出宫理由。

她还在寻找理由，找寻机会，不曾想，那令她爱惧交加的父皇间接地帮助了她。

荼昶返京后的次日早朝，皇帝钦封荼昶为宁亲王，以嘉奖其赫赫战功。这是很大的一件事，不仅惊动了朝野上下，亦在整个后宫传得沸沸扬扬。

在十五位皇子之中，尽管已经有四位被封为亲王，但却只有荼昶一人是通过建立功勋而拥有此等殊荣的。本朝的律令太严格，如果皇子尚未到达而立之年，而又没有任何建树与功绩，那他便只能是皇子。

被封为亲王之后，便要搬离皇宫。荼昶的宁王府不需新建。皇帝把早已闲置的一处府邸赐予了荼昶。这令所有的人都深感，荼昶身上所承载的圣恩实在是太重了。

那不是普通的府邸，那是皇帝在入主太子东宫之前住过的亲王府。

宇霓出宫的理由光明正大：她要亲去宁王府恭贺。

那时，前去宁王府祝贺的文武百官已然散去，王府里的奴仆们亦都各就各位。茶昶有了闲暇时间,亦有了避人耳目的机会。

宇霓挑选的这所小院虽算得上幽静雅致,却远远不及宁王府。

旋眸已经出了皇宫,已经暂时远离了可能的危险,本可以直接住进宁王府。但是,偌大的王府,人多嘴杂,茶昶防得了一万,却未必防得了万一。他哪敢拿旋眸和亲子的安全做赌注。

幸而,茶昶本是很忙的人。皇帝已经把兵权交付与他了。休整战后军队;为防一时再次用兵而要精养千日;江南原先由叛军统辖的地方,亦要派驻朝廷将士监管……不过,这些事情,武颜将军已经为他效了犬马之劳。

他的忙,体现在紧握兵权和关注朝中风云上。朝堂政事,宫廷之事,向来波谲云诡,他大意不得。

忙是幸事。至少,他可以借此在宁王府和小院之间频繁往来。

频繁往来,他非常乐意为之,尽管旋眸的脸色仍然毫无回缓。

泠玖炎再次进京。

这次,不全然是为了旋眸。

他为茶昶的大军捐赠百万银两的时候,便已经得到了茶昶的允诺。

那百万银两使得茶昶有了足够的财力,把自己的大军装备成有史以来最为豪华的军队。将士们吃的用的穿的、马匹粮草、后备辎重都是上乘的供给。而把大笔金钱作为立有战功的赏赐,则是提升士气的一种很好的办法。

茶昶成功平叛之后,驻扎在江南那片地方的将士里有泠玖炎的心腹。他的心腹有能力使得其他的将士也逐渐地成为他的心腹。所以,泠玖炎欲垄断江南的丝绸生意的事业,也就进行得一帆风顺。他此次来到京城,主要是为了开拓丝绸生意。

全国各地之中,京城是最为适合开拓丝绸生意的地方。

王公贵族们以及皇宫里所用的丝绸，从前多是江南的进贡，但是数量有限。京城里不是没有买卖丝绸的店铺，但是，自从江南的丝绸产源被泠玖炎垄断之后,这些店铺便失去了货源。

存货越来越少，各商家连连叫苦。直到泠玖炎来了京城，开了一家泠氏丝绸。泠玖炎为京城各个丝绸商家出了个主意：店门不用关，丝绸可以继续卖,而且货样将源源不断,但是,东家要换人。换句话说，原先各自为主的丝绸店铺,如今都成了泠氏丝绸的分店。

这样的生意,早已把那百万银两赚回来了。

泠玖炎已经可以在京城商界呼风唤雨的时候,旋眸正承受着分娩的痛楚。

这样的痛楚在她的疼痛史上尚无前例。这样的痛楚令她感觉死神降临或许是一种福气。这样的痛楚令她更加怨恨茶昶。

但是,坚持陪在产床之侧的茶昶,却在如此关键的时候,在她的耳边连声说："你要挺住,千万要挺住！你要是死了,事情可大得很,大得很……"

她真的是无法了解这位宁王爷,但却听明白了他此时的威胁。

她泪如泉涌不得不把分娩的痛楚,看成是上苍在赐予她真正想要的幸福之前必然的磨难。

她是坚强的,伟大的。

那一声嘹亮的啼哭把这所小院装饰成了世间最为安详的宫殿。

茶昶听着那嘹亮的啼哭声,喜极而泣。

旋眸亦在哭泣，但却不是因为喜悦。她的眼前是绝对的黑暗，她看不到她诞下的骨肉，她看不到那孩子的父亲，她看不到自己所处的地方是如何的颜色。她看不到。

冷玖炎还不知道。

他每每要见旋眸的时候，都被茶昶借词婉拒了。他告诉自己，是旋眸不愿意见他。

而茶昶想的则是，这个冷玖炎实在是一个厉害的人物，旋眸为宁王爷添子的消息,他或许不宜知晓。

宇霓自然是不用隐瞒的。那些堆满了房间的大大小小的礼物,尚且可以证明她对这个小皇侄的疼爱。

宇霓出宫的时候，已经不坐轿子了，而身边亦只跟了两个贴身伺候的宫女。她如此轻车简从,不仅仅是为了偷偷去看望可爱的小皇侄。

宇霓很喜欢在京城的街道上小逛,尤其是那些琳琅满目的店铺。

她不是不喜欢宫里由专人采买的饰物与脂粉，只不过，她更喜欢亲自仔细地挑选这些东西。她不仅是挑来自己玩弄，还送给宫里那些只能在省亲或者祭祀的时候偶尔出宫的娘娘们。她谁人都送，上至嫔妃女官，下至宫女太监。都是些玩乐的小物件，不贵重，却为宇霓公主赢得了在后宫走动的游刃有余。

这一日,她逛到了京城新开的一家丝绸大店。这里地处京城最为繁华的街市,店门上的四个字很大亦很耀眼:"冷氏丝绸。"

她的心里一动。她走进去,看见漂亮的新货。她是行家。如果她出口称赞,那么,这家店的档次便真的是高。而事实是,她不仅出口称赞,还要求见见东家。

有些波折。冷玖炎不在。

冷玖炎很少在。冷玖炎多半的时间都消耗在扩大京城的关系网上了。

宇霓离开冷氏丝绸的时候,心里很惆怅。刚刚还万分热闹的街市,如今看在眼里,竟是变得冷清甚至萧索了。

这冷清与萧索,一直持续到她进了一家茶楼。

这茶楼,不是普通的茶楼。来这里品茶的人都是达官显贵和文人墨客。

武官亦有来。不过,很少有武官能够耐心十足地一边细细地品茶,一边轻声地和人说话。如果说这是武官们统一的习性,那么,武颜将军则是一个例外,一个大大的例外。

武颜将军身着便装。宇霓公主快要走进这茶楼的时候,他正在楼上一个包间里品茶。

他不是一个人。品完茶结账的人亦不是他。请他的人,名气很大,不仅仅是平民百姓眼中的巨贾,还是全军上下心目中的商家楷模。

这人邀请过武颜将军很多次,都被他婉言谢绝了。他本洁身自好,有清廉的口碑。他不想因为一个商人而败坏了自己的名声,尽管这个商人一点都不简单。但是今日,他没有躲过。泠玖炎太过心诚了,以致终于感动了天神,赐予了他一个“偶遇”武颜将军的机会。

泠玖炎找武颜将军,倒是没有什么大事,无非是说一些无关紧要的话,品尝一些大家的口舌都非常适应的美味点心。但武颜将军亦不过是略略坐了坐,便起身相辞,甚至不让泠玖炎送出包间。

泠玖炎心想,这武颜将军未免太过小心了。

就是在楼梯口。

宇霓没想到,在这个她第一次来的茶楼里,会碰到认识的朝中大臣。

她并不知道这茶楼的特殊之处。她走进来,亦不过是看着门外高高挂着的那个“茶”字写得很好。再者,她刚好口渴了。

她看见武颜将军的时候，他正拾级而下。她开心地叫住他的时候，没有顾虑到自己是偷偷溜出宫的。

她的话很简单："武颜将军，你也在啊？！怎么，要走了吗？"

这样简单的话竟吓着了武颜将军。不过，瞬息之后，这位身经百战的将军意识到自己身边并没有跟着他本想撇清关系的人，所以笑着对面前这位小公主说："末将给公主请安！"

宇霓急忙示意武颜将军："小点声！小点声！"

武颜将军心想，这公主怕是偷偷出宫的。他说："宫外龙蛇混杂，请公主尽快回宫吧！"

宇霓便不高兴了。

武颜将军又说："末将带了几名随从，让他们保护公主回宫吧？"

"是你是公主，还是我是公主？"宇霓有些生气。

武颜将军慌忙拱手说："末将一时失言，请公主息怒！但为了公主的安全着想，请公主莫要在宫外逗留长久！"

宇霓还有气话，却不料，有人匆匆从楼上下来了。那人下到她身前的时候，深深地鞠躬，说："草民参见公主殿下！"

泠玖炎的这句话，听得宇霓心神飘摇，哪里还顾得上生武颜将军的气。

武颜将军有些愣，但很快地说："末将营中还有事，就不打扰公主的雅兴了，末将告退！"

宇霓在武颜将军离开的时候，还加了一句："把你的随从全部带走！"

武颜将军回顾的眼神里，透露出某种复杂情绪。而那时候，泠玖炎已经把宇霓公主请到楼上新订的包间里了。

这茶楼不是普通的茶楼，还体现在另外一个方面：这茶楼的店伙计很机灵。在宇霓公主刚一走进来的时候，他便猜到了她的高贵身份，而武颜将军的一个请安，则令他确定了她的身份，于是迅速地上楼报知财神爷去了。

财神爷正为宇霓公主斟茶。

宇霓悄悄偷眼瞧着泠玖炎。

泠玖炎心里知道，但在表面上却滴水不漏。他说："草民真是烧了高香了，竟会在此处邂逅公主殿下！"

宇霓只有十七八岁而已。

"殿下近来是否一切安好？"

"我，好啊……"宇霓傻呼呼地问，"你好吗？"

泠玖炎心里乐："草民也好。但不知旋眸近来是否亦安好？"

"旋眸亦安好，母子俩都白白胖胖的，健康着呐！"

就这样，宇霓把茶昶苦心隐瞒的事情和盘托出。这不能怪她。这只能怪茶昶思虑不周，没有想到要先堵住自己皇妹的嘴巴。

泠玖炎听后顿了顿，说："那就好。多劳殿下照顾旋眸了。"

"不用客气！旋眸也算是我的皇嫂。她好，就是我的皇兄好；我的皇兄好了，我也就好了；我们都好了，我们的父皇自然就好了；我们的父皇好了呢，天下不就太平了嘛……"宇霓说得兴致很高。尽管，她的话令泠玖炎听得实在是头疼。

"请殿下品茶！"泠玖炎希望以此来刹住这小公主的话头，"这可是上等的饮品，如若经常饮用，可收光颜滑肤之效。不过，殿下天生丽质，即使不用刻意护肤，亦同样光彩照人！"

宇霓听得心花怒放。泠玖炎趁机说："草民今日本欲前去看望旋眸母子，但不知殿下是否愿意一同前往？"

"好啊！"宇霓想都没想。

泠玖炎刚刚还吊着的一颗心缓缓落地。他看见宇霓开心的模样，突然心里想，旋眸若是如她这般天真快乐，该多好啊。

茶昶半跪半蹲着，轻轻地摇着小小的摇篮。摇篮里熟睡着的是一个漂亮的孩子，像极了他。

他望一眼自己的亲生骨肉，再望一眼大床上亦正熟睡着的美丽人儿，眼里的笑意十分地浓烈。

而宇霓恰在此时闯了进来："皇兄，你看谁来了？"

茶昶急忙轻轻嘘了一声："小点声，不要吵到我儿子了！"

宇霓"哦"了一声，傻傻地站着。

茶昶又轻轻地摇了摇摇篮，确定孩子仍在熟睡当中之后，站起身，边往外走，边说："宇霓，你怎么又折回来了？"

他说这话的时候，没有抬头。他的眼里还是那摇篮，那床。但是，他在听不到宇霓的回答之后，转头看向她的时候，愣了。

泠玖炎从宇霓的身后转出来，作揖说："草民见过宁王爷！"

茶昶愣的同时，很气。看见泠玖炎偷眼瞟摇篮瞟那床的时候，他更气。他自是不能生宇霓的气。他只问泠玖炎："你是怎么进来的？"

"我带他来的！"宇霓说。

茶昶皱了皱眉。

泠玖炎心里说，这皇家的人真的是不宜结交，拿到百万银两之后还没几个月呢，便想翻脸不认人了。

"草民前来探望探望女儿和外孙，还望宁王爷行个方便。"泠玖炎说。

这是人之常情。茶昶没有理由婉拒。

泠玖炎走近那摇篮。他忽然很感慨。这小小外孙活脱脱一个小茶昶，他究竟是应该庆幸，还是要感到悲哀呢。

离开摇篮，他走近那床。他忽然有了泪意。八个月之前在宫中相

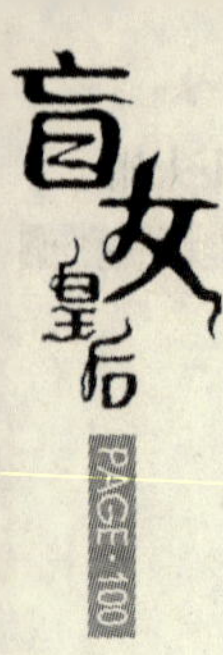

见的时候，他的女儿还是以往的模样。而如今，她竟已身为人母了。亦只有在这种时候，他才能坐在她的床沿，安静地望着她。

他的亲生女儿，他的骨血再续，竟怨了他一十七载。她如今亦已经有了孩子，是否能够将心比心，原谅他呢？

茶昶把头转开去。泠玖炎伸手抚摩旋眸的面容的时候，他感到了不忍。他在想自己的错。他阻止至亲父女相见，是罪过吧。

“皇兄，有什么不对吗？”宇霓终于看出来了。

茶昶没有说话。他走出了房间。宇霓看了一眼房里的泠玖炎，跟了出去。

房外有些冷。茶昶说：“宇霓，你回宫吧。”

宇霓不想走，但茶昶却说：“你一个尚未出阁的姑娘，又是金枝玉叶，总这样偷偷跑出来，实在是不好。父皇要是知道了，你我都要遭殃。”

宇霓不得不离开。

庭院里，茶昶说：“此事不能让皇上知道，不然旋眸会有危险。你明白吗？”

泠玖炎停顿良久：“草民明白。”

他才明白，为什么旋眸不能住在宁王府，而宁王爷又为什么要阻止他来看望女儿。

“此事多一人知道，便多一分危险。在我有能力确保无人可以伤害旋眸之前，我不希望你经常身临此处。你明白吗？”

“草民明白。”

“我知道你非常疼爱旋眸，可你也要体谅我的难处。这里不仅有我最心爱的女人，还有我疼爱的儿子，可我却不能日夜陪伴在她们身边。你可知道我的心里有多么难过？”

“草民知道。”

“按伦理常情，我应该称你一声岳丈，但如今的情势很微妙，亦很关键。我每走一步，都要万分小心。你可明白？”

“草民明白。”

“请你好好地做你的生意，不要大肆张扬和宁王爷的关系，以防有心之人借此滋事。我在这里可以向你保证，一旦我大业得成，你冷玖炎将是一人之下，万人之上。”

“草民惶恐！草民从未有过此等念头！王爷是人中龙凤，草民能够稍加帮助，实是三生有幸！”冷玖炎深深低着头。

庭院里吹过一股冷风，吹得他不禁打了一个寒颤。

房里的旋眸轻轻动了动。她没有熟睡。茶昶凝视她的时候，她感觉得到。冷玖炎走进来的时候，她嗅得到他的味道。他抚摩她的面容的时候，她感觉得到。她本来以为自己会用力拂去他的手，甚至毫不留情地推开他，但是，她没有，她只是继续“熟睡”着，安静地感受着他的手在她的脸上缓慢而轻柔地抚动。

庭院里的说话声，她听得一清二楚。她蓦地有种哭泣的冲动。心里有种感觉滋生得奇异而迅速，竟已是无比地浓烈。

孩子的奶香，她清晰地嗅到。心里忽然很难受，泪水沿着眼角流淌下来，浸入软枕里。

脚步声越来越近，轻柔的嗓音传进耳朵：“旋眸，你怎么了？”

旋眸翻了个身，朝里侧躺。

茶昶轻声叹了口气，斜身躺下来，伸臂将旋眸揽进怀里。旋眸挣扎着，却无奈于他孔武有力的手臂。他将她牢牢箍在他的怀里，脸贴紧在她的颈项，温热的呼吸吹拂在她的肌肤上。

旋眸的泪水一直流，一直流。

茶昶突然松开怀抱，撑起上身，将她的身体扳正。他俯首，唇印下

来，吸吮着她的泪水。

她的手撑在他的胸前，微微地颤抖。

他柔声说话，话里却透着不容抗拒的跋扈：“我不希望看到你哭，所以，以后你不准再哭。”

旋眸双手突然用力，试图推开他，可是，他仿佛早已料到了她会这样做。不论她如何用力，他的人都依旧在身边，他的气息依旧吹拂在她的肌肤上。

她忍不住用双手胡乱捶打着他的胸膛，不停地哭喊：“你滚开……我恨你……你滚开……”

荼昶却捉住她的双手，将它们固定在她的身侧，然后，他用唇堵住了她的嘴巴。似乎比以往愈发地用力，甚至想要噬咬她的唇瓣。

旋眸的泪水一直流，一直流……

宇霓已经走到宫墙外了。身边的宫女把腰牌一亮，守宫士兵立刻低头放行。

在走进宫墙之前，宇霓的脑海里还全是泠玖炎的身影，耳朵里还全是他称赞自己美丽的话语。可是，在走进皇宫之后，被宫里浓重的皇家气息一吹，她心中的飘浮之感迅速消失。

她的脸色突变。她不明白，为什么在泠玖炎面前，她就像变了个人一样呢。

一直到回到寝宫之后，她有些明白了。她想，这事可比朝堂的突变风云复杂得多。她想，试着放弃吧。可是，那情感却仿佛是纷飞下着的大雪，迅速地增厚，增沉。她无从放弃。

此时的她还未能明白，人世间，确实是有一些东西，不论人们是否想要，它们都不会轻易离开。而这一份她不敢要的情感，却竟会纠缠她此生今世，使她彻底地沦陷在极至的悲伤中，无力自拔。

她还没有下定决心放弃呢，皇帝那边便来了传旨太监。她急急地赶去了。她猜想，怕是因为她偷偷出宫太过频繁了。她赶到父皇的寝宫，看见父皇的面色微愠，心里有些惧怕。

但是，她的父皇可没有给她充足的时间盘思应对之词："你出宫，都去哪些地方玩了？"

"儿臣不敢走远，不过是到街市上转了转。"宇霓不敢多说。

"下次出去的时候，记得多带几个人。你身为金贵的公主，出宫竟不带侍卫，万一遇到什么危险，如何是好？"皇帝的面色微和，"唉，都是平时太过宠你了，宠得你无法无天了！"

"儿臣竟害得父皇如此担忧，是儿臣不孝，请父皇息怒！请父皇保重龙体！"宇霓这样说的时候，心里的大石倒是放下了。

却不料，皇帝的话突然来了："你的七皇兄住在宫外还习惯吗？"

宇霓的心陡地一颤，好不容易把话说顺当了："儿臣出宫，倒是经常去宁王府。看七皇兄的面色，想必是适应得很好。七皇兄说儿臣住在宫里，见父皇便宜，故让儿臣带话问候父皇。七皇兄虽人在宫外，但万分惦念父皇，请父皇保重龙体，注意休养！"

"难得他一份孝心啊。"皇帝突然生咳，"只可惜，朕的身体一日不如一日了……"

"父皇万福齐天，这点小疾算得了什么呢！"宇霓走近父皇，轻轻地拍着他的脊背，"父皇是万圣之躯，一定会万岁万万岁的！"

皇帝苦笑："都是欺人的话！自古以来，有几个人是活过百岁的？！即便是传说中活得最为长久的彭祖，亦不过是八百岁。父皇虽算不得是旷世明君，却亦不会偏执到效仿秦始皇与汉武帝，迷恋长生之说。况且，朕虽尚未到古稀之年，但在皇帝当中，倒算是长寿的了。只是这江山社稷和你们十六位皇儿，朕放心不下啊！"

"父皇……"宇霓的鼻翼有些酸涩。

“不要难过。”皇帝示意宇霓不用捶背了，“父皇有话问你。”

“儿臣恭听！”

“你看你的十五位皇兄弟之中，谁最有资格继承大统？”

宇霓忙收身侍立：“兹事体大，儿臣不敢妄言！”

“快快平身！朕赦你无罪，你大可直言不讳。”

宇霓试探着说：“父皇英明！看如今的情势，谁可被立为储君，不是明摆着吗？”

皇帝沉默。

宇霓忙说：“儿臣乃一介女流，竟妄言朝政，请父皇责罚！”

皇帝仍然沉默。

“父皇……”宇霓猜不透她的父皇心里到底是怎么想的。他既然已经封了茶昶亲王之位，又把自己继位前住过的亲王府赐予了茶昶，可却为什么在立储的事情上犹豫不决呢。

她还踯躅着不敢继续问，她的父皇却终于开了口：“朕要考虑的事情，不是你所想象的那么简单。没事了，你跪安吧。”

宇霓只好说：“儿臣告退！”

茶昶在走进御书房之前，一直在想一件事：为什么皇帝每次私自召见他，都要在御书房。

他还想起并不算遥远的事情。那时候，朝中的情势还没有如今这般复杂。那时候，他的胆量可比现在要大得多。现在的他，是决不敢偷窃画像的了。

“儿臣参见父皇！父皇万岁万岁万万岁！”

“平身。”皇帝在翻看着奏折，“皇儿，你今年多大了？”

“回父皇，三个月之后，儿臣便二十一周岁了。”

“哦——”皇帝把奏折放下了，“听说你很少回王府就寝，怎么，住不习惯吗？”

茶昶有些惊讶：“不是！王府很好……”

“那为什么总往外头跑啊？”

“儿臣，儿臣……”

“看来，也是为你挑选王妃的时候了！”

茶昶的惊讶陡地变大变重：“父皇，儿臣还不想婚娶！”

“不可再推了。你一再推迟，不是耽误了你的弟弟们吗？”皇帝的眼神好厉，“不要告诉朕，你还挂念着泠家的女儿！”

茶昶猛地跪地：“求父皇成全！”

皇帝盯着茶昶，盯了片刻，然后说：“朕给你一个选择的机会，你在做出决定的时候，一定要慎重。”

“父皇请说！”

“泠家的女儿与你的远大前途，你选其一。”

茶昶震惊：“父皇，为什么只能选择其一？旋眸根本不会威胁到我的前途啊！”

“情势往往瞬息万变，不是你认为不会发生的事情，它便不会发生。皇儿，朕今日可以告诉你，朕刚刚所说的远大前途，不止是有亲王之贵，你明白吗？”皇帝看见了茶昶的动容。

“儿臣明白，儿臣谢父皇！”

茶昶在想宇霓的话。他在迅速地下一个赌注。最后决定的时候，他是这样认为的：父皇的威迫，在他继位之后，便会失效。所以，他说：“儿臣谨遵圣意行事！”

皇帝笑，随后的话里似乎藏着很深的意义：“三个月之后你的生日，朕会送你一份极大的贺礼。”

旋眸第一次抚摩自己的孩子。生出他很久了，她却一直都不曾触

摸过他。原因，有不敢，亦有不想。今日，她鼓足了勇气。

孩子的皮肤很软很柔很细，孩子的面庞很精致，她都抚摩出来了。她听宇霓公主说过，这孩子和荼昶长得极像。抚着抚着，泪便下来了。

心里有什么在缓慢流失，又有什么在缓慢地浓厚起来。

有宫女走进来，说："禀娘娘，王爷交代护卫送了个人来。"

旋眸擦拭着泪水："什么人？"

"听护卫说，是娘娘从前的使女。"

旋眸一惊，一喜："快唤她进来！"

她想，一定是早衣。早衣和她分离了将近一年，如今终于回来了。可是，当那人走近她，向她行礼拜见的时候，她却有些怔了。这味道是早衣的，但却掺杂了太多的陌生。这声音亦是早衣的，但却掺杂了同样的陌生。难道是因为分离过久了吗？

"早衣，是你吗？"旋眸问得很急。

"回娘娘，奴婢原本并不知道自己的名字，但是王爷说奴婢是娘娘的使女早衣。奴婢亦很想知道自己是谁，不知道娘娘能否帮助奴婢？"

旋眸惊了："你在说什么？你怎么会不知道自己是谁？"

"回娘娘，昨日奴婢从昏迷中醒来的时候，便记不得自己是谁了。听太医说，自从一年多以前宁王爷的护卫把奴婢送到太医院之后，奴婢便一直昏迷着。"

"你是说，你昏迷了一年多？"

"是的。昨日醒来之后，太医们亦曾仔细地检查过，但都检查不出原因，只好把奴婢送到了宁王府。王爷告诉奴婢，一年多以前，奴婢在随娘娘进京的途中不慎堕马，当时便昏迷不醒。王爷还说，因为怕娘娘为奴婢日夜担忧，故而不曾告知娘娘。"早衣说。

旋眸的心里百感交集。

"奴婢虽然记不得自己是谁，亦不再记得娘娘，但奴婢愿意终生伺候娘娘，求娘娘莫要嫌弃奴婢，求娘娘收下奴婢！”早衣双膝跪地，哭，“奴婢连自己是谁都不记得，又怎么想得起是否还有家人？！求娘娘可怜奴婢，千万不能不要奴婢啊！”

旋眸不忍心告诉早衣，她本是个孤儿，她本无家可归。她摸索着搀扶她，说：“快些起来。早衣，我不会嫌弃你的。你是我的贴身使女，曾经和我一起长大，你离开我的这一年多的时间里，我无时无刻不在担心你。早衣，不要哭！”

劝早衣不要哭，她自己反倒哭了。哭的时候，脑海里出现一个模糊的身影。她虽然看不见他的长相，却知道他是谁。

哭泣持续很久之后，她蓦然发现，她已经不甚怨恨这个人了。甚至有一个瞬间，她很想对他说一声对不起。她不知道为什么会发生这样的转变，她以为自己会一生怨恨他讨厌他。

早衣在身边了，曾经日夜相处的人在身边了，她本不应再感到孤单与无助，可是，为什么竟会减却了那样的怨恨？为什么这样的减却竟会令她感到更深更重的孤单与恐惧？

他此刻在哪里？——她是在……是在思念他么……

为什么突然想对他说声对不起？

手指触摸到那柔嫩的肌肤，心里那样紧，那样疼。那是她的孩子啊……十月怀胎，辛苦分娩，确确实实，真真切切，从她身上掉下的肉。

泪水涌得更加猖狂。

“娘娘，”宫女禀报，“王爷回来了。”

旋眸猛然回头。她看不见他，心里却涌动着复杂的波涛。她以为自己会说些什么，一些不同的什么，可是，当茶昶真的站立在她的身边的时候，她说出的话竟是：“当初你怎么能让早衣独自骑一匹烈马呢？她一个弱女子，怎么可能驾驭得住？你是不是存心的？”

茶昶叹气，叹得很重：“旋眸，你对我的误会实在太深了。我若有错，亦只能是错在思虑不周。可是，谁又想得到会发生那样的悲剧？”

“好了，你不要为自己辩解了！你的心本就是狠的，对谁都狠，有什么事情是做不出的！”

荼昶突然说：“你是不是怨我没有为我们的孩子举办满月酒？”

旋眸住了口。

“我亦是没有办法啊！现在是非常时期，一切都不可大肆张扬！我发誓，日后我定会好好补偿孩子！”

旋眸却蓦然说：“有些东西，一旦失去了，便无法补偿。”

她所指的，并不是满月酒一人一生只有一次。

“你若担心我会影响你的前途，却为什么还要死死地抓住我不放过我？我究竟是怎样得罪了你，竟使你把我当成一件物事一般，从西沃偷偷塞进皇宫，然后再从皇宫偷偷塞进这个小院？”

“旋眸，其中的原因，你自清楚，又何必问。”

旋眸满面的哀伤，似有郁结纠缠在心头，怎么挥都挥不去。她的眼眶里泪意在泛滥，嘴里却依然是那样强硬：“我不清楚！我生于偏远之地，长在偏远之地不说，我还天生残疾！我怎么有能力猜到你宁王爷心里到底在想什么？”

“可我对你是真心的啊！”

“真心？你若是真心对我，怎么会强迫我做自己不愿意做的事情？你若是真的疼惜我，怎么会拿我全家的性命来威迫我？你若是真的看重我们母子，又怎么会将我们母子藏掖在外？难道孩子是私生的，见不得光的吗？难道我就是这样的命运，我的孩子就是这样的命运？”

“旋眸……”

“住口！你有资格叫我吗？”

荼昶没有资格，但孩子或许有资格。孩子被他们吓着了。那嘹亮的啼哭声，令他们手足无措、心慌意乱。

茶昶急急地奔到摇篮边了。而旋眸，却在中途被绊倒在地。她踉踉跄跄地站稳了的时候，茶昶已经抱着孩子在哄着了。

她蓦地愣怔了。这样的愣怔，非常地严重。

茶昶叹气，深沉地叹气。

她听到他的叹气，突然感到一阵心悸。孩子已停止了啼哭，茶昶的味道近在咫尺，她在心悸。

京城上空，如今正流传着一件事。是好事，百姓们如此认为，百官们如此认为，皇室亦如此认为。只有茶昶和泠玖炎，或许还有宇霓除外。

挑选宁王妃是一件大事。挑定宁王妃，给全民一个大喜。

现任户部尚书司寇大人的独生女儿雾霈，刚到及笈之年，生得清纯可爱。

皇帝喜的、虑的是，一则亲上加亲；二则，茶昶虽已掌握了兵权，但治理国家不能单靠武力，还要多多思虑民生之计。

日子已经定了，是茶昶二十一周岁的当日。

那样平和的日子，天气那样好，日头那样好，而茶昶却带着歉疚与无奈走进这所安静的院落。

旋眸斜卧在躺椅上假寐。他走过去，蹲下来，安静地凝视着她的容颜。她的身体与她刚进皇宫的时候相比，显得有些丰腴了，但仍然是那样的美，美得震撼他的心，甚至窒息着他的心脏。

他伸出手，轻轻地，温柔地，抚摩着她的颊线。一遍遍，从上往下，从下再往上。一如凝脂的细嫩肌肤，恍若天女的美丽容颜，眉宇间却蕴着时浓时淡的惆怅甚至怨恨，让他的心一下下地紧痛。

他缓缓欺身上前，手臂抄入她的身下，将她抱入怀中。修长的手掌缓缓地抚摩着她的脊背，似欲安抚她醒来时下意识的挣扎。

口中低低地说："我爱你……旋眸，我爱你呃……旋眸，此生今世，我茶昶只爱你一个，只宠你一个……不，旋眸，是永生永世呃，永生永世，我茶昶只爱你冷旋眸一个……"

旋眸的挣扎，就在茶昶近乎喃喃的倾诉当中，慢慢减弱，继而停止。她脸上有些愣怔，心里却有些怅惘与迷茫。

他的味道充溢着她的鼻翼。她忽然在心里问自己，为什么突然间想要吸吮更多？为什么不再排斥？鼻翼轻轻翘动，丝丝地、切切地、悄悄地，将他的味道吸进去，深深地吸进自己的身体里。嘴巴动了动，似要吐出什么不同于以往那样抗拒的言辞，却终究没有说出一个字。

孩子突然轻轻低低地哭泣了起来。宫女抱起来摇着，他反而放声大哭。茶昶急忙轻放下旋眸，转身走过去抱过孩子，牢牢抱在自己的胸前。孩子突然就不哭了，睁着一双漂亮的大眼睛，安静地看着自己的父亲。

茶昶看向愣愣地坐在躺椅上的旋眸。他不能告诉她，他将要迎娶别的女人做他的正室妻子；他不能告诉她，宁王妃这个称呼将会安在另外一个女人的身上；他也不能告诉她，他是不会碰那个女人的，除了她冷旋眸，他不会去碰任何别的女人，他的骨肉只能由她冷旋眸诞育。

只是，究竟要到何时，他才能够得到她的心，她才能够不再恨他，不再怨他，不再试图推开他的怀抱，不再试图逃开他？

孩子突然再次哭了起来，声音细细的软软的，更像是在撒娇，在索求更多的关注与疼爱。茶昶抱着他走到旋眸身边，将他放在她的怀里。

他说："我有些事情要处理，可能要离开一段时间，你……"

他没有说完。旋眸怔怔的样子令他无比心疼。他抱住她的脑袋，将唇用力地印在她的额间。然后，他转身离开。

旋眸的心突然有些空。茶昶的脚步声每减淡一分，她的心便空了一分。她突然很想站起身去追他，或者去问他，要去做什么，要去多久。

然而，她只是抱紧了自己的孩子，安静地坐在躺椅上，长久地愣怔着。仿佛，刚刚离去的那个人关乎着她的性命与安危，关乎着她的这一生。

迷茫再次袭上来。她将自己的脸贴近孩子的脸。在这所小院里，她承受着孤单与沉伤，承受着曾经被她刻在心底的恨意的碎裂与消散。

“茶……”低低的一声呼唤，艰涩出口，却竟未能生成。

宁王爷大婚前的这些日子比较紧迫，宇霓公主不敢私自出宫。

小院里，孩子的啼哭，旋眸的叹息。

泠玖炎不在京城。西沃才是他的生意根本。

日子过得很快，明日便是大婚之日。

迎亲的队伍很长。

宁王爷的仪仗为每一个经过的地方都带来了欢喜与热闹，除了那所小院。

茶昶不能下令仪仗转道。他只能祈求上苍让小院，尤其是让旋眸久久地酣睡。但是，同时他又非常地清楚，他亲自为旋眸定下的药量，不足以使她昏迷一整天。迷药本可以下得再多一点，可他怕会伤害旋眸的身体。

他希望仪仗赶快驶过，希望旋眸苏醒之后听到的，只有孩子的啼哭声。可是，迎亲的仪仗从宁王府出发到迎了新娘回来，必须经过小院后方两次。

他身在宁王府，想象着迎亲的仪仗对小院可能造成的冲击，想象得自己焦虑不安。

他还没有换上喜服。那喜服摆在那里，他看着刺眼，于是走出去，走在庭院中。但是，宁王府到处都是喜庆的彩绸与锦缎，大红喜字看得他直想逃婚。

王府的总管太监跑来说，朝中前来的文武官员都到得差不多了。荼昶不得不去打声招呼。他不得不换上喜服。

早衣曾经昏迷一年多。这在从前是坏事，但如今却成了幸事。宁王爷的心腹护卫没有对她下迷药。

荼昶说过，要使早衣明白，对她的主子下迷药，纯粹是出于保护之心。她点头说明白，但在望着仍在熟睡当中的主子的时候，心里很不是滋味。在这个小院里，除了旋眸和她的非常幼小的孩子之外，都是知情之人。

小院的后方，锣鼓重重地敲着。

突然，孩子嘹亮地哭了起来。

突然，依旧处在昏迷之中的旋眸叹了口气。

早衣惊慌地望着。望了很久之后，她想，是幻觉吧。

深夜，旋眸迎着冷风，凝伫在窗前。

荼昶以前并不是夜夜宿于此处，只是今夜……她不明白，为什么独独今夜，她会希望闻到他的味道，听到他的脚步声。

早衣在身后轻声说：“娘娘，夜已深了，您请安歇吧。”

旋眸似乎没有听到，只是那样安静地伫立着，仿佛想要就此化做雕塑。

许久之后，早衣说：“娘娘，王爷今夜不会过来了，您还是先请安歇吧。”

旋眸的心就那样狠狠地刺痛着。是啊，他不会过来了。他说过他会离开一段时间，那么，究竟是多久呢？——是不是因为以往她对他所说的话太过癫狂，是不是因为她以前对他太过恶劣，是不是因为她从来都不曾对他温言细语过，是不是因为他一直都以为她依然非常憎恨他非常讨厌他……所以，他不会过来了？

“娘娘，夜已深了，您请安歇吧。”早衣已经跪在地上了，其他的宫女也跪在了地上。

旋眸低低叹口气，回身走向床榻。拥被坐在床上，心思那样惆怅。躺下来，将脸侧转，让鼻翼靠近软枕，细细地呼吸着上面残留的味道，泪水忽然就涌出来……

茶昶的新房。并不期待的新房。

他被搀扶着进了新房的时候，已经酩酊大醉。太监们把他搀扶到新床上，迅速地退出。总管太监挥手，撤去了这新房里的喜娘和宫女。

新房布置得富丽堂皇，喜庆之极。但是，房里的气氛却古怪得很。新娘端坐在新床上。而那新郎，却一动不动地成大字形状躺着。

红盖头还没有掀。合卺酒还没有喝。红烛的泪水一滴滴都很大，落得很猖狂。

茶昶似乎醉得不省人事。可是，那小小的新娘却轻声说：“昶哥哥，你是不是不喜欢我？”

茶昶没有一丝动静。

“我知道昶哥哥早已有了喜欢的人，可是，男人不都是三妻四妾的吗？昶哥哥既然可以喜欢一个盲女，却为什么要对雾霈如此冷淡呢？雾霈听说那个盲女生得绝世美丽，可是昶哥哥还不曾仔细地看过雾霈，怎么知道雾霈的美貌比不上她？既然那个盲女都已经不在昶哥哥的身边了，昶哥哥你为什么不能试着接受雾霈呢？……”

茶昶的身体依旧没有动弹。但是，他的心在动。

“昶哥哥，不论怎么样，雾霈都已经是圣上册封的宁王妃了，雾霈一定会做好昶哥哥的妻子！雾霈相信，总有一天，昶哥哥一定会喜欢雾霈的，真正的喜欢！……”

茶昶突然想起了很多年以前的某日。那时候，他还很小。却直至今日，都还清楚地记得，舅舅的小女儿灿烂绽笑的模样。那个小女孩，牙齿尚未长全，但那笑容却令他非常地喜欢。那并不是唯一的一面，亦并不是对她唯一的印象。

他时常出入司寇尚书府，他时常都能够看到司寇雾霈，但是，他却很少仔细地打量过她。他总是很匆忙地和她打着招呼，然后速速地赶去司寇尚书的书房。他其实并不甚清楚，她到底已经出落成什么模样了，亦不知道，当年那个连话都说不清楚的小女孩，什么时候已经有了自己的想法和令他不禁心疼的坚强。

他不是不想知道，可却不敢去挑那红盖头。尽管，实际上，一切都已经无法挽回了。

“昶哥哥，雾霈一定会等，一定！”

这是誓言吗？

【第四章】劫难重重

第四章　劫难重重

那是一个明朗的日子，艳阳高照。

旋眸虽然看不见灿烂的太阳，却能感觉得到照射在身上的阳光。这阳光并不毒辣。旋眸感觉到的，是强烈的温暖。她很喜欢这样的感觉。但是，在回想和思念另外一种温暖的感觉的时候，她却怔住了。甚至有一刻，她感到了恐惧。曾经赖以生存的温暖，却竟会在如今令她感到了恐惧。

房间里的啼哭声很嘹亮，但那不是她的哭泣。她只能无声地流泪。不知道为什么会流泪，或许只是因为恐惧吧。

“娘娘，是不是身体不适？”早衣轻声问。

她记不得从前的一切，对曾经和冷家大小姐一起度过的那十几年的岁月毫无印象。旋眸在她的心目中，只是宁王爷的宠妾。但她能够体谅这位见不得光的娘娘。

在这所小小的院落里，阳光再怎么灿烂，亦不过照了寸地。

她在旋眸轻轻地挥手，轻轻地摇头之后，说：“娘娘如果准许，奴婢

可陪伴娘娘出去走走。”

旋眸似是没有听到。但在片刻之后，她蓦地心动。她只是主观认为，茶昶一定是下了严命禁锢她的手足的，却不曾尝试走出这小院。她心动之后又想，如果茶昶确实下过严命，早衣是不敢这样说的。

“你去稍做准备，咱们这就出去走走。”泪水慢慢地流到尽头之后，旋眸说。

街市上，似乎人流如川，车行如龙。

旋眸听到鼎沸的人声，感觉到这街市上无比的热闹。

这一日，对平民百姓们来说不过是普通的一日，但对她来说，却是非比寻常的一日。这是第二次，平生里的第二次。

平民百姓，如若没有犯法，谁都可以自由而随意地行走在人群之中。她不是平民百姓。她曾经万分期望自己是一个平民百姓。可是，自古以来，平民百姓之中，或许有人曾被有权有势之人甚至纨绔子弟藏匿起来视做小妾，却没有一个会被自己的亲生父亲囚禁在一个大宅子里，长达一十六载。但是，这一次，这平生里的第二次，便是真正地得到了自由吗？

茶昶派来护卫小院的心腹们，如今步步紧随。她只能听见别人的欢声笑语，只能在数人的团团包围之中，感受着难得的“自由”。

可是，在如此感受的同时，心里却似乎无比的悲伤。双耳一直竖起，鼻翼一直挺翘，心里暗暗祈愿，也许就在下一刻，某一个方向便会传来一声：旋眸，上轿，回去。哪怕声音冰冷无温。

踉跄低首，轻咬下唇。

前方数匹骏马从她身侧驰过。

不知是谁人的骏马，在这人流如潮的街市上，竟是如此的肆无忌悍。如若不是身后的护卫及时护住了她,她是逃脱不了被马蹄践踏的命运的。

她是逃掉了,可有人没有逃掉。那些没有身手敏捷的护卫保护的人们被马蹄踢倒了,一处处摊位被踢翻了,一声声叫骂被迫藏在肚腹之内。

这些骏马不是第一次如此肆虐。常在这里的人都知道,这些骏马的主人是惹不得的。

那惹不得的人在从旋眸身侧奔驰过去片刻后,竟又转回来了。匹匹骏马将旋眸一行人团团围住。护卫们急忙把旋眸护在中央。

那骑在马上、高高在上的人,手里握着一支粗硬的马鞭。眼睛睥睨着,却又透露出强烈的贪婪与无知。他是头儿。后面几匹马上的人都是他的随从,或者说是帮凶。

茶昶的心腹护卫都认得这个主儿。虽然都尽心尽力地护着旋眸,但此时此刻,他们不敢不行礼参拜:“奴才们参见谦王爷!”

那谦亲王不理会任何人。他的眼睛里都是看不见任何人的旋眸。

旋眸身边的护卫只有两人。但是,谦亲王的随从人数不仅数倍于他们,那几匹马更是相当的凶悍。

一则,两名护卫即使使尽浑身解数,都未必胜得过对手;二则,这两名护卫虽是宁王爷的心腹,但在皇室中人面前,身份却是低微得很;三则,他们是宁王爷的人,不能仗着宁王爷的权势欺负皇室宗亲,不能促使宁王爷和谦亲王之间产生嫌隙。

所以,早衣被乱马践踏在蹄下,而旋眸则被劫持了。

护卫们急速奔去宁王府,向茶昶报告。他们跪在主子的面前请罪。茶昶的脸色阴沉。

护卫们拔出随身携带的宝剑,就要自刎谢罪。可是,他们的主子

却用两根手指迅疾地弹下了他们的宝剑。

“你们的命都是本王的，在本王下令赐死你们之前，你们都得生龙活虎地活着！”荼昶的眼神冷冽得一如两把冰刃。

两名保护不力的护卫重重地叩头：“谢王爷不杀之恩！”

“死罪已免，但活罪难饶。现在，你们跟本王去谦王府要人。”

荼昶骑马迅疾到达谦王府的时候，那大门是敞开着的；而且，亦早已有人站在门口等着做引路人了。那人领着他，直奔王府后院。

谦亲王早已在等着他了；而且，等他的人还不止一个。这个人的出现，他意想不到，所以吃惊了。他不是不知道大皇子和四皇子的关系很好，可却不曾想过，他们的关系竟然已经好到要联手对付他了。

“七弟，你今日可不够神速啊！”四皇子阴阳怪气地说，“想当初你在夺我军功的时候，是那么地迫不及待，连我喘息的时间都不给，便带着一支精锐之师杀进江南了，可今日是怎么了？是舒服日子过久了，未免惰性大生？还是被这个瞎女人折腾得四肢无力了？”

“住嘴！”

“哟，生气了？”四皇子冷笑，“可以！如果那瞎女人的命一文不值，你尽管生气！”

荼昶怒火上升，却无从发泄。

谦亲王阴笑着开了口：“好了，四弟，以后有你报仇的机会，现在该进入正题了。七弟啊，大哥今日请你前来，首先呢，是很想知道，瞎眼女人泠旋眸在你心里，到底占了多重的位置。”

荼昶硬是压下了心中的怒火，说：“既然大哥有这个兴趣，小弟不妨挑明了说。旋眸是我最爱的女人，我这一生最大的希望，便是和她永远在一起，一家人过安定的生活！为了她安然无恙，我会不惜一切代价！如果有人胆敢伤她分毫，我会尽一切所能，要此人付出最惨重的代价！——这样够清楚吗，大哥？”

“你这话可是真心话？”

“大哥如若怀疑，又何必开问！”

“好！既然七弟如此看重瞎眼女人——”

“她有名字！”荼昶沉声说。

谦亲王很怪地笑：“我当七弟并不在意她的眼盲呢，原来……既然七弟要求，称呼她的名字亦未尝不可。旋眸，是吧？”

“冷旋眸！”

“可以，冷旋眸！——哎，七弟，听说这冷旋眸是西沃巨贾冷玖炎的独生女儿，是吧？我就奇怪了，这冷玖炎在西沃是呼风唤雨的人物，干吗非要把自己的亲生女儿，送给人家当见不得光的小妾？呃，当然了，七弟不必回答这个问题。不过，不知七弟是否知道，这冷玖炎——”

“够了吧，大哥？”四皇子已经很不耐烦了，“跟他瞎扯什么？言归正传吧！”

“四弟都急了？好！好！”谦亲王甩甩袍袖，“我伺机把冷旋眸劫来，其实是想跟七弟做一个交易。”

“什么交易？”

谦亲王却突然沉默了。

“大哥既然费尽心机地寻找旋眸的下落，又在大庭广众众目睽睽之下劫了人来，却为什么不快些把真正目的说出来？”荼昶说。

“我当然很想快些说出来，不过这桩交易很大，真的很大，大哥我是怕会伤害到七弟的心脏。毕竟，我们是亲兄弟啊！”

荼昶冷笑：“大哥还是快说吧。”

“那大哥我就不卖关子了！七弟，我们的交易很简单，你可以带走冷旋眸，而且我保证，以后不会再有人打她的主意，但是，”谦亲王的脸色猛地一变，“你必须放弃太子之位！”

荼昶的心脏还受得了。他在来此之前已经分析过了，谦亲王劫了泠旋眸，只有两种可能：一是劫色，二是威迫他。他知道有太多的皇子觊觎太子之位，亦知道很多人已经在暗地里做了很多的努力。但是，他不知道，谦亲王和四皇子到底是不是真的酒囊饭袋。就算他一时答应了，又能怎么样呢？

他冷笑，说："大哥此言差矣！册立谁为太子，必须顺应天命与人意，那是父皇要下的决定，小弟怎能左右？！"

"不，如若你无意做太子，父皇是不会勉强你的！"

"难道大哥不知道，自古便有很多皇帝其实并不想登基继位？做不做太子，不是我可以决定的。"

"这么说，你不答应？"

"大哥的这个条件太荒谬，恕小弟难以从命！"

"荒谬？你是说，把泠旋眸的项上人头和太子之位相提并论，是荒谬之举？"

"如果大哥有意曲解小弟的意思，小弟也无话可说！不过，小弟奉劝大哥一句，如果大哥执意不肯释放旋眸，可别怪小弟告到父皇那儿去！"

"你敢吗？"

"小弟不知这有什么敢不敢的！"茶昶说这话的时候，心很虚。

"既然七弟不知，大哥不妨提醒一下。七弟可还记得，泠旋眸的容颜是如何暴露在你的眼睛里的？不，这样说，太不够干脆了，我这样问吧，七弟，你是在哪里见到泠旋眸的画像的？"

这一刻，茶昶的心脏，是真正地被伤到了。

"七弟还没想起来吗？那大哥再提醒提醒，七弟记不记得，在你私自出宫，赶去边陲西沃之前，父皇曾经下令在全国诏选秀女？好像，后来被选中的秀女画像，都是直接送入御书房的吧？——七弟，大哥说了很多了，你想起来了吗？"

茶昶还没有找到说话的勇气。

四皇子在一旁笑："哎哟大哥，你可把咱们的七弟吓着了！瞧那脸，没个正色儿！"

但是，谦亲王的话还没有完："我派出去的探子回来告诉我，那个宇霓丫头不仅没有按照父皇的意思，结果掉泠旋眸腹中的胎儿，还买通太医为泠旋眸安胎。这丫头可是胆大得很哪！也难怪，谁让父皇那么疼爱她。不过，也是七弟你人缘好魅力大啊，竟使宇霓丢掉了刁蛮与任性，甚至胆敢违逆圣意。七弟不敢让泠旋眸住进宁王府，甚至使得她们母子只能活在阴暗的角落，怕的是什么，你以为真的无人知晓吗？"

四皇子的笑很阴很冰："他把我们都想成是酒囊饭袋，我们一生碌碌无为，才是最为相称的写照。他怎么会想得到，恰恰就是我们这样的酒囊饭袋，加速了他的灭亡！大哥何需与他废话？他不是不答应吗？那好，咱们便将真相禀报于父皇，让父皇来决定他的命运！"

谦亲王却看着茶昶："七弟敢和真相打赌，真的够大胆！"

"大哥的胆子更大，竟敢在父皇的身边安插眼线！"深呼吸也好，紧攥拳头也好，总归，茶昶已经可以说话了。

可谦亲王却冷笑："我的胆子到底有多大，连我自己都不知道。整个皇宫里到处都有我的眼线，遑论父皇身边。既然都说到这里了，我还有一件惊天动地的事情，不妨现在便告诉你。茶昶，你很傲慢，对我谦亲王也很无礼，但你可曾想过，你或许根本就没有和我对立的资格？"

"大哥说话，为什么总是拐弯抹角？"

"不是我喜欢拐弯抹角，实在是因为这件事真的很大。茶昶，你竖耳听清了，你和我并不是一母所生！"

茶昶冷笑："大哥即使想要撇清陷害亲生兄弟的嫌疑，亦不至于降

低自己的身价吧？！”

“你误会了，不是母后所生嫡系皇子的人，是你！”

茶昶仍旧冷笑：“你以为你的诬陷有用吗？”

“你既然不愿意相信，不妨去逼问当年在母后寝宫里当值的老太监和白头宫娥。当年你出生的时候，母后已经身染重病，再愚笨的人都想得到，你不可能是皇后的儿子！父皇把你交给母后，无非是想让你有一个好的出身，亦因此封了所有知情人的嘴，毁掉了有关的记录。你可知道冷宫里一直都住有人？”

茶昶的冷笑有些僵硬。

“冷宫里住着一个名叫洛姬的女人，她才是你的生母！你可以不相信，但我要告诉你，她在二十多年前便被父皇永久打入冷宫。你可想知道是为什么吗？”

茶昶的脸色越来越僵硬。

“原因并不复杂，她给父皇戴绿帽子！”

“你说谎！你大胆！”茶昶的声音很低沉，但却渗着恐慌。

“我是够大胆，但却没有说谎！她在入宫成为皇帝的妃子之后，竟还日日念叨着从前的情人。她对父皇不忠，是犯了欺君之罪！她只是被打入冷宫，已经是父皇很大的仁慈了！要不是因为疼爱你，想让你顺利地成长，父皇怎么可能容忍至今，怎么可能不狠狠制裁那个男人！我还可以告诉你，那个男人到底是谁。很巧，真是太巧了，你绝对想不到会是他！其实，他就是，泠，玖，炎！”

茶昶突然感觉到一阵强烈的头晕，但却强忍着，怒斥：“谦亲王，你这是污蔑！你已经犯了大不敬之罪！”

“你不用如此激动！泠玖炎只是你生母的情人而已，你和泠旋眸本无血缘牵连。我险些忘记告诉你，泠玖炎原本并不知道洛姬入了宫，不过现在知道了。因为，他第一次入宫的时候，就是宇霓那个傻丫头邀请他来京的那一次，是我的眼线把他领到冷宫的。怎么样，宁王爷，你可要想清楚了，本王既然能够知晓别人无法知晓的事情，自然亦有能力把你玩得连自己是谁都会忘记！”

那四皇子还在帮腔：“想跟大哥斗，你还嫩得很！你这个贱种！贱种！”

茶昶强忍不住，一阵踉跄。

谦亲王蓦地叹口气：“当初我想向七弟讨了冷旋眸的时候，要不是你对我那么言辞激烈、不留情面，我亦不会下定决心对付你。唉，真是红颜祸水啊！”

茶昶不禁伸手捂住了胸口。难道这竟是真的吗？难道他的身世竟是如此不堪吗？难道这便是所谓的真相吗？难道真相，原来竟是如此地致命吗？——表面看来放荡无能的人，原来竟是城府无比深重的人！他自恃在当朝皇子之中最富才干，最有大贵之相，可如今看来，最为无能、无知、无为的人，原来竟是他自己……

“好……好……只要你把旋眸还我，我……我愿意……愿意放弃太子之位！”茶昶可以这样说。只要能够救出旋眸，他什么话都可以说。

笑，达到目的之后满足的笑，报复仇敌之后得意的笑。他们所要得到的，并不是茶昶的一句承诺。

在这样的非常时期，在阴谋夺取这个天下最为强大的权力的时候，任何承诺都是不足信的。他们要茶昶明白，在他的身后到底存在着多少个隐患。他要争夺皇位，便必须事先预备好无数条性命，或者像猫儿那样，具有九条命。

谦亲王和四皇子的笑很一致，很像。

“旋眸在哪里？”茶昶忍着，强忍着。

谦亲王的身后是一道屏蔽墙壁。他没有看那墙壁，只是拍了拍手。

旋眸被谦亲王的心腹家奴从墙壁之后扯到了茶昶的面前。

她没有发出过一丝声音。在被强硬的手臂抓住的时候,嘴巴被布塞着;嗅到荼昶的味道,听到荼昶的声音的时候,她想喊他呼唤他,却是不能说话。但如今,布已经被拔出来了,她却连一丝声音都发不出。

荼昶抱起旋眸,抱出谦王府,抱到自己的骏马上,解下身上的披风,把她裹在披风里,放在自己的胸前。这一次,他没有绑住她,但她却紧紧地贴在他的胸口。

一路上,谁也没有出声。

小院里很静。孩子熟睡着。

荼昶把旋眸放在床上,坐在床沿。他有很多的话想说,可却无话可说。他想把心中的决定告诉她,却怕她经受不住。他心疼自己心爱的女子,期待永远都能够如今日此时此刻一般,坐在她的床沿,凝视她。

他希望她的大眼睛能够晶莹闪亮,能够像所有普通人一样拥有看见光明的幸运。他把她初一抱进寝宫的时候,便请太医诊断过了。可是,她的眼睛却好似普通人的生老病死一般,似是天帝执意为之,似是凡人永远都无法改变的命运。

"旋眸……"呼唤的同时,泪水缓慢地流落。

旋眸很想告诉荼昶,她再也不会怨恨他,再也不会拿话刺伤他。在嘴巴被塞住的时候,她挣扎过,死命地挣扎过,同时期望他尽快地来到解救她。当听到那让谁都无法不感到震惊的真相的时候,当听到他正被自己虽然同为一父所出却竟是死敌的兄弟恶意中伤的时候,当终于知道他为了自己竟敢犯下欺君大罪的时候,当听到他的声音变得颤抖的时候,当感觉到他的心正遭受着深重的痛苦折磨的时候,她不由得停止了挣扎。

她感觉到自己的心揪似地痛。她想奔过去,奔到他的身边和他一起承受。可是,她的手足都被绑缚住了。她的肩头,还有一只手在强劲有力地按着。

到了如今这样的时刻，她是多么想亲口告诉他，她曾经对他那样误解，故意忽略他的心意，真的是太不应该，真的是太过无情。她最想告诉他的是，她心疼他，真的心疼他，不管他曾经多么霸道地强迫她、威胁她，她都心疼他。

她知道，他强迫她，他威胁她，其实都是因为他在意她，他爱她，他想留住她，他要珍惜她。她知道了，终于知道了，在经受痛苦与心疼的时候知道了。

她本来早就应该知道，本来可以和他在一起过着快乐安详的日子，本来……本来……

那么，现在还来得及吗？为什么有千言万语想对他说，却全都涌在喉咙口吐不出来？为什么情不自禁地握住了他的手，她却有泪流不出来？为什么他就在身边，她却感觉到了永诀的恐惧？

“你睡吧！”茶昶蓦然说。

他轻轻拂去了她的手，在她起身想要拉住他的时候，点了她的睡穴。他看着她软软地倒在床上，看着她的眼角流淌出晶莹的泪珠。

他走到摇篮边，看见摇篮里不知何时已经醒来的孩子，正扑闪着一双大眼睛。这一双大眼睛和母亲的一样漂亮。但是，孩子比母亲幸运。

他的孩子静静地望着他。这孩子不哭亦不闹，自出生至今，从没有像此时此刻这样安静。他的心，蓦地很疼。可是再疼，他亦同样点了他的睡穴。

他的心爱女人和亲生骨肉都已经熟睡了。这小院里呈现着无比的安静。

他走出房间，走到院落里。他仰着头，望着那天空。天空中白雾缭绕。白雾很薄，但却似乎隐藏着可怕的玄机。

他感到撕心裂肺般的痛楚。于是他把肺腑里久久酝酿的一声嘶吼，释放了出来。

这一声嘶吼，吓得他的心腹护卫不禁后退数步。

这一声嘶吼，刺入了天际，刺得原本自由游走的空气与轻轻地缭绕着的白雾，都不禁变了形状。

旋眸醒来的时候，已然身在行驶中的马车里了。

马车里还有一个宫女，怀里抱着她的孩子。荼昶早已解开了她和孩子的睡穴，却在此之前亲自喂他们喝下了迷药。

旋眸掀开车帘，感觉到呼呼的风，嗅到清新的空气。但是，她的心却是疼的，她的眼眶里满是泪水。她虽然猜得到荼昶为什么要这么做，亦知道他在必须秘密送走她们母子的时候，是怎样的心酸与不舍，却又忍不住无声地责备他。

马儿奔得好急，风刮过面庞的时候好劲。

她只问了宫女一句："早衣，安葬了吗？"

"回娘娘，王爷有令，厚葬早衣。"

"那就好……"旋眸说。

马车两侧还有数名骑士，都是荼昶的心腹护卫。旋眸知道，却不知他们要去向何方。

她想，会有可能去西沃吗？西沃，她出生成长的地方，她的生身母亲日日夜夜诵经念佛的地方，她耻辱、愤恨滋生的地方……她曾经想过，决定过，再也不回去了，即使心中有对母亲的万分不舍，也不回去了。

旋眸把孩子接过来，紧紧地抱在自己的怀里。

他们的路程很遥远，但却很顺利。他们到达江南小城扬州的时候，天色正是灰暗时分。守城将军孟义修早已接到了宁王爷的飞鸽传书，已在城门外候着了。

马车到了城门一侧，旋眸抱着孩子下了马车，上了一顶青衣小轿。小轿轻巧，被速速抬进了扬州城。

这扬州城曾经是叛军侵占过的地方之一，所以，七皇子的大军亦曾为夺回本来便属于皇家的土地而来过这儿。而这位守城将军孟义修，便是当时加入七皇子的平叛大军之中的一位扬州城的英勇战将。

旋眸入住的地方便是这位守城孟将军的府邸后院。

旋眸秘密住进守城将军孟义修的府邸后院这件事，在这扬州城里只有孟将军和几名随从知晓。孟将军早已下令将后院与前院之间的通道封死了，对外则称这后院年久失修，早已住不得人了。

后院布置很简朴，不过却是相当洁净。孟将军命心腹随从在外新买了些侍婢，送进了后院。后院里的一应开销，倒是不用孟将军操心。宁王爷命护卫带着的金银珠宝，足够这小小后院几年花销的了。

旋眸这边一安定，孟将军便把飞鸽放了出去。这只飞鸽能否顺利地传书，相当重要，在某种意义上，甚至可以严重地影响到宁王爷的前途大业。

旋眸住下了，全副身心都放在了抚养小小的孩儿之上。

她虽然只能嗅到孩子浓浓的奶香，不能亲眼看到他的模样长相，不知道他是何等的可爱聪慧，但是，她在怀抱着他、亲吻着他的时候，可以想象：想象着他，想象着他的父王，噙着泪水想象。

外面风云突变，世事皆难预料。但是，守城将军的后院里，始终保持着平静。

然而，平静总是会有被打破的时候。世上没有捅不破的纸，世上没有不透风的墙。扬州城的平民百姓们或许都还没有得到消息，但却

已经有人带着一群家奴来撞这后院的门了。

旋眸自然是不知道，外面不停撞击大门的到底是哪些人，却把那一句句的"狐狸精""骚货"等不堪入耳的叫骂听进耳中了，听得心里发毛。

护卫们留下两名贴身保护旋眸，其余的都奔到了大门后。他们听得出门外边并不是得知消息来此捉拿旋眸的强人，亦认为只要晓以利害，门外或许是认错了门的人们便会停止难听的叫骂声，便会撤去叫嚣。然而，当他们打开了大门，还没有来得及出言制止的时候，门外的人群竟如洪水猛兽一般，狂狂地冲了进来，冲得他们措手不及甚至踉跄不已。他们急忙飞身来到旋眸的卧房门前，挡住了那一大群的蛮人。

"快快站住！你们可知这里是谁人的住处，竟敢如此放肆？还不快快放下手中的利器退出去！"

那为首的妇人双手掐腰横骂："滚开！叫那不要脸的狐狸精给老娘滚出来！"

"放肆！"

一名护卫的身手相当敏捷。那妇人叫骂的嘴脸尚在，他已经把一个响亮的巴掌赏给了她，并且已经回身到了护卫行列当中，亦已经接收到了他的首领斥责他太过冲动的眼神。

这一巴掌扇得那妇人踉跄数步，却把事情搅得更糟。

"好哇，狗娘养的，竟敢跟老娘动粗！"妇人模样凶狠，对身边的群人高声说，"你们还等什么？给我上！"

那一群人蜂拥而上。

但是，这些宁王爷的护卫们武功十分了得，亦曾跟随平叛大将军上过战场。这一群乌合之众，如何做得他们的对手。不过片刻的工夫，利器已经散了一地，人群亦都成了倒卧的了。只有那妇人面色青黑地站在原地发愣。

护卫首领一支长剑刷地指向妇人，厉声说："何处来的泼妇，竟来此处撒野？"

那妇人双膝一软，跪倒在地："奴，奴家是孟，孟将军府上的，不知这里是诸位大，大人的安身之处，多有冒犯，还望大人手，手下留情！"

"信口雌黄！孟将军府上的怎会是你等这般可憎面目！快招，到底是何人派你们来的？"

护卫首领亦知道，这群人显然是乌合之众，今日也不过是瞎搅一番，不可能是有组织的刺杀。但是，为防万一，还是要问个清楚。

"奴家确是孟义修将军的结发夫人，但求大人看在我家老爷的份儿上，饶过奴家！"那妇人倒是把话说顺溜了。

护卫首领本不想多扰是非："既是孟将军的府上，责任亦应由孟将军来承担，我等自会找孟将军。你们走吧！"

"谢大人！谢大人！"那妇人匆匆地一离开，那些还在地上叫疼喊痛的人们亦都急急地爬起跑了。

护卫们急忙闪身入室，低头请罪："奴才们护驾不力，竟致外人惊扰了娘娘，请娘娘降罪！"

旋眸轻轻地拍着哄着早已被吓哭的孩子："没有什么罪不罪的。你们一路保得我们娘俩平安无事，已经是莫大的功绩了。"

"奴才们多谢娘娘的仁慈！"

护卫首领还有话："娘娘，虽是今日之事有惊无险，但此处已经暴露，是万万住不得的了。我们必须另觅藏身之处。"

"我们娘俩的命早已交付你们手上了，你们便自行决定吧。你们辛苦了！"旋眸说。

护卫们齐齐跪地："奴才们都是自小便跟随宁王爷的，亦都是宁王爷精心栽培出来的心腹。宁王爷对奴才们可说是有再造之恩，奴才们自当誓死效忠宁王爷！请娘娘放心，奴才们即便是拼却了身家性命，亦会保得娘娘和小王爷安然无恙！”

旋眸再次想起了远方的人。他独自在京城进行着宏图大业，该是怎样的艰辛啊。

孟义修将军慌张地奔到后院里，跪在旋眸的卧房门前请罪：“贱内无知大胆，都是末将管教不严，求娘娘责罚！”

“我和孩子都没事，将军不必自责。”旋眸在房里说。

“多谢娘娘宽宏大量！末将回去，必将重重责罚贱内！”话是这样说的，但是胆子未必是够的。

在这扬州城里，有一件事情真是无人不知，无人不晓：这孟义修将军一生光明磊落、建功无数，但却是一个惧内的主儿。他那夫人不仅凶悍，更是易妒得很，一有点风吹草动，便大张旗鼓地横肆伤人，直逼得堂堂一个守城将军入夜便须返家。

孟将军为迎接宁王爷的妻儿，而整夜守在城门外，亦必须事先编造谎言，说是接到紧急要务、最近叛军残部似有蠢动、今夜轮到他值夜云云。他要是不封死后院与前院的通道，那善妒的夫人或许不会陡生疑窦。

那夫人即使有脑可用，亦没有心情去想，惧内已久的孟将军即使有心偷食，亦不会将人藏掖在自家后院。不三思而行，险些丧命。

“此事不必再追究了，孟将军快些请起。”旋眸说。

护卫首领扶起了孟将军，说：“娘娘和小王爷不能再住在这里了，还请将军协助清除障碍。”

“末将自当效力，为娘娘和小王爷觅得栖身之所！”

“那就有劳将军了！”

“为宁王爷效力，为娘娘和小王爷效力，是末将的荣幸！”

话怎么说都可以，只要人愿意。希望总是好的，总比开口便言灾祸要强。

但是，寻觅合适栖身之所总需时间。而在这短暂的时间里，守城将军的善妒夫人大闹自家后院的事情，已经在整个扬州城里传得沸沸扬扬了。有俗语云，好事不出门，坏事传千里。人的力量，有的时候微小得可怜，可有的时候却强大得可怕。

想拿旋眸和孩子威迫宁王爷的，不是只有谦亲王和四皇子。旋眸和孩子虽然已经由护卫们和孟将军的士兵保护着搬入了隐秘的地方，但却还是成为了别人的猎物。

护卫们很谨慎，即使不会怀疑孟将军聘请的厨子，亦要用银针验测每一道菜肴、每一碗热汤。但是，迷药是银针试不出来的。迷药给了“别人”足够的时间，把旋眸和孩子绑架到自己的地盘去了。

护卫们苏醒之后不见了自己舍命也要保护的主子，该是何等的惊慌，该是何等的痛恼。但是，歹毒的人在做歹毒的事情的时候，很少会照顾到被伤害之人的痛苦。

在决心要做成什么事情的人的眼里，是没有什么事情能够难倒他们的，只要肯下工夫。更何况，掳走旋眸这件事，本已秘密筹划了很久。宁王爷不管有多精明，亦会遭遇百密一疏的发生。

实际上，在这个人间，没有绝对的隐秘，没有绝对的安全。即使是在京城，即使是在戒备最为森严的天子脚下，罪恶亦依旧在发生。不停地发生。

旋眸终于醒了，在床上醒了。

她在醒来之后一时摸不到自己的孩子，心里很慌。但是，歹徒毕竟是经过了详细的侦察，才确定他们是会令宁王爷心痛的人。而孩子，在歹徒们看来，或许比女人更加具有价值。所以，他们又怎么会只抓了她呢。她没有被绑缚。她的孩子就在她的身边不远处,只是还没有苏醒。

她身在一个门被锁住的房间里,没有任何人想要拷问她,折磨她。她自然是不知道,绑架她的人之所以对她还算客气,其实是因为他们的头领需要确定她是谁,想知道她到底是不是来自边陲西沃的冷旋眸。她之所以仍被锁在房间里,是因为匪徒们的头领还在别处处理一些紧要的事务。

她不知道此时此刻是什么时辰。即使外面有阳光,她亦感觉不到,因为房间的门窗都封闭着。何况现在没有阳光。

外面正在下雨。雨声很大,雷声亦很响。她在雨声与雷声里感到了强烈的恐惧。她下了床在房间里摸索着,狠狠地捶打着门窗。可是,恐惧依旧。

她想过用怀念那些愤恨地接受着茶昶的保护的日子的方法,来消解恐惧。可是,想一下茶昶,她的心便疼一下,她的恐惧便增加一分。

孩子醒了,哭了。嘹亮的啼哭声和雨声雷声交织在一起。旋眸慌张地奔回到床边,把孩子抱在怀里哄着,好不容易把他哄睡了。她的心好紧。她把孩子紧紧地抱在怀里。但是,她高度警觉。

门外有脚步声。脚步声杂乱,说明有很多的人。

杂乱的脚步声越来越近。

杂乱的脚步声到了门边便停了。

门锁在响。

咔嚓,门锁被打开了。

吱呀,房门被推开了。

脚步声再次响起。

房门又被关闭了。有人走了进来。

只有一个人。同样是因为旋眸分辨了脚步声。

那人越来越近。

但是,在距离她大约一丈远的地方,脚步声停了。

四周很静,只有急促的呼吸声,不止是她的。

她不明白,对方的呼吸为什么亦会如此急促。但是,片刻之后,她却惊呆了。因为,她嗅到了一丝熟悉的味道。

她不是不能同时使用听觉与嗅觉。但是,刚刚的情势,对她来说实在是太紧迫了,她只顾着听。

这一丝熟悉的味道逐渐地加重并扩展开来。

这人的味道里,有很大一部分是她熟悉的,是她曾经迷恋的。

这人,曾经令她牵肠挂肚,曾经令她甘愿为了他而在茶昶面前自裁。

曾经温暖的味道。曾经无与伦比的默契。

可是,真的是他吗?如果真的是他,为什么这味道里会有某种她理解不透的陌生?如果并不是他,难道这个人间,会有两个人拥有几乎一模一样的味道吗?

“阳堂,是你吗?”旋眸的声音颤颤的。

那人不说话,呼吸仍然急促,竟似已有了哭泣之声。

旋眸不禁又问:“阳堂,真的是你吗?”

那人仍然没有说话,却迅速地上前一步捉住了她。那人手上的力道很强劲,这不像从前的他。

他把她抓住,凝视了很久。急促的呼吸吹拂在她的脸上,他的味道变得更浓了。他猛然揽她入怀,怀抱得很紧。他丝毫没有顾虑到他和她之间还有一个障碍。

他在哭。真的在哭。一边哭,他一边说:“……是我……是我……旋眸,我想你,想得好苦……旋眸……”

旋眸突然说不出话。她在阳堂的怀里,嗅着曾经万分熟悉而想念的味道。可是,为什么心在慌?不是已经见到想见的人了吗?不是已经和曾经迷恋的温暖味道重逢了吗?难道是怕违背了自己的诺言?难道是害怕荼昶的报复会变本加厉?难道是怕今日这一重逢,便会加速双方的死亡?

"旋眸,我原本以为,我们如能再次相见,必是在许多年之后,而我亦要经受万分深重的苦难磨砺……我原本并没有想到会这么快……天可怜见……旋眸,你好吗?一切都好吗?他对你,是不是特别的严苛?他握有那么大的权力,又是那么无情而霸道的人。旋眸,你的日子一定不好过,是吗?旋眸,我知道你一定时时刻刻都在想念我,一如我无时无刻不在惦念你,牵挂你,担心你……"

旋眸仍然说不出话。她不知道为什么自己会感觉到恐慌与难受,亦不知道为什么当他的双手在她的背上摸索的时候,她却感到了如芒在背。她听着曾经万分熟悉的声音,嗅着曾经万分想念的味道,可是,脑海里却为什么会出现另外一个人的身影?

那人是善变的。不,他不是善变的。他的心从没有变过。可是,他是严苛的吗?他是无情而霸道的吗?

孩子突然嘹亮地哭了起来。旋眸猛地慌乱地推开了阳堂的怀抱。她急急地哄着她的孩子,亲吻着她的孩子。

她的泪水蓦地落下来,落在孩子小小的脸上。她想,一定是阳堂刚刚的拥抱过紧了,孩子一定是感觉到疼痛了。

孩子在啼哭。旋眸在落泪。

阳堂的泪痕还在。但是,他愣住了。他不是不知道,她已经生了孩子了。他也不是不知道,她的孩子都快一岁大了。但是,他在发愣。然后,他问,问时的心态很复杂,问时的声音亦复杂:"这孩子,是男孩吧?起名了吗?"

旋眸顿了顿,说:"是男孩,名字叫琅涵。我们希望孩子能够包容天下……”

我们。她第一次说我们，可惜荼昶听不到。但是，她自己愣住了。

阳堂更愣。

“琅涵，好名字！这孩子生来富贵，身边有这么多的人疼爱他，他一定会开开心心的……”阳堂的话言不由衷。

旋眸知道，要拥有真正的“开心”，亦须经历许多的磨难。

气氛很古怪，或者说复杂。

孩子还在哭，哭声仍然很嘹亮。旋眸边哄边说：“这孩子经常这样哭，都不知道他哪里来的力气……”

阳堂笑了笑，然后走开去。他走到窗户边，打开了一扇窗。

外面的雨还在下，但是雨线已经变小了变细了，渐渐变成了丝。

孩子的哭声亦在逐渐地变细变小，最后消失了。旋眸把孩子轻轻地放在床上，盖上被子。她“望着”孩子，“望”了片刻，然后缓缓地走到阳堂的身边。

她听着细细的雨声，问：“阳堂，这一两年，你过得好吗？”

“不好，很辛苦。我要忙很多的事情，操很大的心，有很多的时候，都会焦头烂额。”

“你到底在做什么？你怎么知道我在扬州？为什么要派人抓了我们？”

阳堂却顿了顿，说：“旋眸，你变了！”

旋眸不由地愣了，旋即悟了：“出了西沃泠家，自会经历很多的事，怎么可能不变呢……你不是亦变了吗……早衣死了，被践踏在马蹄之下。我离开泠家的时候，哪里会想得到，早衣会这么不幸地离开了我，离开了这个人世……”

一阵的伤感。

“人总是要死的，人死一如灯灭。我亦想过死……曾经有一段时

间，我简直痛不欲生……”

阳堂自是不能告诉旋眸，他为什么会痛不欲生。他不能告诉她，当那数万条鲜活的生命死在他的面前的时候，他的心，痛到无以复加的程度。他想要冲进去，冲进那遍布的死亡里，甚至想在那里了结自己的生命。可是，他唯一的选择，竟只有逃窜。

他急忙掩饰：“幸运的是，最为苦难的日子，我已经熬过来了……”

旋眸想到的是，阳堂在逃离荼昶的时候所经受过的苦难。她怎么可能会想到他如今真正的身份呢？她又怎么可能想得到，她在他的身上嗅到的那一丝陌生的味道，竟是来源于此呢？

她看不见阳堂的面容，猜不到他在想些什么，听不到他的心到底是在诉说怎样的痛楚，亦不知道他为什么要避开她的问话。但她知道，如今这种奇异的气氛必须要打破，所以说：“这里到底是什么地方？”

“这里？”阳堂望着窗外的雨雾说，“对你和孩子来说，这里或许是天底下最为安全的地方。”

阳堂或许是对的。但是，旋眸不相信。不过，她并没有表现出来。她只是沉默。

“你饿了吗？”阳堂突然这样说。

旋眸想起了那顿被下了迷药的午膳。她点了点头。

阳堂离开的时候，说：“我去吩咐准备晚饭。你可以放心地食用一切食物，可以放心地住在这里。但是，为了确保你和孩子的安全，你还是不要出这个房门为好。”

旋眸突然想，为什么每个人都要囚禁她呢？

阳堂很忙。不过，每日都会抽出半个时辰来看望旋眸。他们聊一些儿时的往事，聊以前他们一同赏花的快乐。然而，在这种时候，孩子总是会啼哭起来。

孩子一哭，旋眸便会立刻中断谈话。她将孩子从阳堂遣来的使女怀里接过哄着，用自己的脸轻柔地摩挲着孩子幼嫩的小脸；而每当这样的时候，孩子总是会很乖地安静下来。

而阳堂总是会走近前，望着那孩子。孩子的眼睛很大，睫毛很长，瞳仁漆黑，如他母亲一般的漂亮。阳堂总是会微笑着望着孩子。可是，当孩子回望着他的时候，那双忽闪着的大眼睛里却透露出令他感觉一种叫做“狡黠”的东西。

旋眸抱着孩子无法松手，他只好告辞而去。

阳堂不来的时候，旋眸总会打开窗户。她原本只是想吹吹风，寻找一些清新的空气。但是，她却总是会听到很复杂的声音。似是很多人同时高喊的声音，还时时夹杂着刀剑相碰的声音。

她曾经想过，这里或许距离守城兵营并不远。阳堂所想的，可能是“最危险的地方亦便是最安全的地方”。但是，她问起的时候，阳堂却说这里是他的地方。她只问过一次。

阳堂数日不来了，孩子亦很少啼哭。旋眸依旧打开着窗户，听着外面复杂的声音，猜想着可能是什么。

但是，那一晚，却令她胆战心惊。

夜很深。

使女在外间已经哄着孩子入睡了。那房门却被轻缓地推开了。

旋眸并没有熟睡。她的睡眠一向很浅。房门被推开的声音虽然细小，她却听得真切。

她嗅到酒气。酒气变得越来越浓烈。她很害怕。她不知道这里除了阳堂，还有什么样的人。

她急切地嗅着、分辨着这人的味道。尽管酒气是相当的浓烈，但却并没有将人的味道完全掩盖。

她慌慌地问："阳堂，是你吗？"

阳堂却猛然将旋眸抱住，紧紧地抱住："旋眸，离开你的这些日子，我想你都快疯了！我想拥抱你，我想亲吻你，我想与你肌肤相亲……"

阳堂好大的力气。阳堂急切地寻找旋眸的嘴唇的时候，那浓烈的酒气更甚他的心意剖白。

旋眸一边躲闪，一边哀求："求求你不要这样，阳堂！我早已是荼昶的人了，我早已为荼昶生下了孩子，我此生此世都将是荼昶的女人！阳堂，求求你放开我！求求你……"

"可是旋眸，你可曾想过，我是多么爱你，多么想念你？难道你已经忘记了，我们曾经默默相守了将近十载？难道你已经忘记了，在我们被迫分离的时候，我们曾经为了对方的安然，而宁愿舍弃自己的性命？旋眸，我不是别人，我是阳堂啊！"

阳堂的亲吻无比地灼热。阳堂撕扯旋眸的衣裳的时候，毫不犹豫。

从前的旋眸力气很小。从前的旋眸连缚鸡的力气都没有。但在此时此刻，她竟把阳堂踢下了她的床。她不知道自己的力气究竟来自何方。她只是，拼尽了毕生的力量。

她死死地抱住被子，继续低低地哀求："……我是荼昶的女人，我的身上有荼昶的印记，我不能背叛我的夫君，我不能让我身上的印记变成终生的耻辱……我的孩子就在旁边，求求你不要让我变成一个邪恶的母亲。阳堂，求求你看在我们同是泠家子孙的份上，放过我！"

阳堂的酒气仍然相当的浓烈。阳堂的衣裳已经被撕扯破碎。但是，阳堂的灵魂已经颓靡了。阳堂跪在旋眸的床前，头狠狠地撞向硬硬的地面。

"我不是人！我竟对自己心爱的女人，做出此等卑劣无耻的行径！我简直就是畜生！我简直就是畜生……旋眸，你惩罚我吧！"

旋眸内心的恐惧仍然相当的剧烈。她无以压制恐惧，只能仍然低低地说："你快离开！你快离开……"

"旋眸，我发誓再不会发生这样的事情了，求你原谅我！看在我爱你恋你十数载的份上，原谅我！"

"你快离开……"旋眸只能说出这样的话。

阳堂迅速地离开。阳堂真的已经离开了。

旋眸的泪水，如泉涌出。她抚摩着右脚踝内侧的那两个字。她祈求上苍，早些让她回到他的身边，早些让他们一家三口真正地团圆。她把脸捂在被子里，低低地哭泣。

突然响起了声音："夫人！夫人！……"

旋眸听出是使女的声音，急忙停止了哭泣，擦拭了泪水。她的声音已经嘶哑了："怎么了？"

"小少爷闹着要跟您！"

孩子的小手臂早已远远地伸着了。旋眸急急地接过孩子，紧紧地抱住。泪水再次如泉涌出。

她把自己的孩子吓着了。一有动静，孩子总会嘹亮地啼哭，可在刚刚的拼死相搏里，他却只是大睁着漂亮的眼睛，望着室中的黑暗。他是真正地被吓着了。他自出生至今第一次被吓着了。而吓着他的人，竟是他自己的母亲。

她默默地流泪，默默地乞求上苍，不要把她的孩子也牵扯到这样的悲剧里来。而在这样的时刻，她那刚刚蹒跚学步的孩子竟伸出稚嫩的小手，为她揩拭着泪水。

她的总是嘹亮地啼哭的孩子，竟在此时此境安静地为她揩拭着泪水。她蓦地哭出了声。

阳堂不再来了。

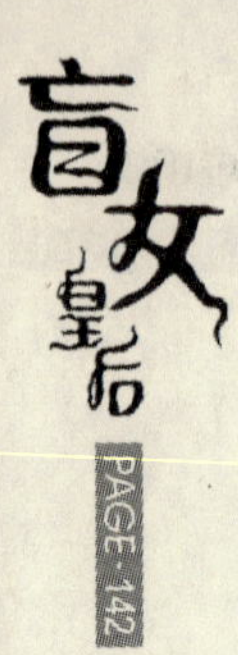

旋眸度日如年。但是，日子还是一如长了飞轮，逝去了很多。她的孩子已经能够开口唤她娘亲了，亦已经能够说出成句的话了。

她告诉孩子，她们的家在遥远的京城，他的父亲名叫荼昶。

孩子总要问她为什么不回到京城，为什么不回到父亲的身边。她只能说是父亲正在进行着宏伟的大业，一旦大业完成，他便会前来接她们。她回答的时候，泪水总是不停地涌。

她终于从使女的口中得知，她们所在的地方是山，很大的一座山。她打开窗户，吹拂在她脸上的是山风，从窗口可以看到山中很多参天的古木。

但是，使女没有告诉她，这山其实是一个贼窝，这山里的很多人其实都是朝廷通缉的要犯。

山中复杂的声音仍在继续，虽然使女说那是山风吹拂古木丛林的声音，但是旋眸并不相信。当她猛然想到那可能是操练军队的声音的时候，心里很怕，很担心。

这山是一个贼窝，如果真的是在操练军队，即使军队不正规，亦会对朝廷构成威胁；何况，他们手里还有宁王爷心爱的女人和孩子。

荼昶到底怎么样了？他还依旧是宁王爷吗？这天下是不是已经发生了巨变？这天下的主宰是不是已经换了面孔？他为什么还不来寻找她们母子？

就算他已经在全国遍布寻人告示，就算他早已派出了许多许多的人寻遍了大江南北，又怎么样呢？他们如今身处一座实为贼窝的山中，实际上已经与世隔绝。

他们身在天下之中，又不在天下之中。

使女的话很少。很多的时候，使女只管伺候，默默地伺候。旋眸不问及阳堂，使女自是不会提及她的主人。

日月轮回交替，到底多少次了？山中岁月苦涩难挨，但还是比不得在西沃泠家的一十六载。旋眸只是相当地心疼她的孩儿。她注定了要被囚禁，可是，孩子何辜？在这山中，春夏秋冬的区分比不得京城那样清楚。

是两年多了吧？她已经计算不清了。

阳堂总是不见。不过，饮食与衣物还是照常供送进来。

但是，那一日，使女却有些急切地跑到内间来。

“夫人，主人刚刚派人来通知，半个时辰之后，他就要往这边来了！”

旋眸突然不明白，自己心里的酸涩究竟是为哪般。

阳堂站在房外，望着他已经很久不曾走进过的房间。

他蓦地有些明白，为什么以前，他们泠家的当家总是站在泠家大宅里，那所小巧而精致的院落外面，凝视着，却不进去。他碰到过不止一次，却不敢问。尽管他们不好进去的原因并不相同，可他还是可以理解泠玖炎当时的心境。

他本来并不想进去打扰她，但如今有一件相当重要的事情，他必须告诉她。为了这件事情，他奔波良久。可是，当他走进去见到她的时候，她却很客气，很疏远。他只能怨责自己。

旋眸让使女去请阳堂进来。她想，他一定是有很重要的事情。她亦很想知道。但是，当他走进来告诉她的时候，她却不敢相信。

阳堂告诉旋眸，江湖上近年来出现了一位世外高人，居住在南海之滨，医术相当了得，任何疑难杂症到了他手里，都会迎刃而解，人送神医称号。近一年多来，他三番四次远去南海之滨寻访神医，但都不见神医踪影。

神医喜爱游历，经常离开住所四处游历。阳堂原以为这次亦是无功而返，却不曾想到神医竟已经游历到了此山附近的一座小城。他得知消息之后，马上赶去神医下榻的客栈。

他请求神医在小城里多停留一些日子。他想神医一定会有办法治好旋眸的眼睛的。

他没有告诉旋眸，这座小城其实便是扬州城。他亦没有告诉她，要见神医，必须要进扬州城。神医自恃甚高，从来都只有别人找他的份儿。

旋眸在短暂的怀疑之后，欣喜若狂。如若真的能够治愈双目，她便可以看见自己的孩子的模样，有朝一日终于与茶昶重逢的时候，她或许便可以在第一眼认出他来……她还可以真正地看到自己右脚踝内侧的印记——茶昶的印记。

阳堂很伤感。他不禁怨恨上苍，为什么要让他看出旋眸的内心所想呢。

旋眸坚持带着孩子。谁都不知道神医到底能不能治愈旋眸的眼睛。谁都不知道，假如神医能够治愈的话，会需要多长的时间。她不想和孩子分离，哪怕片刻。

孩子声声地唤着娘亲，缠绕在他娘亲的膝前。他的娘亲告诉他，娘亲或许马上便可以看到他了，看到这个世间了。他似乎听懂了，很乖，很期盼。

旋眸牵着孩子出了房间。房外早就停着一顶小轿。

虽然走的是山路，小轿却行得迅速。阳堂骑着马，在轿旁相随。

在就要进城的时候,旋眸按照阳堂的指示,让孩子不要出声。

扬州城里原本戒备森严。自从旋眸和孩子失踪之后,守城将士对来往行人的盘查原本更加严密。但是,匪徒把旋眸和孩子抓去两年多了都无一点儿消息,很多人都认为怕是永远都不会有消息了。这种想法的产生促使了懈怠的滋生。

阳堂进城的理由很简单:携带着妻儿,进城看望岳父岳母。城门站岗的兵士本来要掀开轿帘看个究竟,他挡住说是他家娘子生得奇丑无比,怕会玷污了大人的贵目,同时悄悄塞了兵士很大的一块银锭子。

旋眸知道阳堂是为了她好,亦可以肯定他是不会伤害她的,所以没有声张。

能够治愈眼盲的机会,并不是俯拾皆是。

扬州城里依旧热闹非常。即使朝堂之上多么风云变幻,远离京城的地方,总是和容易被吹皱的春水不太一样。

神医很年轻,尚且不到而立之年,所以一度被认为是招摇撞骗。

江湖上传说,神医当年不过是普通的公子哥一个,但却和天帝渊源极深。天帝不仅让他出身在一个豪富之家,还在某一个深夜悄悄打开了他的天灵盖,把天上的精妙医术放进了他的大脑里。

除了神医本人之外,几乎没有人知道,这样的传说是不是只是传说而已;亦几乎没有人知道神医的父母是谁以及他那个豪富之家到底在何方。但是,治愈许多令无数名大夫都束手无策的疑难杂症,对这位年轻的神医来说,不过是易如反掌的事情,这确是事实。

神医治病,所取的诊费不是金银财宝。神医喜欢戏剧,家里收集最多的,便是人间各种各样的故事书籍。但是,收集书籍,亦只是神医获取故事的其中一种渠道。

神医治病，只要求病人先行把知道的故事以及自己的经历，和盘托出。隐瞒与欺骗都是绝对的坏事。因为神医只需数眼便能看出，你是不是在隐瞒或者欺骗他。而一旦被他看穿，那么，即使倾家荡产，亦别奢望他会为你治病。所以说，神医也是很小气的。

神医的规矩，江湖上人人尽知。阳堂亦已经告诉了旋眸，已经部署了一切。

这样的规矩或许是好事，旋眸想。

当旋眸牵着孩子出现在神医面前的时候，神医的眼睛一亮，甚至有瞬间的惊愕。

阳堂的警觉性很高，轻轻地咳嗽了一声。他不是不尊敬神医，但他同时亦认为，只要是人，便有缺憾。

神医似乎很喜欢小孩。在旋眸进门之后，他一直都在逗孩子。阳堂不得不委婉地提醒神医，需要神医出手相助的是孩子的母亲。

神医还是笑着，似是不经意地问："这孩子很可爱，叫什么名字啊？"

旋眸微微地笑："琅涵。"

"琅涵？这名字好哇！是他父亲取的吧？"

"是啊……"旋眸蓦地有些伤感。

神医看到了，于是转向阳堂说："兄台好福气！这孩子印堂发亮，双目炯炯有神，可是富贵之相啊！"

阳堂面上有些讪讪，心里在埋怨这神医多管闲事。

"神医误会了，他，他不是孩子的父亲……"旋眸说。

神医打量了一下旋眸和阳堂，说："呃……实在是不好意思！"

"神医还是看病吧。"阳堂插话道。

神医看了一眼阳堂："你不知道我这里的规矩？"

"知道。但神医可否先行诊断，看旋眸的眼睛是否真有治愈的希望？”

神医瞥一眼阳堂：“你怀疑本神医的医术？”

阳堂不得不压下胸中的一口恶气：“在下不敢。”

“那便请暂时回避吧。”神医说，“本神医在倾听故事的时候，最讨厌有人打扰了。”

阳堂正要出言相对，不料，旋眸却先行开了口：“阳堂，你暂且出去吧。有事，我自会叫你。”

阳堂出去的时候，心里有着很大的狐疑。

“你叫什么名字？”神医问。

“旋眸。”

“姓什么？”

旋眸顿了顿，说：“泠。西沃泠氏。”

神医的眉毛轻轻地抬了一下：“令尊可是西沃巨贾泠玖炎？”

“正是。”旋眸没有多问。神医大江南北地来往，自是知道很多的事情。

“那么，孩子的父亲是谁？”神医说，“夫人但说无妨，在下不会向任何人泄露；而且，在下保证，这对夫人来说，只会是好事一桩。”

旋眸认为神医所说的好事必是治愈眼睛，虽然同时也觉得，他要知道故事的方式，好似在盘问犯人。她哪里会想得到，事实却比她所想的要复杂得多。

“他叫荼昶……”

神医的声音有些变了：“可是皇七子荼昶？也就是后来被册封为宁亲王的荼昶？”

旋眸并不感到惊讶，荼昶的声名远播，本是无可厚非的事情：“正是。”

神医停顿了片刻："那么，夫人理应身在京城才是，怎会流落到此等田地？"

旋眸的泪意很浓，却不能不强行抑制："说来话长……"

和荼昶被迫的分离，几乎令她肝肠寸断，泪水颗颗硕大。而孩子的娇声呼唤，则使得她不由地紧紧抱住了她和荼昶共同的骨肉。

"娘亲别哭！娘亲别哭……"

她说了。从出生在西沃泠家，到被七皇子带回京城，到住进宇霓公主的寝宫，到被转移到皇宫外面的小院里，到被迫离开京城，到在一座陌生的山上住了两年有余……

她没有把内心里强烈的想念告诉这个陌生人。她不能随便就对人说，她愤恨了荼昶很久，怨责了荼昶很久，而当她终于了解荼昶的内心，同时亦看清了自己内心的时候，她和荼昶却不得不分离了。

她哭着把自己的经历和盘托出的时候，祈祷上苍能够可怜她，能够借助这位神医之口把她如今身在何处的消息放出去，能够尽快地让荼昶知道，尽快地让他们一家团圆。可是，这神医真的是守口如瓶的吗？

旋眸看不见，所以不能及时地知道神医听完她的讲述之后所采取的行动。但，她的听觉依旧非常地灵敏。

身后的房门突然关闭的声音，令她不禁警觉起来。她能嗅到神医仍然站在她的面前。她想那药童去关闭房门一定是神医的示意。她牢牢地把孩子拉住。她想呼喊房外的阳堂，可又担心这不过是自己的神经过敏。

她还在警备状态，而那神医竟在她的面前双膝跪地，沉声说："奴才参见娘娘！参见小皇子！"

旋眸惊了："你，你到底是什么人？"

"奴才原是皇家的奴才，亦是娘娘和小皇子的奴才。"神医说，"当初，娘娘和小皇子被贼人掳去数月都无任何消息，宁王爷动用了小部军队都是无功而返。因奴才的父亲是太医，奴才自小便略懂医术，王爷于是便命奴才巧扮神医行走江湖，就是为了能够以另外一种方式，寻找到娘娘和小皇子。将近两年了，奴才走遍了天下，欺骗了无数前来求医的人……万幸的是，奴才终于找到娘娘和小皇子了！请娘娘和小皇子速速回京！皇上挂念娘娘和小皇子，几乎心力交瘁了！”

旋眸还在惊，还没有机会证明这假冒的神医所说的话是否属实。

她有很多的疑问。她想清清楚楚地询问。她想明明白白地问出真相。可是，她连茶昶的名字都还没有机会说出口，便听到那一声——砰！

阳堂早已不是从前的阳堂了。从前的阳堂温柔和善，说话轻声细语，连脚步都是轻盈的、近乎无声的；从前的阳堂，不管武功如何高强精湛，都不会在旋眸跟前显露出来；从前的阳堂，就像一缕温暖的阳光，或者一杯浓香的热茶，或者一声温柔的问候。

可是，如今呢？如今的这个阳堂失去了耐性，脾气变得十分暴躁；如今的这个阳堂亦忍心把她囚禁，一囚禁便是两个春秋；如今的这个阳堂竟然一脚把人家的房门踢掉了！

“砰”的一声，震动的不止是房里四个人的耳朵，还有旋眸并不算坚韧的心瓣。

而如今的这个阳堂还把一柄长剑指着“神医”，同时吼：“果真是个歹人！看病就看病，闭着房门做什么？——你好大的狗胆，竟敢在老子跟前来阴的！”

旋眸一声厉喝：“阳堂，你住口！”

阳堂愣了，怔了，心伤了，痛了。

旋眸，他身边的旋眸，早已不是从前的旋眸了。从前的旋眸比任何人都要安静，最喜欢和他一起赏花；从前的旋眸只要嗅到他的味道，便会笑逐颜开；从前的旋眸，就是一捧晶莹的白雪，或者一袭淡雅的上等丝绸，或者一丝轻缓的风。

可是，如今呢？如今的这个旋眸失去了泠家大小姐的高贵与沉静，说的话亦和从前大不相同；如今的这个旋眸毫不理会他对她的浓烈的爱意，甚至有的时候当他是个陌生人；如今的这个旋眸竟然会对他发出如此凛冽的叱喝！

他有些心慌，解释的时候声音亦不免有些变："我在楼下品茶的时候便觉得不对劲，总觉得这人像是个骗子。旋眸，若不是我踹开这门，指不定还会发生什么事呢！"

而如今的这个旋眸还要斥责他："你根本就不知道发生了什么事，怎么可以轻易动粗？你刚刚那么大的动静，已经把琅涵吓着了，你知不知道？！"

"娘亲……呜呜……我好怕……呜呜……"孩子的哭声突然间充满了整个房间。

神医突然伸手要夺阳堂手中的剑。然而，阳堂早已预防了这一手。

他们两个要比的，是彼此的武功。假如真的就只有他们两人参与此次"比武"，倒也罢了。可是偏偏，阳堂早已暗伏了很多人手。

这扬州城里的暗处，不，不止是这扬州城里，全国上下的任何一座城镇里，都有可能存在着黑恶势力。而阳堂的人是不是黑恶势力已经不太重要了。

而事实是，阳堂的人以多胜少。阳堂挟持着旋眸，他的手下斜抱着孩子，冲出了早已被惊动了的亦已经被打斗波及了的客栈。

但是，阳堂没有注意到，当他和那神医作战的时候，旋眸会灵机一动，拔下了头上的发簪……

阳堂一众还在扬州城里。

守城将军孟义修当年保护不力，以致宁王爷的妻儿被掳，本是很大的罪过，但结果却是除了一顿训斥之外，并没有受到宁王爷其他的处罚。这两年多以来，他惶惶不可终日，日夜祈求上苍赐予他戴罪立功的机会。如今大内密探拿着皇帝的金牌来到他的府邸里请求援助，他焉能坐视不理？

扬州城的戒备之严，更胜当年。但是，阳堂能够将众多手下安插在朝廷统管的扬州城里，多年都不曾暴露身份，自然亦能够在守城将军的眼皮子底下将人掳走。

阳堂不是普通的人，或者说，阳堂不是官府眼中普通的劫匪。阳堂故伎重施，把旋眸和孩子一起从地道中带出扬州城的时候，官府中人正挨家挨户地搜查。

可是，阳堂能够逃离官府的追拿，却逃不过旋眸的质问。

他原本只是想好好地把她的眼睛治好。他本不想让她猜疑到什么，所以才从城门光明正大地进入扬州城。他本不想引起整个扬州城的骚动。可是，不是他不想的事情，便不会发生。

“这座山是不是你强占的？你是不是在这山上私养了军队？你在这山上私养军队，是不是要造反？”旋眸的心跳得很猛，“阳堂，你为什么不说话？难道多年以前的江南叛乱，你亦有参加？还是，你竟是逃脱的叛军小部之中的一员？你说话啊！”

旋眸已经无法自控了。

阳堂不是不想告诉旋眸，可却担心她一时承受不了太多的打击。

“事到如今，你还有必要隐瞒吗？你用卑鄙的手段令我们一家分离，你把我掳到你的巢穴里来，难道你认为我是白痴，竟听不出你们日日持续的操练声和厮杀声？你掳了我和琅涵，你把我们关在一间房里两年多，难道你认为我早已被囚禁惯了，所以会对你的行径麻木不觉，所以想不到你到底是为了什么样的可恶目的？阳堂，为什么你竟是这样的人？为什么我和你曾经相处了将近十年，都不曾看清楚你的真面目？是你根本就不是我所认识的阳堂，还是我根本就不曾真正地认识过你？”旋眸蓦地感觉浑身无力，“你是背叛朝廷的人，你早已犯了株连九族的大罪！多年以前你或许都已经负罪累累，可是，你在我的面前竟能够表现得那么无辜那么委屈！为什么？阳堂，为什么？”

阳堂知道，他已经使旋眸陷入了空前的艰难之中。

“难道你从来都不曾真正地关心过我，疼爱过我吗？你曾经对我所说过的话，我们之间曾经无与伦比的默契，难道都是假的吗？难道我的眼睛瞎了，心亦是瞎的吗？……”

“你需要好好地休息，旋眸。”阳堂终于开了口，说出的却是这样的话，“你太累了，孩子也累了。难道你不心疼自己的孩子吗？”

旋眸的伤怀，旋眸的猜疑，旋眸的愤恨，猛然刹住。阳堂这话，是什么意思？他是在威胁她吗？他要拿她的孩子威胁她吗？

“你将继续住在这间房里，你和孩子的日常供给将和已经过去的两年多毫无差别。旋眸，为了孩子和你自己的安全，你还是安心地住下吧。”阳堂离开的时候这样说。

旋眸关上房门之后，依旧可以过着表面很安静的生活。

但她却明确地知道，这个天下有太多的不安分守己的人蠢蠢欲动。她亦知道，阳堂即便是拿了她和琅涵，也不会达到他可恶的目的。

荼昶是会被摆布的人吗？！

荼昶的天下，是会被别人威胁就能窃得的吗？！

她将窗户打开。

她依旧吹得到山风，依旧听得到操练声。她本来已经麻木了，本来已经被期望与等待磨折了心神，可是，忽然有一天，她的心跳得很急，她的手不停地颤抖。

她蓦地发现，陡然间响起的震耳欲聋的声音，并不是那两年多以来日日不绝于耳的操练声。这声音并没有持续很久。这声音令她想到了千军万马。

她把孩子紧紧地抱住。

侍女不在，这山中的人都似乎不在了。旋眸抱着孩子，想要冷静地等待，可是，那心依旧跳得好急，那手依旧不停地颤抖。

“娘亲，我好怕！”孩子仰着头，望着自己的母亲。

旋眸的声音颤抖：“涵儿乖，不怕……”

她努力地控制着颤抖。她想镇静地思考。

可是，那房门竟被猛然推开。进来的人，不是阳堂。这人的味道很臭。这人相当的粗鲁，把她和孩子看做是物事一般，分别夹在腋下，然后奔向房外。

山风依旧在吹。山路很漫长。孩子的啼哭依旧很嘹亮。可是，旋眸的心跳却不再急了。她的手也不再颤抖。

山路的尽头，是那短暂的但却震耳欲聋的声音的源泉。

旋眸看不见，却能够感觉得到，今日，真的是两军对垒，剑拔弩张。她亦知道，她和孩子便是这场战争的人质。

山中的人们认为，只要手中握有他们这样的人质，对方便不敢轻举妄动，这场战争他们便会不战而胜。这不是旋眸急切关心的事情。她被猛地掷向地上的时候，只是急急地寻找着她的孩子。

孩子还很小，可却亦被毫不留情地掷向泛滥着尘土的地面。可他竟不再哭。他爬到不远处的母亲身边，抓住母亲正急急挥舞着的手。他说：“娘亲，琅涵在这儿！”

旋眸把孩子紧紧地抱住。她并不畏惧，尽管头顶上已经横了一支长枪。

长长的枪柄。锋利的枪头。

长枪的主人真真忍心。可是，这人并不是别人。这人，是她根本便不曾真正认识的族兄。泠阳堂，犯下欺天大罪的人，会把泠氏数百口人命全部葬送的不肖子孙。

“这女人是谁，这孩子又是谁，你们可看清楚了！如若有人胆敢上前一步，本大王便立刻挑了这母子两个！”

阳堂的声音很高亢。阳堂的味道迅速地变质。

可是，有谁知道阳堂心里的痛楚？有谁知道，当他被强权压迫，而不得不与自己心爱的女子分离的时候，他的恨有多深？有谁知道，当他一想到，他本来非她不娶的女子，正躺在霸权的怀里的时候，他那锥刺似的痛楚，几乎能够令他癫狂？又有谁知道，在如今他不得不拿长枪，指着她的头顶，威胁着她的性命的时候，他心里的怜惜有多重，有多浓？！

“尔等仔细听了，快快释放人质缴械投降！本将可以向朝廷上书，请求从轻发落！”前锋将军的声音很洪亮。

但是，这山不是一般的贼山。这山里所有的精壮男人都已经积攒了多年的闷气、怨气与莽气。尽管他们都是被朝廷通缉追杀过的罪犯，可是，他们所求的并不是推翻如今的这个朝廷，而是重创这个朝廷的威严，让在这个朝廷里道貌岸然地站着的人们都深切地明白，他们有胆有识，他们豪气万丈，他们敢于以身试法，敢于拼却性命。

他们最想让朝廷知道的是，正义没有绝对的，背叛亦没有绝对的，好与坏更不是绝对的。

但是，这同时也说明了一点：他们即使再纠集数万人，亦不过是乌合之众。所以，他们曾经败过。当他们落荒而逃的时候，身后是流淌着的鲜血和倒地的无数尸首。

“少废话,去叫茶昶本人前来说话！”

阳堂的这话，惹怒了前锋将军：“放肆！竟敢直呼当今圣上的名讳！”

旋眸的心一动。

阳堂刷地将长长的枪头指近旋眸的咽喉：“是叫,还是不叫？”

“圣上远在京都,一时片刻如何来得了？”

“茶昶什么时候到来,那是你们的事情！茶昶可以不来,你们亦可以马上动兵作战,但是,我的长枪可只认得鲜血！”

阳堂的话音未落,旋眸便感到脖颈处猛然冰凉。

前锋将军急呼：“且慢动手！”

阳堂狠狠地哼了一声。

前锋将军却不再喊话。他身后的六万将士之中,亦没有人发出一丝声音。

然而,却有一名单骑,从前锋将军的一侧转到了前方。

他这样的举动似悄悄,又似惊天动地。

只见前锋将军急急地想喊,却未喊出声来。

阳堂的嘴角,挂着一丝阴笑。

那名单骑戴着头盔，身穿普通士兵的军服。远远望去，他仿佛是六万将士之中普通的一员。可是,他却在这样千钧一发的时刻上前数丈,立在双方军队的中央。

他的武器是一柄很长的剑。剑身漆黑，剑尖之锋利，好似吊着一颗看似晶莹却又隐藏着剧毒的水珠。

他紧握长剑,挡在胸前。

他看向阳堂的时候,眼神很狠,很厉,很森。

他没有开口说话,可是,他的气势却令整个战场冰凝。

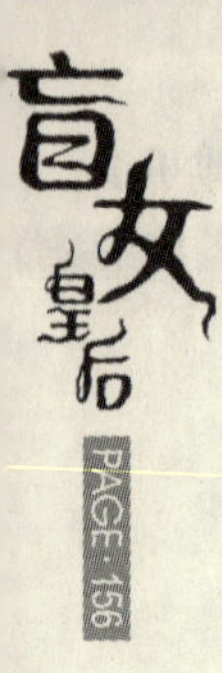

旋眸的心再次跳得很急。

那人距离她很远，可她却似乎嗅得到他的味道。虽然那是异常的艰难，可她还是感觉得到。

她是那么地惦念着他，牵挂着他。她是那么期望回到他的身边，那么想对他说很多很多的话……

“荼昶原来竟是胆小如鼠的人。难道你以为你躲在大军之中，我便认不出你了吗？”阳堂阴险地笑，却猛然将长枪从旋眸的喉咙边抽走，“人就在这里，谁赢了，谁带他们走！”

荼昶仍然不说话，但却纵马前进。

旋眸把孩子紧紧地抱在怀里，捂住了他的眼睛和耳朵。

尘土飞扬。杀气飞扬。马蹄杂乱地响。枪与剑不停地撞击。

山匪人数不到两万。但是，朝廷派遣了三倍人数的军队来加以剿灭。

朝廷亦怕。余孽不除，后患无穷。

可是，整个战场之中，只有荼昶和阳堂两个人。仿佛，其余的八万人都不过是兵马俑。仿佛，一场大规模战争的爆发与否，只取决于荼昶和阳堂两人比武的结果。

荼昶不是阳堂的对手。他们战了很久，但阳堂渐渐占了上风。

或许是因为阳堂的武功本来便比荼昶高出许多，亦或许是因为武器。剑再长，都长不过枪。剑砍不断枪柄，而枪头却可以越过剑身直刺对方的心脏。总之，握着长枪的阳堂的杀伤力显而易见。

荼昶的剑刺向阳堂。可剑尖还在中途的时候，阳堂的枪头已经刺到了他的胸口。

枪头与胸口，只差分毫。

山人们不禁欢呼。

朝廷的军队有些骚动。前锋将军迅速地高高举着手臂，把骚动硬生生地压住了。

茶昶和阳堂一动不动，瞪视着彼此。

时间似乎已然凝固，空气亦似乎停止了流动。

朝廷的六万士兵屏气凝神。山人们依旧欢呼不止。

可是，有一声呼唤，蓦然在这样的局势里发生。

似乎是这样的局势酝酿出了这一声呼唤。又似乎是这样的呼唤早已存在人的心中，却始终等待着这样的局势。

这一声呼唤，只有两个字，一个名字。但是，对于朝廷的六万将士们来说，这两个字是万万不敢喊出口的。

山人们则不然，他们曾经鄙夷甚至唾骂这个名字。但是，当这声呼唤蓦然发生的时候，他们的欢呼声戛然而止。

呼唤的声音不大，真的不大。但是，旋眸把这声呼唤释放出去的时候，用了整个身心，甚至鲜活的生命。

她知道谁人正处在危难之中。她情不自禁地呼唤。她想用这样的呼唤让上苍知道：如果危难可以转移，如果一命可以换一命，她愿意。

她呼唤的是两个字，可却决不仅仅是一个名字："茶昶！"

阳堂突然感到天旋地转。

他预料到的很多事情都已经发生了。比如朝廷会在不久之后派来大军围剿他们，比如当大军到来的时候茶昶必定亦在其中；再比如，茶昶一定不会堂而皇之地御驾亲征……可是，他从来都不曾预料过这一声呼唤的发生。

这一声呼唤的发生，比败在死敌的手里还要夺他的心魄。这一声呼唤刺伤他的心的时候，比任何武器都要锋利。

他不由得双手发软，不由得抬头无声地问天：为什么这一声呼唤里的两个字，竟不是他的名字？为什么曾经以为万分真挚的情感，却原来都是假象？为什么他千算计万拼搏，到最后都还是别人的手下败将？为什么……

哐啷一声脆响。

飞扬着尘土的地面，还有着起伏不平。那支原来由阳堂握在手中的长枪仓皇坠地的时候，枪头恰巧撞上了地上一块并不大的石头。

茶昶不是没有被旋眸的一声呼唤惊动心魂，但他更清楚的是，如若只是震撼于这样的呼唤，他将无法解救他们母子，他将一败涂地，他的军队将迅速混乱变成一团散沙，朝堂将会大乱，天下将会大乱。

他清楚，所以，他策马后退一步，然后转动手腕。他用宝剑狠狠地击掉了对手的长枪，他策马重又上前，将锋利的剑尖指向对手的咽喉……一系列的动作完成得相当迅速，相当漂亮。

蓦地，有一颗异常硕大的泪珠，从阳堂的眼中流下，流进他的面具。

这一颗泪珠，在面具里蔓延。

这一颗泪珠，只有他一人知道。而这却足矣。

他想，没有人见过面具后的容颜。没有人。

他想，没有人知道战败的是谁。除了旋眸。

原本伫立在朝廷的前锋将军身边两侧的并不是普通的士兵。他们都是大内高手，都是皇帝的贴身侍卫。而在此时此刻，他们策马飞奔，在山人们尚在呆愣之中的时候，带领着朝廷的六万大军杀将过去……

时间并不长。三对一的战争。朝廷对山匪的战争。训练有素的军队对乌合之众的战争。

但是,这样的战争,朝廷原本并不是绝对地占着优势。想当年,为了对付江南一带的叛乱,朝廷不仅派出了本朝最富军事天赋的武颜将军,还在第二次派兵的时候,动用了国家的精锐之师。原因,并不仅仅是三对一的力量、数量的悬殊。稍微懂得军事的人都知道,将帅在一场战争的胜负之中之关键之重要。

阳堂败了,彻彻底底地败了。心伤,心痛,心碎,心灰意冷。

茶昶的剑尖还指着阳堂的咽喉。姿势不改,凛冽的剑气依旧。

阳堂的长枪还掉在地上,却再也无法撞击石头。

旋眸依旧抱着孩子,依旧捂住孩子的眼睛和耳朵,依旧深切地想象着骏马之上的茶昶。

阳堂的身后,是仿佛还冒着丝丝热气的鲜血,是曾经兵败之后不甘心放弃的人们永远沉睡的躯体。

茶昶、阳堂和旋眸母子的周围,是层层圈围,是已然战胜的朝廷将士们的圈围。

茶昶蓦然一笑,开了口:"一浮,你败了!"

一浮,叛军的首领,多年以前的那场战争之中仓皇逃窜的人。一个真实的人,一个化名,一副面具。

"你早已犯下了不可饶恕的大罪,你以为躲在一座深山里,便没人找得到你了吗?"茶昶的声音很凛冽,透着威严,透着杀无赦的冰寒。

"不过,你找了整整四年。"阳堂的声音很低,很冷。

"泠阳堂,你以为你戴着一副面具,朕便认不出你了吗?"茶昶的眼睛很犀利。

当年和叛军正面交锋的时候,他死死地盯过叛军首领一浮的眼睛

和身形。他曾经记住过。

而此刻，他迅疾的一剑。阳堂的面具被挑裂。

裂成两半的面具，似乎是因为浸润了阳堂硕大的泪珠，坠到地上的时候，砸出两阵飞扬。

“冷阳堂，如今大局已定，这太平的天下，是我茶昶的！”

“你以为是而已。”

茶昶带着怒气瞪着阳堂。但是，蓦然间，他冷笑了一声，然后迅速向后撤，同时沉声下着命令：“拿下！”

那些大内护卫，那些奉命剿灭叛军余孽的将士，蜂拥而上。

阳堂的马儿嘶鸣……

尘土猖狂地飞扬……

阳堂的手下都已经齐赴黄泉。阳堂本人亦已经被五花大绑。

茶昶将宝剑收入鞘，然后下了马。他走到旋眸母子身边，将身蹲下。他伸手出去，触摸着旋眸颤抖的肩头。他轻轻地呼唤：“旋眸……”

旋眸蓦地感觉到一阵眩晕。她眼前那绝对的黑暗仿佛正在迅速地旋转，旋转成一个极度深邃的旋涡。她突然想，原来，旋涡就是这样的。她还没有想完，便昏厥过去。

醒来的时候，她正躺在一张巨大而舒适的床上。她嗅到了香味，嗅到了安全。

她听到了她希望听到的声音，还听到了笑声，父与子的笑声。血浓于水，从陌生到亲昵的时间是如此之短。

守在床边的婢女轻手轻脚地走出内间。然后，旋眸嗅到了她在那山上曾经万分希望能够嗅到的味道。这味道里，官气更甚以往。但是，她在这味道越来越浓烈的时候，再次呼唤："茶昶……"

这是平生第二次呼唤。她早已是他的女人了，亦早已为他诞下了娇儿，可直到他的生命危在旦夕之间的时候，她才第一次呼唤出他的名字。她不禁暗叹。

她的孩子抓着她的胳臂，娇声娇气地说："娘亲，父皇说咱们的家是天下最大的家，是吗？"

旋眸伸手摸索着孩子的脸，但笑不语。

茶昶抚摩着孩子的头："涵儿又忘了，父皇刚刚教你什么了？"

孩子的眼珠迅速地转动："琅涵知道！不可再唤娘亲，要叫母妃！"

茶昶笑："涵儿乖！"

旋眸不由地想说："茶昶……"

茶昶知道旋眸要说什么："孩子改口，是迟早的事情。我早已决定了。"

"可是……"

"没有什么可是。"茶昶抱起孩子，对孩子说，"父皇还有事情要和母妃谈，涵儿出去玩好吗？"

孩子似懂非懂地点点头。茶昶把孩子交给婢女。婢女出去后，守在房外的护卫关闭了房门。

在这间扬州城的官邸里布置最是豪华而舒适的房中，只有两人。

茶昶的心跳得迅猛。茶昶的手在触摸到旋眸的时候，是那么的颤抖而灼热。他轻轻却又迅疾地将她揽入怀中。

他的呼唤低沉而动人心魄："旋眸……旋眸……旋眸……"

他只是如此地呼唤。他没有诉说曾经的苦苦寻觅与等待。他亦没有诉说深沉如海的思念与牵挂。他的爱意无比浓厚。他的呼唤无比热切。

旋眸是如此之柔，之软。

她的脊背紧紧地贴着茶昶的胸膛。她能够感觉得到他的心跳。她动情地倾听着他的呼吸声。她深切地嗅着他的味道。

她从没有想到会有这么一个时刻，这样的味道竟令自己万分着迷。

她切切地吸纳着这样的味道。她感觉到自己的身体里都已经是这样的味道。茶昶的味道，难以言喻的味道。

彼此的相拥持续了很久。

茶昶深深地吻了一下旋眸的头发，说："你一定有很多的疑问。我亦有很多的事情要告诉你。"

旋眸握着茶昶的手。她知道，他曾经承受的苦楚，要远远地深重于她。她听着他的诉说，知道他在下那个决定的时候，是多么的艰难。

他决定在谦亲王和四皇子拆穿他之前，把所有的一切先行告诉父皇。他跪在御书房里，把多年以前，他曾在这御书房里偷窃了一幅秀女画像的事情，向他的父皇陈述。

他说，他私自出宫，远去边陲西沃，其实就是因为先行见过了她的画像。他说他在第一眼便动了心，深切地动了心。他说当时他便决定要娶她为妃，永远和她厮守。他说当终于见到了这女子，却发现她的双目全盲的时候，他亦曾有过瞬间的犹豫。但是，当把这个瞬间捱过了之后，他便决定，即使需要排除万难，他亦要把这女子带在身边带回京城。

他知道，一个盲女是没有资格做他的妻的。可是，他的真心的付出，却没有片刻的停顿。

他说，他和宇霓一同欺瞒父皇，是万分的不孝。他说，他已经娶了宁王妃了，却仍把旋眸藏掖在宁王府外面的一所小院里，是对圣命的亵渎，是对雾霈妹妹的不公。

他说，当谦亲王和四皇子绑架了旋眸来威胁他的时候，他的心都要碎了。

他说，谦亲王是他的一母同胞，却处处盯死了他，令他感到相当痛心。

但他没有说，有人骂他是贱种。他更没有说，他已经知道了自己所谓的真正的身世。

然后，他说，因为旋眸而引起谦亲王对他的嫉恨，是他所不曾想到的，亦是感到很伤心的一件事。

他说，父皇，儿臣是真的很爱很爱泠旋眸！即使她双目全盲，即使她口不能言，耳不能听，即使她连一步都迈不出，即使她一生都看不见身边的夫婿到底是何模样，我都甘心地照顾她、呵护她、爱怜她……

他还磕着头说，求父皇成全儿臣！求父皇饶恕儿臣！求父皇看在旋眸已经为皇室添了小皇孙的份儿上，亦饶恕了她！

他在这样乞求的时候，万分地恐惧。他自然知道，他所犯下的罪过很大很大。

他猜想，父皇或许早已洞悉了所有的事情，只待他今日自首陈述。他的头磕得很响。他的身躯匍匐得很深。

但是，他的父皇还在沉默。似乎没有惊讶，似乎没有怒气。

他跪了很久。从日出跪到日落。他不敢有丝毫的动弹，尽管他已经跪得全身麻木。但是，当他的父皇终于开口说话的时候，他身体的每一部分都迅速地鲜活了起来。

你今日所说的话，朕权当没有听到。关于泠旋眸，你愿意怎样对待，便怎样对待，但朕不想再看到她，亦不想再听到关于她的任何事情。好了，你跪安吧。他的父皇如此说。

他在退出御书房之后，回头看了一眼。他暗暗舒了一口气。他的这一步棋虽然是万分的危险，却是如今他所能选择的最好的办法：置之死地而后生。他走对了。

但这，必须要有一个前提：他的父皇必须是英明的，还能够在愤怒的时候，在下旨处罚人之前，迅速地思考利弊，顾全到整个大局。

他走的这一步棋，至关紧要。自从他将这样的事实禀报于他英明的父皇之后，事情的演变，便相当地迅速。

皇宫里太监的新面孔增加了不少，而旧面孔则少了很多。听说那些被查出有问题的太监，连审讯都没有，便被秘密处决了……

谦亲王的王府周围多出了很多双眼睛。谦亲王每日的出入，都被人仔细地记在一个小册子上……

四皇子手中原本握有一小部分军队。但是，在一个阴霾的日子里，他所拥有的这仅有的一点权力，被突然剥夺了……

谦亲王很大胆，但却相当愚蠢。他在对旋眸诉说的时候，这样评价他的那位可怜而可悲的皇兄。

是的，谦亲王和四皇子都是相当愚蠢的人。他们愚蠢地认为，通过威胁别人，便可以得到自己想要的东西。他们愚蠢地认为，他们的皇弟必会接受他们的威胁。所以，他们在威胁的时候，竟把自己的谋划和盘托出。

他们愚蠢到竟然不曾真正地、仔细地看清楚他们的皇弟。他们没有想过，荼昶对付威胁的方法，简直无与伦比。

他们愚蠢到不曾想过会有一日东窗事发。

谦亲王的愚蠢或者说大胆，还体现在另外一个方面：他竟然敢当面耻笑他的父皇。他竟然会喝醉了酒闯到皇宫里，闯到父皇的寝宫里，然后狂笑着说，父皇您竟为了把一个冷宫里的贱人所生的贱种扶上皇位，而忍心对付自己的嫡长子！

他竟然会当面质问那九五之尊说，难道你还嫌绿帽子的颜色不够浓，不够深吗！

他不是醉了，他是疯了！他疯到了极至。他疯得，轻率地，赔上了自己的性命。

他在自己的王府里，饮下他的父皇秘密派人赐下的鸩酒之后，想起了很多快乐的事情。他想起他身为皇长子，曾经备受宠爱，曾经是皇后的心肝宝贝。他想起他刚被钦封为亲王的那一段时间，曾经被整个皇室、被朝中百官视为江山未来的主人。他亦曾经以为自己必是将来受万万民众顶礼膜拜的人……

他还看见天堂的颜色，看见他的母后在微笑地望着他，等待着他……

谦亲王薨逝之后不久，四皇子在某一个深夜突然发了疯……朝中百官在很长的一段时间里，都噤若寒蝉，其余的十二位皇子人人自危……

皇帝下诏，明确地告诉朝中百官与天下百姓，在他有生之年不立太子，传位诏书将在他驾崩之后公之于世……

京城的大街小巷仿佛骤然间刮起过一阵烈风，又仿佛湖面一般始终风平浪静……

“尽管父皇直至驾崩的时候都不曾提过那冷宫，但我却很清楚，父皇知道我早已知道了。他之所以只字不提，仍然是为了我。

“旋眸，你和孩子失踪之后，我派了很多的人四处寻找。自登基之后，我不仅加派人手，动用了大内侍卫，更是将告示贴遍了整个疆域。

“其实我早就猜到，到底是谁掳走了你和孩子。他绝对不是谦亲王或者四皇子，这两人都没有这样的实力与头脑。正因为已经猜测到他到底是谁，所以亦猜想，他或许不会伤害你们。”

“当年我在江南平叛的时候，曾经和叛军首领面对面厮杀过。我当时很是震惊。我没有想到，我记住的眼睛和身形，竟会在那样的情境之下再次出现。旋眸，我知道他是谁，可又不敢明确地告诉自己他是谁。一旦我明确了他冷家人的身份，那么，西沃冷家数百口人都将命丧黄泉。我只能说，他是一浮，叛军首领一浮率小部军队仓皇逃窜……

“我派遣那个大内护卫假扮神医，行走江湖，亦是因为猜想，阳堂若是真的为你着想，想要挽回你的心，必会想方设法治好你的眼睛。只是没想到，当终于见到你和孩子，当通过你所讲述的自身经历来确认就是你的时候，竟已是两年多以后了……

“一浮藏身的那座山很深。从前没有人会住在里面，我的人亦都没想过，会在那里查到什么线索，直到看见你的记号。旋眸，你是如此聪慧。你在客栈的柱子上刻下了一个山字，又把你的发簪丢在柱子旁边，令寻找你的人茅塞顿开……

“接到扬州城的飞鸽传书之后，我便派人秘密搜查扬州城附近所有的山头，同时搁下了手上的万千事务，马不停蹄地赶到了这里……”

旋眸在流泪。为自己，为荼昶，亦为西沃冷家。

她感谢荼昶，替冷家数百条人命，诚心诚意地感谢他。但是，她仍然说：“我想去见阳堂最后一面，可以吗？”

阳堂全身戴着镣铐，被关在扬州城幽深的地牢里。旋眸摸索着独自走进来的时候，嗅到的是腐朽的味道。

阳堂望着旋眸。悲戚有如海浪，在心中翻滚不息。但是，他的眼中却干涩异常。

"阳堂，为什么你要这么做？做安分守己的普通百姓不好吗？做富有的泠氏子孙不好吗？"旋眸问。

阳堂一动不动。他不想让旋眸听到镣铐响动的声音。

他说："我知道没有什么不好。但是，当我年满二十岁的时候，我的舅父告诉我，他一生都在经营着复仇的大业。五十年前，当时昏庸的皇帝听从了奸臣的诡计，仅仅凭着一条莫须有的罪名，便将世代为国尽忠的姚氏一门尽数诛灭。当时还很年幼的舅父和母亲如若不是出外游玩，必定也会遭到毒手。他们有幸被有良知的人收养，从此隐姓埋名，在远离京城的地方生存了下来……"

阳堂的眼眶之中仍然干涩："我在泠家，不过是一个普通的庶子。我的生命，在泠家的长辈们眼中，一如草芥。我的存在与否，对整个泠家不会造成丝毫的影响。但是，我的母亲和舅父，却把我看成是姚氏报仇雪恨的唯一希望。我们集结了无数被官府通缉和欺压的人们。我们不是要提醒朝廷反思曾经犯下的重大错误。我们的希望并不仅仅是为姚氏平冤昭雪。我和舅父的宏图大志，是要推翻昏庸的朝廷，彻底地改变这个天下的姓氏！我们要让当年那个昏庸的皇帝在九泉之下不得安宁！我们要让他看着他的子孙为姚氏一门偿命！"

阳堂重重地喘息，顿了很久："可是，我们并没有找到志同道合的人。我们集结的犯夫走卒之中，大部分都只是想出一口恶气，都没有做大事的气魄与胆量……十年啊！我为此劳心劳力了整整十年。我的大好年华都奉献给了这宏图大业。我作为姚氏血脉之中唯一的男儿，像我的舅父那样付出了全部的心血，付出了一生！我们谁都不曾说过一个悔字！我足以告慰我那早已病逝的母亲，足以告慰姚氏的列祖列宗……"

阳堂说不下去了。他的眼眶不再干涩。他的泪意迅速变得很猖狂。他再也抑制不住，身上的镣铐开始一阵乱响。他的哭声，好似发

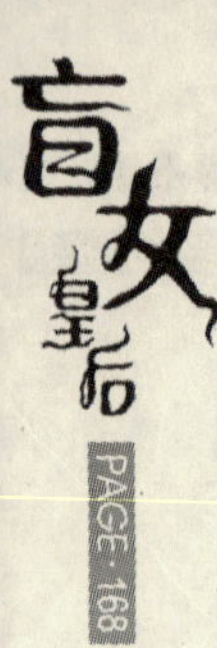

自极端无助的迷路孩童。

旋眸听得很真切。她不由得摸索着走近阳堂，抓住阳堂，呼唤阳堂。她的泪水在脸上肆虐的时候，心里很痛。

“为什么是我？五十年前的罪孽，为什么要由我来承担？我的武功再怎么精湛，怎么高超，我再怎么具有一呼百应的能力，都不过是一个人，一个有血有肉的人，一个知道痛的人，一个其实很想过普通而安定的生活的人！”

阳堂甩动镣铐，甩掉了旋眸的牵扯：“泠氏家族虽然在西沃称王称霸，可我的父亲不是泠家的嫡系子孙，我生来即是泠家一个庶子的庶子。在你父亲泠玖炎的眼中，我只是泠家的一个奴仆。我为他鞍前马后，只是拼命地想要露露脸，以便在他那里谋得一份好差事。我若不是懂得养花，懂得挑花，懂得布置花园，甚至都没有资格进入你的小院。为什么我生来就是这样的命？为什么我想得到的东西，却怎么也得不到？为什么我付出的比别人要多得多，却得不到别人所拥有的一丝一毫？”

旋眸切切地说：“可是阳堂，有我关心你，牵挂你啊！”

“你假仁假意！你和你的父亲泠玖炎一样，都是表里不一的人，都是狠毒的心肠！”阳堂喊道，“为了能常常见到你，我必须在西沃和江南之间两头跑。我几乎月月千里奔波，你知道我有多辛苦吗？我披星戴月，揣着一颗火热的真心去见你，可你的父亲发现了我的真心之后，却用最为严厉的口吻警告我斥责我，甚至到最后将我撵出泠家大宅……泠旋眸，你根本便不曾真正地喜欢过我！你不过是把我当成深闺寂寞的调料，当终于找到了一个能够带给你荣华富贵的皇子之后，你便一脚踹开了我！”

“不是，阳堂，我不是这样的，你误解我了！”旋眸急急地辩解。

“我没有误解！你是泠玖炎的亲生女儿，你的身体里面流淌着泠玖炎贪财忘义、嫌贫爱富的恶劣血液，你好不到哪儿去！”

“阳堂，你为什么要这样误解我？你明明了解我的，你明明知道我是怎样的人，你明明知道我对你是如何地看重的啊！”

“行了！我都是必死无疑的人了，你又何必浪费虚假的眼泪？！你走吧，回到那狗皇帝身边去吧！你回去告诉他，我虽然今生赢不了他的父皇，亦赢不了他，但来世我必会投胎到一个好人家，我必会拥有如他今生一样的荣华富贵，我必会用无数人的鲜血与哀号，来偿还今生我所遭受的辛苦与厄运！”

“阳堂！”

“我不叫阳堂！阳堂早在十年之前便死去了，如今只有一浮！你记住，一浮！一浮！”

“阳堂，你不要这样！这里没有别人，你的事情不会牵扯到西沃泠家，大家不会因为你而想到西沃泠家！”

“是啊，我和西沃泠家一点关系都没有，和你当然亦没有任何关系！那么，你还留在这里做什么？难道你想引起别人的猜疑？难道你想让如今的这个小皇帝重蹈他祖父的覆辙，再灭一次满门？”

旋眸不禁后退。她看不见阳堂，看不见他脸上的痛楚，看不见他的眉宇间刻下的艰难。她今生都没有机会看见他。

她踉踉跄跄地往外走。可是，当就要走出牢门的时候，她蓦地听到一声响。别人听来相当脆弱的声音，她却听得万分的心伤。

那是泪水砸在镣铐上的声音。那是孤独的灵魂最后的哀号。那是满目疮痍的心灵，在生命的焰火就要燃尽的刹那，痛苦的挣扎！

阳堂……她默念着这个名字。

在她的心目中，泠阳堂是西沃泠氏最应该设立牌位来悼念的子嗣，是她这一生中所遇到的人之中最悲壮的一个，又是最重要的一个。

她在走出地牢之后，天上正飘下绵绵的细雨。她仰起面庞，双手合十，举向苍穹。

她祈祷上苍，快快洗刷掉这个尘世的所有的冤屈与无奈。她祈愿命运之神，快快将天下间的苦楚与悲痛尽皆收去。她希望从此之后，在新皇帝的统治之下，人间能够有真正的太平与安宁。

雨，依旧在绵绵地下。天空的阴霾，依旧如火如荼。茫茫人世之间，孤寂的人依旧深切地祈祷，殷切地期盼。

可是，她的浑身都是干燥的。她的头顶之上，早就有人为她撑起了一把巨大而安慰的雨伞。

她嗅到那人的味道。她知道，自己的泪水根本没有机会和雨水混合在一起。她的悲伤与痛惜根本无法隐瞒。

“等这雨稍一消停，我们便赶回京城。”茶昶说。

【第五章】得见光明

第五章 得见光明

茶昶将一名双目失明的女子和一个三岁孩童带回京城，好似平地里刮起了一股旋风。尽管这股旋风其实早已在酝酿之中了，大家心中亦已经有了预感，但还是被这旋风刮得有些晕头转向，尤其是户部尚书司寇大人，尤其是曾经被册封为宁王妃，却未能被立为皇后的司寇雾霈。

群臣都知道，皇帝突然前往江南，并非微服出巡。扬州城外六万精兵强将的大规模出动，一举剿灭了叛军余部这样的事情，绝对不是小事，亦早已在朝堂上传得沸沸扬扬。

群臣原本便知道，在十五位皇子之中，七皇子是最具魄力的一个，亦最有能力治理一个国家。这亦是先皇为保护他，而不得不先行除去其他障碍的原因。但是，宁亲王即位称帝之后已经五个月了，却依然不立皇后，令各种猜疑不禁滋生繁衍。

而自从盲女和幼童出现在皇宫之中，许多人都忽然想起了多年以前同样传得沸沸扬扬的事情，西沃巨贾冷玖炎的独生女儿冷旋眸悄然

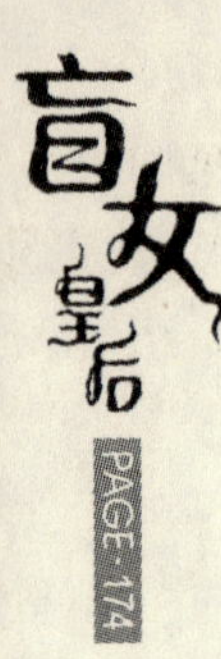

入宫的事情。

司寇雾霈记得，永远都记得。所以，在旋眸和孩子住进皇宫之后的第二日，她便去了，带着郁闷，带着些许的仓皇。旋眸和孩子所住的宫殿是皇帝的寝宫。她去，与其说是作为后宫本来最应该被立为皇后的妃子，去看望新近入宫的旋眸，毋宁说是向皇帝请安。

那时候，皇帝正在寝宫外逗着孩子。司寇雾霈欠身行礼："臣妾恭请圣安！"

她早已不敢喊昶哥哥了。自从听说谦亲王在王府之中暴毙之后，她便不敢这样喊了。她亦早已知道，她即使等到头发花白，他亦不会真正地爱上她。她只希望他能够允许她永远留在他的身边，即便是他不会立她为后。

她甚至对她的父亲好言相劝。她的父亲曾经多次联合朝中各个大臣，对新帝提出立后的大事。她怕有朝一日终会惹得荼昶雷霆大怒。

"平身。"荼昶的面色透出明显的不悦。他在今日免朝，便是不想被群臣破坏兴致。

司寇雾霈本不该在这种时候过来。她这一来，令荼昶不禁认为她是来提醒他的，提醒他不要忘了她司寇雾霈的存在。

司寇雾霈有些尴尬。荼昶自顾自地逗着琅涵，仿佛她不曾存在一般。

司寇雾霈看见琅涵灿烂而无邪的笑容，不禁想起了自己的女儿。她的女儿仙弘公主已经一周岁了，而荼昶却只是在孩子满月的时候抱过一次。

他日理万机。他无暇顾及儿女亲情。他不曾这样说过，但是，她认为，他心里一定是这样想的。

“臣妾想去看望旋眸妹妹！”司寇雾霈试探着说。她觉得她可以称呼旋眸为妹妹，毕竟，她曾经是钦封的宁王妃。而如今，后宫里的嫔妃亦只有她和旋眸二人。

然而，荼昶却不这么认为。他在点头之后，似是无意地说：“你还是叫旋眸姐姐吧。”

他这样说，或许可以解释成：旋眸原本便比司寇雾霈年长。但是，司寇雾霈的心情，仍然陡地一降。在后宫，姐妹之称，并不总是依照年龄来排的。她本来便知道，自己是与后位无缘的。但是，他从未像今日这样当面让她难堪过。

她急切地想要见到泠旋眸。她还不曾见过她，还不知道这个盲女到底拥有着怎样的美丽，能够把荼昶的心拴得死死的。

她走进皇帝寝宫的时候，宫女们正为旋眸梳妆。

流泻一如黑色瀑布的长发，轻盈而纤细的身姿，纤巧不盈一握的腰，甚是小巧而纤细的双足。

司寇雾霈示意宫女不要出声，径自站在一旁，仔细地打量着旋眸。

宫女正挽起云雾一般的发髻，搭配有一件件发饰与精致的耳环。

旋眸站起身，转过头。

司寇雾霈震惊了。面前是一张只能用绝世美丽来形容的容颜。以前，她并不知道，人世间竟会有如此极至的姿色。

她不是没有见过精细而似欲随意飞扬的眉，不是没有见过善睐的明眸，亦不是没有见过小巧的鼻子与嘴巴，可却还从没有见过谁的眉眼、鼻子与嘴巴能够如此地协调。

她曾经梦想拥有一张鹅蛋脸，可即使是在梦里，她亦不曾见过如此完美的脸形……

她蓦地感到一阵眩晕。她怀疑，是上苍派遣了九天玄女，来毁灭她拥有荼昶的真心的痴想。她不清楚，她究竟是在人间的皇宫里，还

是在西王母的瑶池边……

她的眩晕相当严重。当她终于克服了眩晕的时候，发现一个宫女正搀扶着她，急切地呼唤着她。

她急忙寻找着旋眸，却看见旋眸正睁着一双漂亮的大眼睛望着她。她心里忽地悸动。她知道这双大眼睛尽管通透动人，却是空茫的，没有闪亮的。她不禁万分地惋惜。为旋眸惋惜，亦为自己惋惜。

"这是淑妃娘娘！"宫女急忙提醒旋眸。

旋眸轻缓地欠身："旋眸见过淑妃娘娘！"

司寇雾霈心里很慌。她迅速地撇开宫女的搀扶，迅速地走到旋眸的身边，然后扶住了她。她说，声音有些抖："姐姐莫要如此多礼！小妹承担不起啊！"

旋眸笑。司寇雾霈的味道甜而不腻，她喜欢。自从司寇雾霈初一走进来的时候，她便一直静静地嗅着这样的味道。尽管，她还不知道她什么时候入的宫，什么时候成了荼昶的女人。尽管，她的心里还有点点的酸意。

"娘娘，用早膳了！"有宫女轻声说。

宫女自然不是对着司寇雾霈说的，因为早膳的时间早已过了，而淑妃娘娘亦不可能跑到皇帝的寝宫里来用膳。

司寇雾霈不禁想到，皇帝已在寝宫外逗着孩子玩了很久。她觉得自己是个多余的人，于是告辞。

她走到宫外，看见琅涵正活泼地跑着，而荼昶在他的身后快乐地追逐。她欠身，说着荼昶根本听不到的话，然后离开。

次日早朝，荼昶在文武百官面前，在天下人的面前，册封旋眸为静贵妃，将琅涵长皇子的身份公之于世。

文武百官自然是议论纷纷。户部尚书司寇大人更是出班启奏，说：

“册封贵妃乃是皇家大事，不可草率为之。泠氏虽已诞下皇子，但毕竟身有残疾，实在不宜受此封号。”

朝中诸多大臣都很清楚，这曾经的国舅司寇大人的独生女儿虽然曾经贵为宁王妃，亦已经生下了仙弘公主，但却并没有得到皇帝的宠爱。

荼昶很不悦：“既然是皇家之事，那么，册谁立谁，都应由朕做主。司寇大人不是这样认为的吗？”

司寇大人一怔，不由得深深地弯腰，连声音都有些颤抖了：“微臣不敢对圣上的权力有任何的质疑！”

“既然如此，此事便定了。传令记录在册。各位爱卿，还有事吗？”

各位大臣都已意识到了气氛的微妙，都不禁噤了声。

荼昶扫视了一番，说：“退朝。”

荼昶生了气，但他的气消散得很快。他速速地离开朝堂，速速地回宫去见那个美丽的人儿。

他并没有让旋眸苦等。他为她带来了整个太医院。他现在有能力，亦有理由为旋眸动用整个太医院。

太医院聚集了这个天下医术最为精湛的人。如果太医院里的太医们联起手来，都不能使静贵妃的双眼复明，那么，他们便再也没有资格被称为太医。

皇帝的命令重如泰山。然而，静贵妃的容颜是不可亵渎的，静贵妃身体的每一部分都只有皇帝才能碰。太医们即使站近了静贵妃，亦不敢伸手触碰，尽管这样的举动纯粹是为了治病。他们只能通过“望”和“切”来进行诊断。而即使是切脉，他们也只能借助于细线。

荼昶站在旋眸的身旁。当太医们表示诊断结束的时候，他把他们全都召到了寝宫外。他想知道旋眸复明的机会有多大。但是，太医们却谨慎地说，必须经过所有的太医研究之后，才能下个定论。

茶昶知道急不得，但却在所有太医跪安之前说了一句话。这句话，令所有的太医都不禁颈上一凉：静贵妃的眼睛，比整个皇宫都重要。

宇霓公主择日进宫。

她在半年前便已经出阁。她的父皇在很早以前便已经写下了传位诏书，所以心中最为放心不下的便是他唯一的女儿的婚事。

她的驸马不是别人。武颜将军曾经是先皇最为倚重的大将。他的军事天赋始终令当今圣上钦佩不已。当先皇向茶昶问及驸马人选的时候，茶昶便说过，满朝文武之中，除了武颜将军，再没有第二个人配得上金枝玉叶。

他们谁都没有征求过宇霓自己的意见，他们谁都没有顾及到她的真正心意。他们都认为，他们为她挑选的驸马，是这个天下之中最为出色的。天下人都是这么认为的。天下人都没有谁来问问她，她到底想不想嫁。

她不想嫁。除了泠玖炎，她不想嫁给任何人。可是，她不能告诉她的父皇，她不能告诉任何人，她早已喜欢上了泠玖炎，她这一生最大最奢侈的愿望便是嫁给泠玖炎，哪怕嫁过去之后自己只是他的一名妾室。

她不想嫁，所以，她曾经在她的父皇跟前闹过。她依凭着自己是皇帝最为宠爱的孩子，以性命做要挟，要求永远留在皇宫，做永远的独一无二的公主，一生不嫁做人妇。然而，她的父皇却屏退了所有的宫人，语重心长地告诉她，她的下嫁，直接关系着她七皇兄的前途。她可以不顾自己的幸福，却不敢轻视茶昶的前途。她曾经刁蛮任性，但并不天真单纯，她其实对所有的事情都看得很清楚。她一直都知道，在她的皇兄弟当中，只有茶昶才足以担负起治理整个国家的重任。即使她的父皇不亲口将利害关系告诉她，她最终也会嫁。而她的出嫁，使得她的七皇兄牢牢地握住了国家的兵权。

宇霓出嫁的时候，她的父皇正病重。皇帝选择这样的时候为她举办婚礼，既是了却心愿，亦有冲喜的希望。可是，人的阳寿都是天定的，凡人根本左右不了。宇霓嫁到武颜将军府不过半个月，她的父皇便驾鹤西去。

她很伤心，很痛苦，有的时候甚至痛不欲生，尽管武颜将军对她温存有加、呵护备至，尽管多半的京都名媛在偷偷落泪的同时都非常羡慕她。

宇霓进宫，主要是来看望旋眸和孩子。她进宫的时候，旋眸刚刚搬进御赐的宫阙。

宇霓在见到琅涵之前，想，这孩子一定不认识她，或许还不愿意被她抱，尽管她曾经为了保护他而敢冒欺君之罪。但是，琅涵在看见她的时候，竟直直地跑过来，抱住了她的腿。那时候，还没有人告诉他，来人是谁。

"你一定是宇霓姑姑吧？宇霓姑姑好漂亮啊！宇霓姑姑还记得琅涵吗？"

宇霓甚至有短暂的惊愕。她蹲下身，仔细地打量着这个漂亮的小皇侄。在他身上，她看见旋眸的眼睛，看见荼昶的双眉和鼻梁。她想，即使是在茫茫人海之中，她都能认得出他是谁的孩子。但是，两年多以前，这孩子连一声姑姑都不会叫。

她不禁问："琅涵怎会认识姑姑？"

琅涵说："因为母妃跟琅涵说起过姑姑！母妃说过，宇霓姑姑是琅涵的大恩人，等琅涵回到家里之后，宇霓姑姑一定是第一个来看琅涵的人！母妃还说过，琅涵要像孝敬母妃一样孝敬姑姑！"

宇霓心里很暖，很感动。她突然很想有个孩子，自己的孩子。她多看琅涵一眼，多摸琅涵一下，多抱琅涵一会儿，这种想法便越发强烈。但是，当这种想法上升到愿望之后，她不禁感到心里在痛。当她把目光转向始终笑盈盈的旋眸的时候，她的双眶里蓦然充盈了泪水。

“姑姑怎么哭了？”琅涵的小手很软，很暖。这小手使劲地伸着，想为宇霓擦拭泪水，“姑姑乖！姑姑不哭！”

旋眸忙说：“妹妹怎地哭了？有心事吗？”

宇霓速速地擦拭着泪水，拉着琅涵，走到旋眸的身前，说：“没有，只是看见琅涵这么可爱乖巧，不由得想起了以前。嫂嫂难道忘记了，这孩子能够来到这个人世，是多么的不容易啊！”

旋眸伸手摸索，宇霓急忙把琅涵推到旋眸的身边。旋眸蹲下身，摸索到了自己的孩子，亦是热泪盈眶：“难得的是，苦难都已经过去了……从此之后，他将得到他应得的尊贵与安适。”

琅涵睁着一双大眼睛，有些茫然地来回看着自己的母亲和姑姑。

而荼昶，恰在此种情境之下，踏步进来：“宇霓皇妹来了！都怎么了？”

“父皇！”琅涵欢笑着，蹦跳着，远远地便把双臂伸去了。

荼昶忙忙地接住了孩子，笑：“琅涵今天乖不乖呢？”

“琅涵乖！琅涵认得宇霓姑姑，把宇霓姑姑吓了一跳呐！”

荼昶看了一眼宇霓：“朕的小皇子这么厉害？！想要什么，父皇赐给你啊！”

“琅涵喜欢宇霓姑姑，父皇能不让姑姑走吗？”

荼昶看向宇霓的时候，看见些许的凄惶。他笑：“涵儿说傻话了。宇霓姑姑早已出嫁了，不能再住在宫里了。涵儿想知道宇霓姑姑的驸马是谁吗？”

“父皇，什么叫驸马呀？”

“驸马啊，是宇霓姑姑的夫婿，就像父皇是琅涵母妃的夫婿一样！”

琅涵晃晃小小的头颅，突然说：“那父皇就是母妃的驸马，对不对？”

荼昶笑：“涵儿真聪明！涵儿乖，去母妃身边！”

琅涵蹦跳着，回到旋眸的身边了。

荼昶这才接受宇霓的见驾：“宇霓参见皇上！宇霓恭贺皇上一家终得团聚！”

“皇妹快些平身！”荼昶似是无意地一问，“武家二老都还好吗？”

“公公和婆婆一切安好，宇霓替二老谢皇上挂念！”

“皇妹有空，常来宫中坐坐。”荼昶向外走，“朕还有奏折要批，你们姊妹说说话吧。”

“宇霓恭送皇上！”

旋眸突然感觉到些许的寒冷。她不知道这样的寒冷到底来自何方，她亦不想勉强自己去寻找。她拉着宇霓的手，说：“妹妹在宫外，可还习惯吗？”

“就算不习惯，又能怎么样呢……”宇霓说。

她是忍不住才这样说。她本不想让别人产生疑虑，尽管到了如今的这番境地，旋眸已经是唯一的一个她肯把心里话说给其听的人。

“妹妹有心事，可否说与我知？”旋眸一向是善于“听”的人。

宇霓不说话，却深深地望着旋眸。她想从旋眸的脸上寻找些许熟悉的感觉。她凝视了旋眸的眉眼与鼻翼。她辨认了旋眸的嘴巴与下巴。她把目光切切地在旋眸的耳朵和面庞上停留……她的心里翻滚着她必须强制压下的洪流。

“妹妹在看什么？”旋眸觉得如今的气氛有些诡异。

宇霓结结巴巴地说：“没，没什么……我来也只是看望嫂嫂……希望嫂嫂在宫里能够住得习惯……宇霓没什么事，便告辞了吧……”

宇霓迅速地向外走。

旋眸禁不住地呼唤："妹妹！宇霓妹妹！"

宇霓竟是不回头。

茶昶派了大内侍卫，骑上千里骏马，加鞭前去极之山。

太医院经过集体研究之后上奏皇帝，说，静贵妃的眼睛可用药外敷，但必须先行用极之山上的皑皑白雪细细洗过。

极之山，不是普通的山。

传说，极之山上住满了白色的小精灵，极之山上长年落满的白雪是他们的住穴。他们住在白雪里，同时把自己身体里面的洁净与灵异，慢慢浸润到白雪里。这些白雪，不论是对什么样的病症，都是最好的疗药。

然而，几乎没有人能从极之山上取雪下来。传说，小精灵会把那些胆敢偷窃他们房屋的人类，当成最为痛恨的敌人。他们会用各种各样人类难以想象的方法折磨他们的敌人，直至敌人死亡或抵挡不住，而仓皇逃窜。而逃窜回去的人类通常都会发誓：此生此世，再也不去那极之山。

没有人知道关于极之山的传说是不是真的，亦没有人能够确定，极之山上是不是正落满了白雪。但是，太医们相当地坚定：静贵妃的眼睛若要复明，必须用到极之山上的白雪，而且还必须要是极之山顶峰上的白雪。因为，只有顶峰上的皑皑白雪里，才住有天下最为纯洁、最为高尚的小精灵；而且还要趁精灵熟睡的时候迅疾地装取白雪。否则，一旦被精灵发现，取雪的人不仅劳而无功，还有可能命丧当场。

茶昶不止派了一名大内侍卫。十名大内高手，十匹日行千里的骏马，就为了去极之山，取一小小瓷瓶洁净的白雪。

大内侍卫走的时候，带着皇帝的殷切希望，还带着满脸的凝重。没有人知道他们还能不能回来，皇帝亦不知道。但是，皇帝在他们走之前对他们承诺过，他们一旦有所不测，他们的家眷将由皇帝亲自安置。

去极之山取雪，按路程计算，来回最多一个月。

一个月后，茶昶几乎要拿太医院问罪。他甚至怀疑，太医们指名要用极之山上的白雪，其目的或许仅仅是为了保住自己的性命。保得一时是一时。但他知道，如果取雪人能够安然地带着白雪回来，而又已经无人懂得用药，他便会抱憾终生。所以，他只有等。

旋眸自然亦在等。她在期待着复明的时刻到来的时候，还有些许的恐惧。她想，这恐惧是来自改变吧。她的双眼，之前是一片绝对的黑暗。她看不见自己，看不见亲人与爱人，已经二十年了。

在这种时候，她并不知道，其实，她的恐惧并不仅仅如此。她总有一日会真正明白，自己的恐惧到底是来自何方。但是，那却是在很久之后。那时候，她甚至忘却了怎样悲伤。

旋眸突然想起了那冷宫。她不知道那住在冷宫里的女子是否依旧安在。

先皇曾经宠幸过的宫女与嫔妃，多半都已经被关进庵堂了，如今住在皇宫里的，都是皇子和公主的母亲。

她不知道谦亲王所说的是不是事实。她亦不知道茶昶是不是已经经过了查证，更不知道，当终于安然地坐上了皇位的时候，当终于有了足够的权力自由选择自己心爱的女子的时候，他是不是会正视自己的真正身世。

她并没有探求这答案。她知道茶昶自有主张。她在茶昶的影响下认为：做任何事，尤其是会影响到自己的光明前途的事情，都要选择合适的时机。

她还想起遥远的地方。边陲西沃。她似乎恨之入骨，却又时刻惦记着。她不知道自己的生身母亲是否安然无恙。她告诉自己，她惦记西沃，只因为母亲。

可是，当有一日，那个可恨可憎的人入宫来见她的时候，她竟无以拒绝。

她是看不见他的容颜，但她听得清楚他的声音，嗅得到他的味道，她曾经记在内心里的味道。不论他身在何处，不论他的容颜怎样地改变，她都能在他刚一出现的时候，便辨认出他来。

当宫女进来禀报的时候，她手里的茶碗竟蓦地坠地，变成了碎片。那曾经因为琅涵而对他产生的一丝恻隐，在此时此刻，已消失得无影无踪。

她没有说话。但是，琅涵却在看了那人许久之后问她："母妃，为什么涵儿会感觉到这个人很亲切？"

旋眸的心在抖。她不能回答孩子的问题。她只是紧紧地抓住他，不想让他跑到那人的身边去。

而泠玖炎却早已伸出了双臂："琅涵，我是你的外公啊！"

"外公是什么？"

"外公就是母妃的父亲啊！琅涵，来，让外公抱抱！"

琅涵仰着头，问他的母亲："琅涵是母妃和父皇的孩子，而母妃是外公的孩子，是吗？"

旋眸突然觉得心里很堵。她不能否认，绝对不能在孩子的面前否认。她感觉到琅涵的小脸依旧高高地仰着，她不忍心，只有轻轻地点头，缓缓地松开了手。

琅涵蹦跳着，欢笑着，高声娇娇地唤着外公。

泠玖炎拥抱住琅涵，亲吻着琅涵。他把对女儿的万千心疼与牵挂，都融进这样的拥抱和亲吻里。他抚摩着孩子的脸庞，多么希望这便是他曾经的小女儿，小到还能够乖乖地接受他的怀抱的女儿。

他想着，希望着，同时潸然泪下。

“外公为什么要哭？外公乖乖，外公不哭！”

琅涵的童声，惹得自己的母亲不禁背转了身。

“好好，外公不哭！琅涵真乖……琅涵想知道外公带什么来了吗？”

冷玖炎从袖口里掏出一张纸，琅涵一把抓住，问：“这是什么呀，外公？”

“这叫银票，拿着它，便可以到大钱庄兑换很多很多的银子！”

旋眸忍不住叫道：“琅涵过来！”

琅涵受到了惊吓。旋眸的声音太过严厉，从未有过的严厉。琅涵有些害怕，有些瑟缩。

冷玖炎想抱住孩子，想平复他所受到的惊吓，可是，旋眸竟迅速地走过来，一把扯走了孩子。她这样的举动，竟不像双目失明的人。

“你才多大，便对银票这么感兴趣？父皇平时都教你什么了？母妃的话，你都听到哪里去了？你是长皇子！长皇子要什么没有，你现在这么小，便巴巴地要变成满身铜臭的人？——你哭什么哭？我是生你养你，险些因你而丧命的人，难道我说不得你了吗？不许哭！”

冷玖炎急急地想劝：“孩子还小……”

“我在教训我自己的孩子，你插什么嘴？你是腰缠万贯，你是出手阔绰，可是，教育孩子是要用心用爱用温柔，不是用金钱！你以为你来的这个地方是哪里？西沃冷家那栋大宅子？你能有多少银两，足以把这皇宫装饰成一个金色的笼子？你有多大的胆量，敢在皇帝的家里炫耀财富？！”

冷玖炎的愕怔无比地浓重。

旋眸死死地抓着琅涵。她的恨一发而不可收：“不会教育孩子，不知道孩子想要的是什么，就不要装成一副慈祥的样子！一个孩子的心被毁了，她便永远会被悲伤抓着！那悲伤，是多少银两都弥补不了的！”

旋眸的泪水蓦地“刷刷”地滑落：“你不会明白的……你永远都不会明白的……”

琅涵还在哭。

“你走！你只会带来悲伤与哭泣，你还来做什么？我随了你的心意嫁了七皇子，如今更是被封了贵妃，你想得到什么封赏，自己跟皇帝去说，你到我这里来有什么用？”

“我来，并不是想得到什么封赏。我是来看望你的，女儿！”

“住口！我不是你的女儿！我只是一颗被你关在一个大宅子里养大的、赖以攀龙附凤的可怜的棋子！我有幸遇到了一个深爱自己的人，有幸被封了静贵妃，有幸生了一个可爱的孩子，只是我的命里该有，只是上苍对我一十六载囚禁生活的补偿！你什么都不用说！你如今说什么，我都不会听！你走！”

泠玖炎明白。他心疼，他惊愕，他想解释。他想安慰自己的女儿。但是，他最好的选择，却是离开。

当他举步离开的时候，他看见了一个已经来了很久的人。他对那人深深地鞠躬，默默地行礼，然后速速离去。

他不知道，宇霓在默默望着他的背影。她望了很久，直到宫里的静贵妃突然抱着琅涵放声大哭。

她站在门口，却不知该怎么安慰。她想，每个人都有自己难以言表的苦楚。她的苦楚不能向人诉说。旋眸的苦楚，或许亦只能独自承受。

她示意宫女统统退下。然后，她转身，悄悄离开。

三个月。十名大内侍卫去极之山取雪，一去就是三个月。但毕竟，他们终于回来了。然而，十名大内一流高手之中，竟被极之山上的白色小精灵摄去了八个灵魂。

根据得以生还的两名侍卫所言，极之山上到处都是悬崖峭壁，而且积雪很厚。他们攀缘的时候根本无从附足。极之山方圆数百里皆无人烟，而且山上极度寒冷。他们为了保住体温，不得不杀掉了心爱的骏马，然后剥下了马皮。他们把马皮裹在身上的时候，流出的泪水迅速地结成了冰凌。

他们并没有见到所谓的白色小精灵，但却在极之山上的皑皑白雪里滞留了两个多月。大半的时间里，他们都在向顶峰的攀缘之中艰难地度过。

他们一再地攀缘数日，却又一再地滑至山脚。在冰天雪地里，他们无从生火，果腹的食物只有硬硬的干粮和在寒冷之中冻得僵硬的生马肉。尽管相当地节省，他们还是吃完了干粮，吃完了马肉。他们能够支撑下来，足以说明他们是这个国家里最为健壮的勇士。

他们想了很多的办法。当最后一个办法亦是终于得以到达顶峰的方法来到彼此的脑海之中的时候，他们向着京城，向着皇宫，向着皇帝的方向，行着叩拜大礼。

他们的办法是：十个人分成两组，每组的四个人将各自的全部功力输给第五个人。这样，原本功力相当的十名大内高手，便剩了内力卓绝的两名。

然后，剩下的两名护卫踩着已经变成普通人的兄弟的身体，飞上了悬崖峭壁。他们此时的轻功已经是当世无敌。他们的身体如燕一般轻盈，他们飞行的时候如天地间一道闪电。

他们在两个峭壁之间替换飞跃，他们在比较低矮的山峰上稍做休息，他们在望着仍然高远的顶峰的时候亦想过，如有必要，他们将再次牺牲其中一位……幸运的是,他们两个人终于到达了极之山的顶峰。

他们迅速地装取了顶峰上的皑皑白雪,迅速下滑到山脚。

可是,当他们擎着装有皑皑白雪的小小瓷瓶,到达兄弟们的身边的时候,那八个因为失去了内力而无从抵御彻骨寒冷的侍卫,已经变成了冰块。虽然已经预料到了这样的死亡,可是亲眼看见的时候,他们仍然悲痛欲绝。他们呼唤不醒自己的同伴,他们哭嚎不醒曾经的兄弟手足。

那八个曾经生龙活虎的皇宫卫士,他们曾经一起起床、一起练功、一起保护圣驾的亲似骨血的兄弟啊……

他们带回来的那一小小瓷瓶的极之山顶峰上的皑皑白雪,是这个人世间最为珍贵的疗药。

太医说,这雪必须要用文火烧化成水。

火势大了,这雪融化之后,即使不致飞升成雾,雪里的小精灵亦会被烧化成烟,然后消散在空中,那么,这雪将和北方各地的雪一样普通平庸。火势小了,雪里面沉睡的小精灵便不会苏醒,这雪便起不到预期的效果。所以,火候一定要控制好。掌握火候的人,是太医院里最为资深的太医。

融化白雪,是在旋眸的寝宫里进行的。

为防止暂时被裹在雪水之中的小精灵中途逃脱,融化之后的雪水,从文火上取下到滴入眼内的时间,一定要尽可能地缩短。

茶昶在。他是一定会在的。旋眸坐着,而他则站在她的身边,握着她的手。

皑皑的白雪已经变成了清澈的水。太医迅疾地打开小小瓷瓶。

为了迅速地装进白雪,瓶口和瓶身几乎是同等大小的,但是瓶口上装着软木塞，而软木塞上早已钻出的小口中塞着白布。而此时，太医迅疾地把白布拔去，然后对着旋眸的眼睛，将瓷瓶倒转。那万分清澈的雪水缓缓地滴下来……

水滴不可过大，否则，过剩的精灵将会损毁已经变得清亮的眼眸。水滴亦不可过小，否则，雪水里跳跃着的小精灵，便不足以化解眼眸上无形的浑浊。将雪水滴入眼睛的太医，是太医院里最为心细的一位。

那水滴落入眼睛。

旋眸迅速地把眼睛闭上。

有太医迅疾地将厚厚的中间早已裹了药粉的布包蒙上旋眸的眼睛……

时间迅速地逝去……

半个时辰……

一个时辰……

旋眸痛得浑身在抖。

她想睁开眼睛，可是，眼皮似乎已经和眼眸黏合在了一起。

她想扯去眼睛外的布包，可是，茶袒蹲在她的面前，把她的双手握得很紧。

她想摇动头颅，想要摇去痛楚，可是，受到皇命的宫女，不敢将用于抱住她的头部的力道放松丝毫……

她嗅不到任何的味道，听不见任何的声音。

她感到空灵，感到苍茫。

有一个片刻，她不知道自己是谁，不知道正身处何地，甚至有一个瞬间，她感觉自己已经死去。

两个时辰。

那痛楚折磨了旋眸整整两个时辰。

她停止了抖动。宫女放开了她的头，茶昶仍然握着她的手。

太医解去了她眼睛上的布包。

太医轻声地说："娘娘，可以睁开眼睛了！"

但是，旋眸一动不动。

茶昶禁不住说："旋眸，可以睁开眼睛了！"

旋眸仍然一动不动。

茶昶蓦地感到一阵恐惧。他仍旧握着旋眸的手，他能够感觉到她手上的温热，可是，为什么她竟毫无知觉？

他要祛除恐惧，所以要发怒，对着太医们发怒。然而，在他的怒火就要降临到太医们的头上的时候，旋眸的手指动了动。

他紧张地盯着她的眼睛。他想那双眼眸在转，因为他看见那双眼皮在动……

他看见那双眼皮缓缓地向上抬……

他的心很紧。他的呼唤，强烈的、充满着各种复杂的情愫的呼唤，就在喉咙口。

他看见，看见那双眼眸，清亮的眼眸！

光芒闪烁！

转动尽管缓慢，却是无比精彩！

他望着她，忘记了话语。可是，即使他能够把话语释放出来，旋眸亦听不到。

她的世界里，是绝对的安静。她亦嗅不到味道，丝毫的味道都嗅不到。她不知道自己是怎么了，她亦没有心情与时间去思考。

她的眼前，曾经的那绝对的黑暗，那似乎是一团浓厚的黑色的东西正缓缓地变淡变薄……

她的眼前是一片浑浊……

她的眼前是一片迷茫……

她的眼前是一层浓雾……

那层浓雾逐渐变得稀薄……

那层浓雾已经消散殆尽了。

有一道光亮，很亮很亮……

然后，她看见——那是“看见”吗？

她真的可以“看见”了吗？

可是，如果不是真的“看见”，怎么会有和曾经的那绝对的黑暗完全不同的东西？

那是色彩吗？那是完全不同于黑色的颜色吗？那很亮很亮的光亮之后，出现在她的眼前的，难道便是她已经生存了二十年的人间吗？这明亮的地方，这让她感觉到相当漂亮的地方，真的，便是属于她的宫殿吗？

“漂亮”，难道就是这样的吗？

难道，这竟是真的吗？

可是，如果这只是她梦里才会出现的幻觉，那么，这张面孔究竟是谁的？谁正在她的面前？谁正紧紧地握着她的手？谁正用殷切的目光凝视着她？

“旋眸！旋眸！……”茶昶在呼唤。

旋眸轻轻地眨着眼睛。

这是茶昶吗？

他的嘴巴在动，是吗？

可是，她为什么嗅不到他的味道？她为什么听不到他在说什么？

“旋眸！旋眸！……”

旋眸的眉头轻轻地皱着。为什么耳边竟有丝丝的声音？为什么他的味道竟是极端的稀薄？

“旋眸！旋眸！……”

旋眸甩了甩头。耳朵为什么在痛？为什么他的味道时而就在近旁，却时而又飘散而去？

“旋眸，你怎么了？旋眸，你说话啊！……”

旋眸猛然抽回了自己的手，然后死死地抱住头部。为什么耳朵里的声响竟是如此巨大？为什么他的味道，她曾经万分迷恋万分依赖的味道，竟在此时此刻逼进她的鼻翼里，令她几乎就要窒息？

“旋眸，你哪里不舒服？你说话啊！你到底哪里不舒服啊？……”

旋眸突然站起，然后骤然昏厥。

茶昶眼睁睁地看着旋眸倒下去。他是如此的震惊，竟在她就要倒地的刹那，才伸手接住了她。他把她抱起，迅速地奔到那床边。他把她轻轻地放在床上，然后握着她的一只手，守在床前，候着她的苏醒。

太医早已说过了，用药之后，静贵妃或许会产生片刻的昏厥。因为小精灵会给人带来极度的痛楚。

小精灵在将无形浑浊完全消化的同时，亦将自己的生命消化。但是，那些精灵会在变成晶莹的水之前，拼死挣扎。他们拼着最后的力量，在人的头部胡乱地窜跳。因为他们的破坏，人平时最为依赖的感官，将会出现暂时的紊乱，甚至停滞无觉。

大约一炷香的时间。

旋眸再次睁开双眼的时候，茶昶的泪水已经流淌成了小溪。

“旋眸，你听得见我说话吗？旋眸，你看见我了吗？旋眸，你能开口告诉我，你是安然的吗？……”

旋眸凝视了茶昶很久。

“旋眸，我是谁，难道你认不得了吗？旋眸，我是茶昶，是这个人世间最爱你、最心疼你、最牵挂你、最放心不下你的人啊！旋眸，我们有一个可爱的孩子，我们的孩子名叫琅涵！旋眸，你还记得为什么我们要为孩子取这样的名字吗？旋眸，你为什么不说话？难道你竟听不到我的话吗？……”

茶昶的眼前不再清晰。泪雾很浓，很霸道。他看不清他的妻子，看不见她的眼眸闪亮的精彩。他很伤心。他伸手去擦拭那泪雾。

但是，就在他低头的时候，有只温软的手轻轻地抚摩着他的胳臂。

那只手，从床的内侧尽力地伸着。

那只手的主人想要好好地抚摩自己的夫君。

那只手的主人的眼里，早已蓄满了晶莹的泪水。

“茶昶……”旋眸的声音微微地颤抖，“你身为一国之尊，怎么可以当着这么多人的面，如此肆无忌惮地哭泣？”

“旋眸……”茶昶的惊喜很狂烈。

旋眸微微地笑：“我曾经在心里想象过你的面容，却不曾想到，竟几乎一模一样……”

茶昶还在惊喜之中。

旋眸还在微笑之中。

但是，他们的身后，所有的太医在提心吊胆了三个多月之后，终于舒了口气。只是，他们的舒气并不是绝对的。他们还在担心，被滴入静贵妃眼中的水珠的大小不宜……这样的担心，他们此时此刻不用多想。他们只需要跪在宫殿里，只需要把头俯下去，只需要齐声高呼：“恭贺皇上！恭贺贵妃娘娘！”

一个小孩儿站在宫殿的门口。他静静地站着，静静地望着宫殿里的父母双亲。宫女把他带出去玩耍，他在整个皇宫里玩得不亦乐乎。

但是，当回来母亲的寝宫，他却看到了不一样的母亲。

那时候，旋眸正等着这个小孩儿。在等待的时间里，她想，她会看到一个早已存在于她的内心里的面容。当小小的身体、小小的面庞出现在眼前的时候，她万分地感谢上苍。

她自来到这个人世便双目失明，完全地失明，但她是幸运的，万分的幸运。上苍不仅赐给了她一个爱人，一个用一颗真心来呵护她的人，还赐给了她一个孩子，一个可爱而聪慧的孩子。父子两人，竟是如此的相像。她竟能用自己的眼睛看见他们，这两个对她来说万分重要的人。

她知道她的孩子很惊讶。她伸出双臂，成一个承接的姿势，同时说："涵儿，来，来母妃身边！"

但是，琅涵仍然静静地站在门口。旋眸速速地走过去，走到孩子的身边，然后蹲下身，伸手捉住他的肩头："怎么了，涵儿，不认得母妃了吗？"

"不是不认得……"琅涵的话说得并不顺畅，"可是，母妃，为什么您的眼睛……"

"涵儿，母妃已经看得见你了，亦已经看得见你的父皇了！涵儿，好孩子，从此之后，母妃要想抱抱涵儿，便再也不用摸索着了……"旋眸的泪在涌，她忍住，说，"孩子，让母妃抱抱你！"

琅涵乖乖地偎进母亲的怀里。旋眸忍不住泪水，也忍不住哭声。

琅涵小小的手掌轻轻地拍着母亲的背："母妃不哭！母妃不哭！"

茶昶走过来，把母子二人统统拥在怀里。

旋眸抚摩着右脚踝内侧的那两个字。那字体清瘦，强劲，倔强而霸道。她柔柔地抚摩着，轻声问："当初，你怎么狠得下心来？"

茶昶的笑，带着些许的邪恶："我当然不忍心看你被烙铁烫伤。但是，当时如若不在你的身上烙上‘茶昶’二字，你怎么会死心塌地地认为自己已经成了我茶昶的女人。”

“你真的太过霸道，太过狠心。难道当时你就不曾想过，我若始终不把真心给你，你在我的身上烙字，只会令我更加憎恨你？”

“我根本不用想。你是我的，注定了就是我的。我在刚一看见你的画像的时候，便如此地确定。旋眸，可以在你的身上烙下名字的人，只有我茶昶！你今生只能亲近我茶昶一人，只能为我茶昶生儿育女！旋眸，这便是你的命！”茶昶的笑意很浓。

太医院受到了丰厚的奖赏。皇帝不仅赐予了价值连城的奇珍异宝，还下旨将太医们的无与伦比的医术写成告示，贴遍了全国。

皇帝自然亦没有亏待拼着性命取回极之山顶峰上的皑皑白雪的大内侍卫。皇帝口谕，把侍卫们的家眷全都迁入皇家园林中居住，并令重兵守护。这些侍卫，不仅包括已经殉职的侍卫们，还有那两名已经成为绝顶高手的侍卫。

据传皇帝口谕的太监称，这是皇恩浩荡，这是为保证侍卫们后顾无忧。

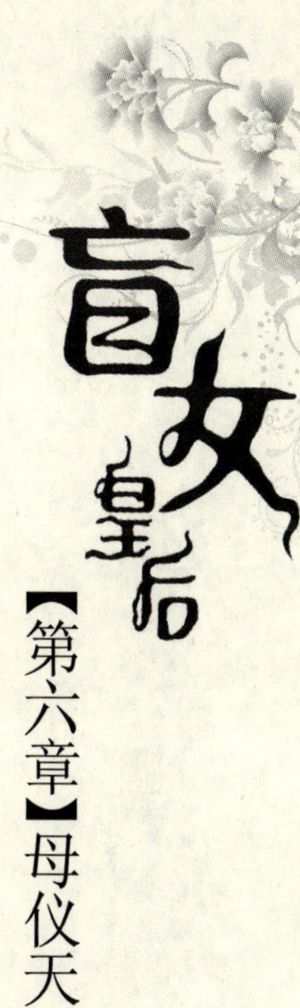

【第六章】母仪天下

第六章　母仪天下

司寇雾霈正走在去静贵妃的寝宫的路上。跟在她身后的宫女抱着她的女儿，仙弘公主。

她的寝宫距离静贵妃的寝宫很远，但她选择了步行。

她为静贵妃准备了一份贺礼。那是她被封为宁王妃的时候，先皇钦赐的玉佩。她知道，这块玉佩不适宜作为礼物送给别人，但除了它，她不知道还有什么东西能够代表自己的心意，或者说配得上绝世美丽的静贵妃。

司寇雾霈站在静贵妃的寝宫外等待宫女通传的时候，旋眸正和琅涵一起辨认着水果。

旋眸看见司寇雾霈的时候，有些茫然，但她迅速地闭上双眼，嗅着她的味道，然后笑道："淑妃娘娘一向可安好？"

司寇雾霈趋步向前，将装有先皇钦赐的玉佩的小小锦盒送上前，说："这是小妹的一点心意，恭贺姐姐大喜！"

旋眸忙命宫女收了，说："妹妹客气了！这是仙弘公主吧？"

“是啊！”

司寇雾霈忙拉拉仙弘的手，但这孩子却有些呆怔。司寇雾霈不由得叹气：“已经一岁多了，可还怕生得很！”

“不打紧，女孩儿嘛！不像涵儿，”旋眸宠爱地抚摩着琅涵的头，笑，“有时候真的是没大没小。”

琅涵跳离母亲的怀抱，跑向仙弘。宫女急忙把仙弘放在地上。琅涵拉住仙弘的手，说：“妹妹，我们去玩吧！”

仙弘的脸上露出笑容，却仍旧不说话。司寇雾霈摸摸女儿的脸，柔声说：“跟哥哥去玩吧！”

琅涵拉着仙弘往外跑。宫女们急忙跟去。

旋眸笑：“妹妹快坐吧！”

司寇雾霈不敢久坐。她怕皇帝很快便会进来。她很想见他，可却又万分地怕见他。但她又不能即刻告辞而去。她一边和旋眸说着一些闲话，一边提心吊胆，不停地向外瞄。

旋眸看见了，却不明白司寇雾霈为什么如此不安。她不禁问：“妹妹有心事吗？”

“不，不是！姐姐勿要担心……”司寇雾霈的话说得不顺，“小妹只是身子稍感不适……”

旋眸急忙说：“要紧吗？请太医看了吗？”

“没有那么严重！”司寇雾霈迅速地编造谎言，“姐姐也知道，我们女人总有一些日子是不适的……”

旋眸微微地笑。

司寇雾霈不敢再耽搁了：“小妹不再打扰姐姐了，就此告辞吧！”

旋眸感觉司寇雾霈一定还有别的事情，但见她很坚持，便不做强留：“妹妹有闲，可常来坐坐！妹妹慢走！”

旋眸在皇宫里缓缓地走。

这皇宫，多年以前她便住过，现在亦已经住了很久，可还不曾好好地感觉它，看看它。

那恢弘的宫阙，那高耸的宫墙，那高远的天。

她闭着双眼，嗅着空中的味道，听着寂静之中沉睡的喧嚣。二十一年来，她一直是这样感知这个人间，她已经习惯了。她由宫女牵着手走。她用以往的方式，感知着如今的这个庞大的家。

她嗅到很多的味道。宫女的味道，太监的味道，枕木与砖瓦的味道，远处飘来的花香……

她听到的声音只有或匆匆或轻缓的脚步声。但是，有一种脚步声令她蓦地站定了。

那是由远及近的脚步声。那人的脚步很沉稳。

旋眸自然是嗅到了他的味道，令她一生都无法忘记的味道。她闭着的双眼，在微微地颤抖。

那人已经走到了她的身边，深深地弯腰鞠躬："草民参见贵妃娘娘！"

旋眸猛地睁开了双眼，望着这个本来应该长久呆在边陲西沃，却迟迟不回西沃的人。她看见他坚实的身躯，看见他缓缓地把头抬起来望着她。

她的眼睛很疼。这便是他吗？这便是那个生了她却囚禁她长达一十六载的人吗？这就是众人口中的那个风流潇洒、挥金如土的玖炎公子吗？这样的容颜，早已过了不惑之年却依旧光滑润泽的容颜……千里万里的奔波，在这容颜里，竟找不出一丝的痕迹……

旋眸不禁重又紧闭了双眼。她想起远在西沃的母亲。她不敢想象这许多年过去，她那始终不出寝室一步的母亲，已经憔悴成什么样子了。

“旋眸……” 冷玖炎不禁呼唤。他看见那双眼睛。终于得见光明的眼睛，那么明亮……

旋眸却举步迅疾离去。

她走了很久，走得很远很深。当蓦地停步观望的时候，她看见一座狭小的还显出破败之象的宫殿。

这宫殿处在这富丽堂皇的皇宫的一个偏僻的角落。这宫殿远离皇帝的寝宫，远离嫔妃们的寝宫，甚至远离宫女和太监们的住所。

她不知道为什么会存在这样的宫殿。她以为是冷宫——当这两个字冲入脑海里的时候，她再次想起了一件事。她很想知道，荼昶到底是怎样处理这件事的。她很想知道，那个可怜的女人，如今到底身处怎样的境地。但是，宫女却告诉她，这里并不是冷宫，冷宫在皇宫的另外一个角落，这里是一座偏宫。

如今的皇宫是在前朝皇宫的基础上改建的，这一座偏宫处在改建之后的宫殿群落之中，好似没有经过装扮的丑女，于是被闲置不用。

旋眸转身欲去，却不料那偏宫的门吱呀吱呀地响。她狐疑地望去，却看见一双枯瘦的手。

那双手的主人想要走出那偏宫透口气。那人战战兢兢地伸出头来，却又猛地退了回去。然后，偏宫的门，落败的门，猛地关闭。

旋眸的心陡地很紧。她看见了那人虽不凌乱却已是灰白的头发，她看见那张苍白而憔悴万分的面容。那是一个女人。

那究竟是什么人？为什么皇宫里这座本已闲置的宫殿里，竟会住着人？难道……她不敢再做深想。她迅速地离开。

皇帝要立后。

自新帝登基之后，便有很多大臣上疏，陈述立后的紧要。但是，那时候的皇帝只是频频地借故推辞。

很多大臣都明白，司寇雾霈并不是皇帝中意的皇后，否则，皇帝亦不会在即位一年之后，才决定立后。大家都看得清楚如今的情势。大家亦早已将圣意揣摩了个仔细。

御驾亲征，远去江南剿灭叛匪，是很令所有的朝臣担忧的事。亲征归来，却带回了长皇子，是震动朝野的事。册封一个双目失明的女子为贵妃，是很令人震惊的事。动用整个太医院，下旨所有的太医停下手中的事务，专职诊治一双盲目，是大到令皇室陡生不满的事。派遣十名大内侍卫前去极之山取雪，是前所未有的异事……

更何况，如今的后宫，只有两位嫔妃。

所以，当皇帝刚把口开了，还没有提出人选的时候，所有的大臣便都已经心知肚明。几乎所有的大臣都在静等着皇帝的旨意，除了户部尚书司寇大人。

大家本都明白，这司寇大人原本是国舅，亦曾经是最有希望成为国丈的人，所以，他心有不甘，要在皇帝公布皇后的人选之前出班启奏，是理所当然的事。

“皇后是后宫之主，要母仪天下，首先必须端庄贤惠，其次必须出身尊贵。立后之事，是皇室之大事，亦是国之大事，臣请圣上三思！”

茶昶静坐着。

有人出班，话里暗藏反驳司寇大人的意思：“微臣认为，立何人为后，须要考虑到皇嗣。凡事再大，都大不过江山的传承！”

这样的话掷地有声。茶昶仍然静坐着。

“齐大人此言，莫非是说淑妃娘娘生不出皇子？”

“司寇大人，下官并无此意。但下官想请问司寇大人，长皇子聪慧吗？”

“齐大人不是明知故问吗？！”

“那么，下官还想请问，长皇子日后会成为一位睿智的人吗？”

"齐大人有话,不妨一次说完!"

"既然司寇大人如此爽快，下官也就不拐弯抹角了。既然如今长皇子是唯一的一位皇子,而且又具备成为智者的潜质,那么,立长皇子的母亲为后,又有何不可呢?!"

"但是,西沃泠氏毕竟是商贾之家,难登大雅之堂!"

"商贾之家亦是圣上子民！即使是流浪乞丐，亦是圣上爱惜的子民!"

"齐大人扯远了,我们现在是在讨论立后的大事,和流浪乞丐扯不上关系！后位谁属，事关重大，齐大人的言谈之中似乎透着儿戏的意味!"

"司寇大人言重了,下官绝无此意!但有一事,下官想请问司寇大人。"

"齐大人不必故弄玄虚,有话请讲。"

"请问司寇大人,汉时武帝是否称得上一位旷世明君?"

"武帝一生功勋卓著,在无数帝王之中,确实算得上一流的帝王。"

"那么,司寇大人可知道武帝的皇后是何人?"

"武帝幼时曾有'金屋藏娇'的典故,即位称帝之后,便娶陈氏阿娇为后。但因陈阿娇骄纵蛮横,且又恃功自傲,很快便被废去。之后,武帝便立了卫氏子夫为后。"

"司寇大人可知卫子夫的出身?"

"卫氏子夫原本是平阳公主府里的一名歌伎。齐大人，老夫深知你如此问话的用意,但像卫氏子夫那样一步登天的女子,古往今来,确是寥寥无几;何况,吾朝非汉朝,吾皇非武帝。"

"司寇大人可是暗指当今圣上比不上汉时武帝?"

"齐大人,你好大胆!吾皇便在上座,你竟敢出此妄言!"

"依司寇大人的意思，如若是在私下里，有人便可以出此妄言了吗？”

那司寇大人一脸青紫。

荼昶在心里不由得冷笑一声，却速速出口，打断了两人的辩论：“齐卿放肆！”

齐大人忙收声，向着皇帝悚立。荼昶的训话还没有完：“司寇大人可是你的上司，又是三朝元老、国之栋梁，你怎能如此出言不逊？！”

“微臣并无意冒犯司寇大人！微臣只是想提醒诸位臣公，既然旷世明君汉武大帝能立一名歌伎为后，那么吾朝为何不能奉一位出身商贾之家的女子为国母？！”

荼昶不露声色：“好了，齐卿退下。”

“是。”

那司寇大人也归回班列。

荼昶扫视着：“诸位爱卿还有异议吗？”

下面一片寂静。荼昶笑：“既如此，拟诏，册立冷氏旋眸为后，择日举行册立大典！”

淡淡的黄昏里，荼昶牵着旋眸的手。

他们走在皇宫里，正走向一座大殿。明日，便在这大殿里举行立后大典。

荼昶不是紧张。如今再没有人可以借着旋眸的盲目，来阻挡他赐予她无上的荣耀。他牵着她步入这座大殿，是想和她一同度过这样的夜晚。明日之后，她的身份与境遇，都将发生翻天覆地的变化。

他们站在大殿的入口，望着殿内正中的宝座。那是他们两人将要共同坐着的位置。在那样的位置上，他们将共同面对群臣，面对皇室，面对这个天下。

荼昶松开旋眸的手，然后独自走向那宝座。

旋眸望着荼昶坚实的脊背，听着他稳健的脚步。她心里很暖，很柔，很安详。当她缓缓向着已经坐定的他走去的时候，她已经能够看见灿烂的光明的双眼里，充盈着深切的爱意。

她不用担心皇室对她的看法，不用担心明日群臣的心里是否会暗藏着某种不满，她亦不用担心这个天下的人将如何议论她。她的眼睛里，只要能够永远印着荼昶的身影，印着他的深情，印着他的温柔，便已足够。

她走到宝座近前的时候，她的天子伸手握住她的手，然后轻轻地把她拉到自己的身边坐下。

空旷的大殿里，只有他们两人。但是，他们面对的却是整个天下。

荼昶转首望着旋眸。那笑……那眼神……

司寇雾霈双膝跪地，望着大殿里的深灰色的地面。

不是只有她一人这样跪着，但是，跪在这大殿里的群臣之中，跪在这大殿里的皇室成员之中，跪在她身后的诸多王公贵族的妻室之中，没有人的心里会像她这样的哀伤。

她哀伤，不是因为她曾经是先皇册封的宁王妃，却竟不能顺理成章地成为皇后。她并不讨厌冷旋眸，更不会嫉妒她，相反，她还十分喜欢她，尊敬她，诚心诚意地唤她一声“姐姐”。

她哀伤，是因为从此之后，她将再也得不到荼昶的宠爱。尽管她从来都没有得到过他真正的宠爱，但是，他毕竟还曾经真正地走进她的寝宫，他毕竟曾经真切地拥抱过她，她毕竟还为他生下了一个女儿，她毕竟还心存幻想，幻想有一日，他能够稍稍地怜惜她，惦念着她，即使他所怜惜的、所惦念的只是他的女儿的母亲，只是他后宫里早已被他冷落的一个妃子。而如今，她连幻想的资格都没有了。

新后正走过她的身旁。

司寇雾霈匍匐在地上，不敢抬头。但她看见新后的裙角。她想，绝世美丽的冷旋眸戴上凤冠、穿上霞帔之后，那美丽必定赛过天女，那雍容华贵必定是凡女所能企及的极至。

她不禁自惭形秽。她不禁暗叹自己的命运。她不禁泪盈于眶。但她既不敢伸手擦拭泪水，更不敢发出任何的声音。

新后已经走上了宝座。

新后已经接过了皇后的印绶。

她司寇雾霈，只能和大殿之内除了皇帝和皇后之外的所有人一起，叩头山呼。她必须高声山呼，祝福皇帝万岁万岁万万岁，祝福皇后千岁千岁千千岁。

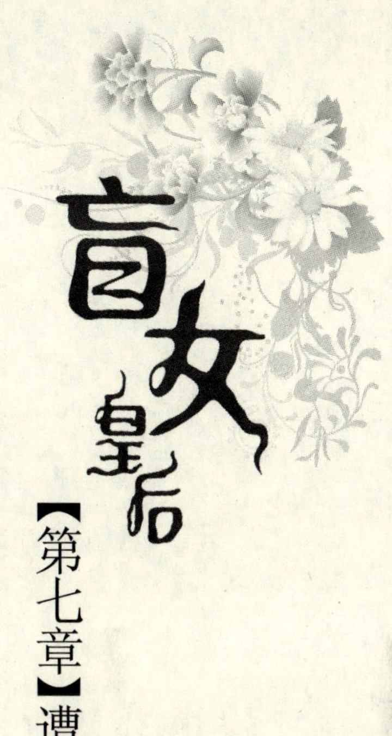

【第七章】遭遇沉伤

第七章　遭遇沉伤

冷玖炎再次进宫。

他已经不是单纯的边陲巨贾了。他已经被皇帝封为国丈。他已经有了足够的权力和理由,自由进出皇宫。

他再也不用依靠金钱打通关系,他再也不用冒着被皇帝发现然后加以制裁的危险。他想见到自己的女儿,想见到自己的外孙,想和自己万分期待的亲情真切依偎,终于可以光明正大了。

他终于可以在皇宫里自由地走动,终于能够仔细地看看,这令天下人殷切向往的皇宫,究竟是何模样。

他走在皇宫里的时候,哪里会有心情去想,他曾经的狂妄举动已经为他埋下了致命的弹药。

他把这皇宫粗略浏览的时候,心里还存着些许的希冀。他想知道,曾经被打入冷宫的洛姬,如今人在何处。他想知道,她的憔悴是否已经有了些微的减却。尽管同时他亦明白,他是不能再见她的了。

当他看见他的女儿如今的荣华的时候,当他看见她的脸上仍然刻着不肯原谅他的文字的时候，他真的很想把真相告诉她，真的很想让她自己去把二十多年前的罪恶分析个清清楚楚。

他之所以没有告诉她，是因为不想让她来承受上一辈的痛苦与罪孽，是因为担心她无法接受这样的事实：她自己对母亲的深切怜惜与挂念，竟原来亦是罪孽。

他没有看见那座偏宫。他在离开皇后的寝宫，再次走在皇宫里的时候，亦没有看见。他不会走得那么深，那么远。

他走在富丽堂皇的皇宫里，看见的，都是皇室的恢弘与奢侈。

宇霓走在街道上。

她的身后跟着陪嫁的宫女和将军府的卫兵。但她很落寞。

她终于如愿以偿，终于有了机会去做一位母亲，可是，她却是落寞的，万分的落寞。

她痛恨自己。她的驸马是两朝皇帝都十分倚重的大将军，是这个国家里堪称第一勇士的人，可是她竟不满足，她竟无法真正地快乐着，真正地与他琴瑟谐和。甚至，当终于怀了他的骨肉的时候，她竟是如此的落寞。

在天下人眼中，武颜于她，是最为出色的；而在她的心里，最为出色的那个男子，另有其人。她的落寞，就像是一柄利剑，尖锐得近乎要穿透了她的心脏。

天，很明亮，明亮得刺人的眼。她抬头向天的时候，很想问苍天，这样的明亮，是故意的吗？

街上的人们都在欢腾着，庆祝着。她知道自己的落寞是不合时宜的，是很不敬的，尽管她并不是针对皇帝或者皇后。

她落寞地走，蓦然地住步。她竟会看见一个同样落寞的身影。她不知道他的落寞究竟是为了什么。她很想知道，却不能自己开口去问。

她连出声叫住他的勇气都没有。她只能眼睁睁地望着他迅速地在自己的视线里消失。然后,蓦地,她的泪水涌出来。

冷玖炎迅速地离开这条街道。

他不是没有看见宇霓公主。他不是不想向她行礼参拜。但他知道,他只能装做看不见。

他回到冷氏丝绸的时候,突然想起了多年以前。多年以前的那个小公主笑着走进他的店铺里,快乐地选择着自己喜欢的样式与花色……

他的愣神只持续了片刻的时间。他吩咐伙计帮他收拾包袱。他要回西沃去。

京城的丝绸生意早已上了正轨,他想为女儿谋划的幸福亦已经达成所愿。他实在没有借口,在京城里再做停留。

他在回去西沃的路途之中,做了很多次的停留。他停留在风景秀丽的小镇中,他停留在盛名在外的美食城里,他停留在清澈的湖泊边,他停留在壮观的瀑布之下……他享受着无数的美景,品尝着无数的美食。因此,他的归途便延得很宽很广。

当他在很久之后回到西沃的时候,冷家大宅里正款待着皇后派遣的使者。

皇后想要把自己的生身母亲接到京城去。她想让母亲永远脱离冷家的噩梦。可是,她的母亲却死活不肯离开。

使者没能完成使命,还在等待。他在等待冷家的主人的归来。他想通过冷玖炎让整个冷家的人都明白,他肩负的是皇后的使命,同时亦是皇帝的使命。他一个人辜负了皇恩不要紧。他怕的是皇后会伤心。

冷玖炎走进银痕的寝室的时候,依旧嗅到那样的檀香。不是所有的人都能习惯所有的香气,即使这香气是香中瑰宝。

他不能劝她什么。他尽管还不知道洛姬是怎么入宫的，但却直觉和她有关。他走进她的寝室里，只是想看看她。她毕竟是他的结发正妻。他们的女儿毕竟已经成为了一国之母。仅此而已。

他走进去的时候，木鱼的敲击声很轻微。他知道，她的心境早已平复了，她这一生除了敲击木鱼，再也不想别的了。他默默地站了许久，然后转身离开。

他衣袍下摆的飘动，很轻，却又震动人心。银痕的泪水砸在木鱼上。

泠玖炎告诉不得不回京的使者，只要对皇后说一句话即可：她的母亲早已习惯了西沃泠家。

旋眸并无打算回西沃省亲。她想把母亲接到京城里来，亦是基于此。但荼昶要她回去。荼昶说，若不是急于治愈她的盲目，她在被封为静贵妃的时候，便应该回去了。她不回西沃省亲，于情于理，都会令天下疑惑，甚而贻人口实。

她还希望过，希望母亲能够因她亲自来接，而同意进京。

皇后的鸾驾起程离京的时候，天下安定，皇帝的心安定，皇后的心似乎亦安定。为保护皇后的安全，皇帝把那两位武功卓绝的大内侍卫亦派去随驾而行。

一路上，旋眸用双眼印证着这个人间的美丽。她看见过很多的美丽，却仍然不知道西沃究竟是什么模样。

她不是特别惦念西沃。她告诉自己，她只是万分想念母亲，牵挂母亲。

当皇后的鸾驾到达西沃的时候，西沃的大小官员，已经在城门口候了很久。

旋眸掀开轿帘的一角，看见她本来应该十分熟悉却在此时此刻感到陌生的西沃。当她把目光移向跪在地上的大小官员和城内迎接皇后娘娘的百姓们的时候，她感到的陌生，甚至如火如荼。但她并不为这样的陌生感到不快。

皇后的鸾驾终于到达了泠家。国丈泠玖炎率领着泠氏上下，在泠家大宅门外迎驾。

皇后下了鸾驾，所有的人都下跪参拜，除了泠玖炎。他引领着他的女儿，走进她曾经住了一十六载的宅院，走进她自己并不承认的“家”。

一直到了这样的时候，银痕都依旧跪在自己寝室的蒲团上，敲着木鱼，诵着佛经。

旋眸走进母亲的寝室。

她把所有的人都遣在外面，亦不许任何人发出声音，然后独自走进去。

她是闭着双眼走进去的。她嗅着久违的味道，听着久违的敲击声。

她站在寝室里母亲的身后，然后缓缓地睁开眼睛。母亲的背影很柔弱。母亲身上的萧索很浓重。

她轻声但很深切地呼唤一声：“母亲……”

敲击声蓦地停了，而檀香依旧在燃。可是，片刻的愣怔之后，母亲又将敲击声继续，同时淡淡地说：“你来了。”

旋眸走近前，跪在母亲的身边，说：“母亲，女儿来接您了，接您去一个安宁的地方，让您永远离开这个伤心地！”

但是，银痕的话却是这样：“天下没有真正安宁的地方，京城皇宫则是这个天下最不安宁的地方。你住在那里，为娘本不放心，可是既然你已经住在里面了，亦永远只能住在里面了，为娘已没有办法。你回去吧，回去好好地当你的皇后，过你的皇室生活。为娘此生都将留在这里祈祷，为你，亦为自己。”

旋眸很伤心。她认为都是泠玖炎害得母亲到此心灰意冷的地步。她要为母亲鸣冤，为母亲喊屈。

凭什么他泠玖炎能够风流一生、潇洒一生？凭什么他泠玖炎可以妻妾成群，享尽人间之福？凭什么他泠玖炎拥有家财万贯，可以挥金如土？凭什么他泠玖炎生意能够做遍全国，连京城都不放过，连京城都布满了他的关系网，连皇帝都要赐他三分薄面？！

凭什么都是他泠玖炎？凭什么她的母亲就只能被软禁在一间寝室里，连门都出不得？凭什么她的母亲就要为一个负心汉，守着几十年的活寡？凭什么她的母亲连她的乞求都不能答应？！

她是如此的气愤。她根本想不到，她的母亲所说的那些话里，究竟暗藏着怎样的深痛。她走出母亲寝室的时候，脚步迅疾，怒火升得迅疾。

旋眸的愤恨太过强烈了。她把积攒了将近二十二年的愤恨，都在一刻喷发。她强烈的愤恨使得她忘记了自己的身份，忘记了自己此行的性质。

她竟下令把泠家大宅封闭，竟把泠玖炎所有的妾室都关进一间房子里。她竟亲手撕毁了泠玖炎的卧房里那幅已经悬挂了多年的肖像。

肖像上那漂亮的人，是她从来都不曾见过亦一生都不想见到的女子。她不知道那是谁。她根本没有给自己心情与时间，去好好地思考。

她在将愤恨一刻喷发的时候，她在令整个泠氏鸡犬不宁的时候，刚刚祭拜过泠家的列祖列宗。

泠玖炎阻止不了。他被两名武功卓绝的大内侍卫阻拦着。他只能眼睁睁地，心惶惶地，看着自己珍藏了二十六年的唯一一幅洛姬的肖像，被残酷地撕毁，然后践踏。

他的心很痛。他的泪水在涌。他不想承认，把他的心撕碎的人，竟是他的亲生女儿。他不想承认，他一向万分疼爱的女儿，竟和她的母亲一样狠毒。

他太过伤心了，太过恼怒了，竟当着大内侍卫的面，斥责当今的皇后娘娘："泠旋眸，你好狠的心哪！"

"我心狠？我有你心狠吗？你把自己的亲生女儿关在一个大宅子里长达一十六载，你害得自己的结发妻子日日夜夜岁岁年年都躲在一间小小的寝室里诵经念佛！你把我们母女都害苦了，害伤了，害惨了，你还好意思说我心狠？"

"你，你不肖！"泠玖炎狠下心来，"你根本不了解事实的真相，你只凭自己的主观臆测来评定是非曲直，你是盲目的！你谴责无辜的人，漫骂受害的人，你是跋扈的、蛮横的！和你母亲一样跋扈！一样蛮横！"

旋眸不敢置信地望着泠玖炎："你怎么可以说出这样的话？我和母亲都是被害者，我们才是最无辜的人！"

"不！你或许是无辜的人，但你的母亲绝对不是！你为什么不去问问她二十六年前发生的事情？你为什么不让她亲口告诉你她自己作下的罪孽？"泠玖炎终于把话说出来了。

旋眸惊了，愣了："你说什么？"

"我说，一切的罪孽都是你的母亲，当年跋扈蛮横的银痕小姐一手造成的！"

这话很重，比山还要重。这话很利，比刀刃还要利。

"你说谎！你怎么可以将罪过都推到我可怜的母亲身上！难道是

母亲逼得你迎娶无数妾室吗？难道是母亲逼得你不肯走进正妻的寝室吗？事实都在眼前，你怎么可以如此推卸责任，编造谎言？！”

“我没有推卸责任，亦没有编造谎言！你不肯相信，是不是因为你在怕？”

“怕，怕什么？”

“怕真相如我所言，怕你真的并不了解你的母亲，怕将会因为自己刚刚作下的罪孽而悔恨，而痛苦！”

“你不用激我，我一定会去问的！但我把丑话说在前面，如若母亲否认你之所说，你和你所有的妾室都将被永远囚禁！”

“银痕若是良知未泯，便不会否认！”

旋眸瞪了泠玖炎一眼，对着随驾侍卫下令：“看着他！”

银痕依旧在敲击着木鱼，依旧在念诵着佛经。

旋眸走进去，跪在母亲的身边，面对观音菩萨，双手合十，闭上了双眼。

许久之后，母亲停下了敲击，停止了诵经。

旋眸的眼睛微微地颤。

母亲缓缓地说：“你是来要真相的，是吗？”

旋眸睁开眼睛，望着自己亲爱的母亲。她呼唤一声：“母亲……”

可是，她的母亲却说：“其实你早就感到了异样，其实你早就怀疑，事实并非如你所见，是吗？”

旋眸仍然望着自己的母亲，仍然颤颤地呼唤：“……母亲……”

“没错，”银痕望着的是观音菩萨，“泠玖炎所言句句属实。尽管不知道他到底跟你说了多少，但我可以告诉你，你可以相信他。我银痕在观音菩萨面前，已经忏悔了二十多年。我对自己曾经作下的罪孽供认不讳。旋眸，你听好了，当年，泠玖炎并不是因为爱我才迎娶我的，只不过，当时泠家的长辈们对他下了死令。他若是不愿意迎娶银家大小姐，便不能接掌泠氏，便当不上泠氏的当家。

“当年的泠氏还没有如今这般庞大。泠玖炎接掌到手的泠氏，若是得不到我们银家的鼎力相助，支撑不了多久便会破产。我的陪嫁很大，大到可令泠氏起死回生，大到泠玖炎没有办法不接受。我是银家唯一的后代，我在嫁入泠家不久，我的父母便双双亡去，我继承的是银家所有的资产。我嫁给泠玖炎，实际上就是把整个银家都送给了他……

“可是，他尽管能够隐忍着迎娶我，却无法真心真意地对待我，因为，早在我们成亲之前，他便爱上了一个青楼女子。他把那女子掖藏在外，时常夜不归宿。我很恨。趁他出远门的时候，我派人绑架了那个青楼女子，并且拜托叔父认了她做干女儿，然后将之送入京城待选秀女。他在外忙着生意，一忙便是两个月。他回来找不到那女子，在泠家大发雷霆。但我告诉他，如今人已经不在了，他即使是殉情，亦无济于事。

“我知道那青楼女子人在何处。我的叔父办事向来都是稳稳妥妥的。但我没有告诉他，直到现在我亦不曾告诉他。他的卧房里那一幅画像，一挂便挂了二十六年。他把那画像当宝，至宝，但他只能这么挂着。当年我没有把这一幅唯一的画像毁掉，不过是一时的心软……你如今身为皇后，或许认识她。她叫洛姬。”

旋眸说不出话，一个字都说不出。

“我不是天生的歹毒心肠。我不过是因为很爱他，真的很爱他。我是银家的大小姐，是银家上下爱若至宝的女儿。我爱上了泠玖炎，执意要嫁给泠玖炎，银家的老人们亦只好为我奔劳。我所做的一切，都不过是想他好好地看看我，好好地爱我、疼我、惜我。可是，我却用错了方式。

“我当时根本意识不到，自己已经作下了罪孽，直到你的出生。你自出生便双目全盲，你看不见我，看不见你的父亲，看不见这个美丽又丑陋的人间。女儿，当知道你是天生的盲女的时候，我好似被雷击一样，整个地愣了许多天……

“我终于意识到，苍天的眼睛是雪亮的，任何人犯了错，都要付出代价，任何的罪孽，都会有报应。我拆散了苦命鸳鸯，我把一个无辜的女子送入深宫高墙，我令自己深爱的人终生痛苦，所以，我必须得到报应，可是，我所得到的报应竟验证在我女儿的身上！我出生在豪富之家，我生得绝世美丽，我眼不盲、耳不聋、口不哑，可是，我的女儿，我唯一的女儿，竟是天生的盲女，竟是寻遍天下名医都治愈不了的盲女……旋眸，是我害了你！我足不出户，把自己关在这间小小的寝室里日夜忏悔，都不过是想要赎罪……天可怜我，可怜我二十多年来的虔诚，你终于得见光明……”

旋眸突然感觉眼前瞬间的黑暗。她迅速地甩甩头，狠狠地眨着眼睛。当光明再现眼前的时候，她才意识到，刚刚那样熟悉的黑暗，不过是幻觉。幻觉而已。

“还有一件事，我必须让你知道。不许你出泠家大宅一步，把你囚禁了整整一十六载的人，并不是他，而是我。当年，西沃的大街小巷都在流传着泠家的女主人因争风吃醋而致丈夫伤痛欲绝的事情。我不能让丝毫的流言飞语传入我女儿的耳朵里，所以我请求泠玖炎助我隐瞒。他很疼你，亦不想让你受到伤害，所以同意下令不许你出泠家大宅一步，不许下人把在外面听到的任何消息告诉你。而你曾经所听到的关于我和泠玖炎的故事，都是我命人故意窃窃私语，故意让你听到的。因为我不想让你生活在一个绝对封闭的空间里，或者说是我的私心，是我想让你同情我，和我站在一边……

“那几年，我的忏悔还没有如今这样深重，我还认为，是我把银家的一切都带到了泠家，所以泠家才会成为西沃真正的霸主，泠玖炎才会成为远近闻名的巨贾，而冷玖炎在功成名就之后，便过河拆桥，彻底地将我冷落……我不过是为了保全自己的颜面……可是，如今想来，我太猖狂了，我的罪孽实在是太大了……

"我使你误会了你的父亲，亦是罪孽。我如今的忏悔，是真正的忏悔。我日夜忏悔，很少休息，就怕上苍不给我足够的寿命，让我用无尽的忏悔，来换取自己的安心和女儿的正常……我日夜诵经祈祷，我日夜点燃着上等的檀香……

"我原本并不喜欢檀香，可是那一夜，当我翻然顿悟的时候，我的梦里全都是一块块的檀香木，我认为是观音菩萨显灵告诉我，只有点燃着檀香，我的忏悔才最虔诚，才最能打动观音菩萨，感动上苍……"

银痕的泪水无比地猖狂："……女儿，你一定没有想到自己的母亲竟原来是此等的面目！你听到这样的真相，一定伤心欲绝！你终于得见光明了，却又听到这样残酷的事实，一定无法接受！可是女儿，为娘当年并不曾想到，后果竟会如此严重啊……

"女儿，我并不奢望你能原谅我，我只希望你再也不要和你的父亲敌对，希望你能亲口喊他一声父亲……女儿，都是我的错啊，都是我害苦了你们父女啊……"

旋眸踉踉跄跄地起身，踉踉跄跄地向外走。她不要人扶。她在冷家的大宅子里横冲直撞，却仍旧到了那间卧房。

她冲进冷玖炎的卧房的时候，他正在拼凑着被撕成千片万片的肖像。

两名大内侍卫看见了皇后的面色，迅速地撤出了房间。

冷玖炎拼凑肖像的时候，流着热泪。他太专注，竟没有注意到旋眸的到来。

旋眸走近冷玖炎，望着那蓦然间苍老许多的身躯。

她很悔，很心痛。她不知道要用什么样的言语，才能加以补救。她不知道要怎么样，他才能重现当年的风流倜傥。她不知道自己要付出什么样的代价，他才能重新拥有一幅完整无缺的画像。她不知道，不知道怎样忏悔。

她张张嘴。她想呼唤他一声，呼唤出一声二十二年来都不曾喊出口的称呼，她想用这样的呼唤告诉他她的悔恨与愧疚。可是，她竟说不出一个字。

她不是觉得对他的呼唤相当的生涩，不是因为二十二年都不曾呼唤出口，所以如今难以出口。

她觉得，那呼唤，其实早已在她的心里，在她的喉咙里酝酿着，酝酿了二十二年。她呼唤不出，是因为难以确定，她的呼唤是否有用。

她伸手帮助他拼凑。她想用默默的帮助告诉他。

可是，他却一把挡开了她的手，甚至还说："你走吧。这里本不是你该来的地方，可既然你已经来过了，亦已经毁坏过了，还是尽快离开吧。你离开这里，离开泠家，离开西沃，从此好好地当你的皇后，教养你的长皇子，侍奉你的皇帝夫君……从此，把西沃忘了，彻底地忘了。"

"父亲！"旋眸终于呼唤出来了。

泠玖炎蓦地愣怔。第一声呼唤。他曾经万分希望，她能够这样呼唤他一声。他曾经隐忍着乞求上苍给他一个机会，让他听到一声女儿这样的呼唤。可是，如今终于亲耳听到了，他却无法适应了。

他结束了他的愣怔，继续拼凑着根本无法拼凑完全的肖像。

"父亲！"旋眸不相信，自己情不自禁的呼唤竟是毫无效用。

"好了，你该回去了。"

"我回去哪里啊？这里才是我的家呀！"

"不，你的家是皇宫。你已经是皇家的人了，你在这里滞留良久，会惹皇帝生气的。你不要给泠家，给西沃带来祸患，还是离开吧。"泠玖炎捏着碎片，“你在这里，我的肖像便永远拼凑不出。”

旋眸鼓足了勇气，说：“父亲，您想让洛姬回到您的身边吗？女儿可以帮您！”

泠玖炎瞪了一眼旋眸：“怎么，你还嫌这里不够乱吗？你想让皇帝抄我泠家的满门吗？你想让我泠氏数百口都冤死屈死吗？”

“父亲……”

旋眸不知道还有什么办法可想。她不是不知道事情的严重性。她不是不知道皇帝的威严不可侵犯。她只是想缓解父亲的伤痛，以致口不择言。

“这幅肖像，是我唯一的念想。我们此生此世都再无相聚之日，我们的伤痛谁也补合不了，你亦不能……你留在这里，真的无益。”泠玖炎如此说。

旋眸离开的时候，西沃的上空正飘着细细的小雨。

旋眸很想立刻见到茶昶，很想扑到他的怀里，痛痛快快地哭一场。可是，她却没有生得一双羽翼，不能飞到京城，飞到他的身边。她的鸾驾行得缓慢，她的心就要拧出焦急来。仪仗队没行多久，她便命令停驾。她下了鸾驾，骑上一匹快马。

她吩咐鸾驾照常行进，不要对外界透露任何消息。然后，她在那两名大内侍卫的保护下，纵马奔回京城。

两名侍卫在她的马旁紧紧跟随，生怕她一不小心便坠下马来。她虽然也感觉到了剧烈的颠簸，却不愿意做稍微的停留。她日夜兼程向京城奔赶。

她想，她如此的急迫，是因为急于见到茶昶，急于得到他的安慰他的柔情，急于借助和他、和琅涵的天伦之乐，来弥补她在西沃所遭受的伤害。

她终于到达京城,终于返回皇宫的时候,天色刚晚。她满面风尘,浑身劳累。她下了马,直奔荼昶的寝宫。

她想着他坚实的脊背,想着他强健的身躯,想着他所能够给她的爱情与温暖,想着他早已给过她的温存与亲吻。她想,在这个人世间,只有他,才是她最为可靠的依赖,才是她注定的归宿。

她奔进他的寝宫里……

她愣了,无可抑制地愣了。

荼昶亦愣了,无可抑制地愣了。

他没有想到,他的皇后竟会提前回宫。他明明得到消息,皇后的鸾驾还远在千里之外。

"旋眸,你,你回来了!"荼昶急忙挥手,命刚刚还和他一同嬉闹的宫女退下,"怎么如此狼狈?怎么没有跟鸾驾一起返京?"

旋眸的愣怔还没有结束。她的耳朵里还回荡着荼昶刚刚爽朗却又戛然而止的笑声。她的眼前还是他和小宫女追逐嬉戏的画面。她想,她回来得真不是时候。

"旋眸,你一定累了吧?瞧你一身的风尘!来人!为皇后准备沐浴!"

荼昶感觉到了愧意。尽管身为皇帝,他根本不需如此。

旋眸的眼前突然又出现了瞬间的黑暗。她迅速地甩甩头,狠狠地眨着眼睛。她想,为什么总会出现这样的幻觉呢。

"旋眸,你怎么了?"荼昶已经走到了旋眸的身边,亦已经把凌乱的衣裳紧束好了。

旋眸默默地凝视着眼前这张英俊非凡的脸。她想,他是皇帝啊,别的皇帝都是三宫六院七十二妃,他却只有两位妃子。他凭什么只能有两位妃子？他即使真的是爱她泠旋眸，亦不能为她守身如玉，亦不能因为她而令宫中殷切地期待着皇帝临幸的宫娥们希望破灭啊！可是，为什么她的心里竟是如此的疼痛？她明明知道她嫁的人决不可能只宠爱她一人，却为什么要如此的心痛？

痛……痛得无法忍受……痛得她晕头转向。痛得她遽然昏厥。

“旋眸！”

茶昶及时接住了旋眸。他慌慌地把她抱到床上，慌慌地传令太医。他命太医就近仔细地检查，于是太医便像检查普通的昏厥者一样，翻了翻皇后的眼皮。

太医诊断之后，劝皇帝莫要担心，皇后娘娘的昏厥只是劳累过度所致。但是，太医还把他发现的一个可怕的可能告诉了皇帝。尽管他不敢确定，尽管他还需要和其他太医仔细研讨，但是，他不能隐瞒皇帝，不能让皇帝在事情最终发生的时候措手不及。

茶昶挥挥手，命太医退下。但是，他的震惊还没有结束。他守在床前，凝视着他的皇后。

他感到万分的愧疚。他既然深爱她，为她愿破一切的例，为她愿冒任何的险，便要对他们的爱情忠诚啊！即使他是皇帝，即使他可以拥有佳丽三千，可他亦是男人，亦是凡人，亦是人家的夫婿，亦不能辜负自己的爱人啊！

“旋眸……”茶昶的呼唤里，充盈着怜惜。

旋眸梦见自己走在一处沼泽地上。她受了伤，身上滴着鲜血。她的鲜血滴在沼泽地上。她走了许久，竟走不出这沼泽地。她在梦里哭泣。她的泪水和鲜血一起流向沼泽。

她流了太多的泪水，她流了太多的鲜血，以至于脚下的沼泽地响应了她的心境，竟缓缓地沉了下去。她求救不着，呼唤不着。她竟缓缓地被沼泽吞没……

"旋眸！旋眸！……"茶昶的呼唤很急，摇晃很急。他不想看旋眸做噩梦。

旋眸醒来的时候，眼眶里蓄满了泪水。她看见自己的爱人，看见他的心疼与焦急。她猛地抱住了他，同时号啕大哭。

茶昶轻轻地拍着旋眸颤抖的脊背。他想，她一定是在西沃受到了很大的刺激，不然怎么会撇下鸾驾独自返京。他想，她如此急切地返京，一定是想要尽快地回到他的身边，请求他的援助。可是，他却令她的希望成空。

"旋眸，把事情说给我听吧。"茶昶说。

旋眸的哭泣仍然很疯狂："……我不知道……不知道怎么说……我怎么都没有想到，我的母亲竟是那样的人，而我愤恨了二十多年的父亲才是最为无辜的受害者……茶昶，为什么真相竟是如此的残酷？为什么自己爱的人竟无法爱上自己？为什么相爱的人要被拆散？为什么误解会长达二十多年，依旧不能冰释？为什么人的心有的时候竟是那样的狠毒？为什么这个世间要充盈着罪恶？为什么苍天创造了人类，却毫不怜惜？为什么苍天没有赐予人间永久的温情与和平啊？！……"

茶昶把旋眸抱得很紧。

"洛姬……洛姬是最可怜的人……她被迫与爱人分离，被迫嫁入皇宫……然后，又被残酷地打入了冷宫……为什么要这样对待她……"

茶昶持续着愣怔。

"茶昶，你告诉我，你到底把洛姬怎么样了？你把她放出冷宫了，是吗？可是，你又把她转移到哪里去了？你不是已经是皇帝了吗？你都登基一年多了，为什么还不承认你的身世？你为什么还不向天下人公布洛姬的身份——"

"住口！"茶昶猛然的一句。却仍然把旋眸抱得很紧。

旋眸立时住了口。但她仍旧哭泣着。她知道自己已经问了一个愚蠢的问题。她想，既然曾经可以隐忍着不问，为什么今日却不可以了呢。

"旋眸，我的皇位还没有坐稳，我不能让任何可能威胁到我的皇位的事情发生。更何况，不能单凭谦亲王的一面之词，便改变我的身世……"茶昶说。

茶昶在为旋眸梳妆。他还不曾为任何女子梳妆过，所以手很笨拙，但他很专心。

他的皇后感到无比的幸福。他为绝世美丽的女子梳着漂亮的长发，亦感到无比的幸福。

但是，突然间，他看到了一块玉佩。他拿起来，端详了片刻。然后，他把玉佩放下继续梳头，似是有意，又是无意地问："这块玉佩哪里来的？"

"是淑妃送的贺礼。"旋眸拿起玉佩，"很漂亮吧？"

"当然很漂亮。这可是父皇生前的御赐之物。"

旋眸有些惊讶。茶昶却又说："这淑妃真够大胆的，竟把御赐的东西送人。"

旋眸急忙说："淑妃想必也是出于想要表达敬意，所以才拿自己最为贵重的东西当做贺礼！"

"那也不能动用御赐玉佩。谁稀罕她的贺礼？难道朕就不能赐予自己心爱的妃子宝贝了吗？这块玉佩可是父皇赐给宁王妃的，她拿这样的玉佩送人，不止是对先皇的不敬，说不定另有所指！"

旋眸蓦地感到一股冰寒，不禁猛一哆嗦。茶昶立刻便察觉到了，忙问："怎么了，冷吗？"

“不，不是……”旋眸望着镜中的皇帝，“皇上，早朝的时辰到了，您该准备了！”

“呃！”茶昶忙放下梳子，“来人，更衣！”

茶昶穿戴完毕，在离开皇后的寝宫之前，说：“今日早朝，还有大事要宣布。旋眸，你等着好消息吧！”

旋眸虽然不知道是什么样的好消息，但却十分期待。她想，茶昶下朝以后必是欢乐的光景。却不料，他却是满脸的恼怒：“这个老匹夫，朕早晚罢了他！”

旋眸急忙上前为茶昶更衣，问：“究竟是何人如此大胆，竟惹得龙颜大怒？”

“还能是谁？还不是那个老不死的司寇尚书！这个老匹夫，朕要举新政，他要反对；朕要册封贵妃，他要反对；朕要立你为后，他要反对；今日朕要册封琅涵为亲王，他又要反对！他仗着自己是国舅，是三朝元老，他欺负朕年轻，以为朕不敢办他！”

旋眸一惊：“皇上要封涵儿为亲王？可是，祖宗的律令之中不是明确地说明，皇子要封王，必须年过三十或者建立功勋才可以的吗？涵儿还不到五岁啊！”

“律令都是人定的，自然可以由人来修改！朕做的这个皇帝，不是要生搬硬套祖宗早已立下的律令与规条！”茶昶还在气头上，“那个老匹夫，真的太可恨了！”

旋眸正要劝言，却见琅涵拉着仙弘跑进来：“父皇，母后，仙弘妹妹来了！”

旋眸速速地说：“请皇上息怒！”

司寇雾霈走进来：“臣妾给圣上请安！给皇后娘娘请安！”

茶昶的不悦在面上显露无遗，人也随即走到一边去。

司寇雾霈的怯怕也在面上显露无遗，但却无从回避。

旋眸急忙拉过司寇雾霈，说："妹妹快请坐！"

"坐什么坐！既然请过安了，你也该回去了！以后没有事，便不要过来了。请不请安的，对皇后来说，无关紧要。你即使不来，皇后亦不会怪你。你有如此闲暇，不如把心思多多放在教导仙弘上。多大的孩子了，连父皇都不会喊，连句话都不会说！"茶昶的声音很严厉。

司寇雾霈哪里经得起茶昶的这一番话，身体微微地颤抖，一张脸涨得不成颜色。

旋眸轻轻地拍了拍司寇雾霈的手背。

司寇雾霈顿身行礼："臣妾告退！"

茶昶不耐烦地哼了一声。

旋眸看了一眼司寇雾霈拉着仙弘的背影，弯身行礼："臣妾有一个不情之请，望圣上恩准！"

茶昶急忙去扶旋眸，声音里的严厉消失殆尽："旋眸，我不是说过了吗，私下里，你还是叫我名字！有什么事，尽管说，我一定会答应你的。"

但旋眸却不起身："雾霈妹妹毕竟是先皇赐婚，况且，她父亲的事不应该连累到她身上，旋眸请圣上公私分明！"

茶昶的脸色刷地一变。他把原本要搀扶旋眸的双手一甩，身躯一转，声音变得很冷淡："朕所气愤的，便是她这个先皇钦封的宁王妃！那个老匹夫不也仗着先皇倚重他吗？！哼，父女两个，一个在朝堂上处处与朕作对，一个在后宫让朕不得安生，没一个好东西！皇后休要再提此事！"

旋眸轻叹一声，正不知如何之际，却看见琅涵呆站在一旁。她忙示意孩子。她的孩子非常聪明，得到母亲的暗示之后，立刻走到父皇的身边，扯着父皇的袍角，娇娇地说："父皇，您在生气吗？"

茶昶的心迅速地一软。他弯下身，抚摩着孩子的头，柔声说："父皇是不是吓着涵儿了？”

“是啊！父皇一生气，母后都不敢说话了，涵儿也都不敢笑，不敢玩了！父皇能不能不生气呀？”

荼昶抱起琅涵：“好，父皇再也不生气了！涵儿乖，亲父皇一下！”

琅涵小脸一别：“父皇要是答应涵儿，不论什么时候，都不会对母后发火，涵儿就亲！”

荼昶笑：“好小子，学会威胁父皇了！好，父皇答应你，不论什么时候，都会对你的母后和颜悦色！这样行了吗？”

琅涵笑。琅涵亲得好响。

旋眸走上前，说：“圣上累了吧？让涵儿自个儿玩去吧？”

荼昶望着旋眸，眼眸里的爱意很浓：“又忘了”

旋眸笑：“荼昶，涵儿都四岁多了，很重了，况且你刚下朝，先休息一下吧！”

“好！”荼昶放下琅涵，拍拍孩子的屁股，说，“涵儿到外边玩去！”

荼昶把宫女和太监也都遣出了寝宫，然后把旋眸拉近自己，柔声说：“旋眸，你好好看看我！”

旋眸不由得奇怪：“怎么了？无缘无故地，要我看你做什么？”

“叫你看，你就看嘛！看仔细些，看在眼睛里，刻到心里去！”

“哦！”旋眸抬着头，凝视着荼昶的脸。

这张脸上没有斑点，没有伤痕，也还没有现出岁月的痕迹。这张脸的构造棱角分明，看着很大气，却又无比的精致。就是那一双剑似的眉，就是那一双炯炯有神的眼睛，就是那一道高耸的鼻梁，就是那两片薄而软、倔强又温柔的唇……

这张脸的主人得天独厚，这张脸的主人令人不禁怦然心动。

旋眸情不自禁，伸手抚摩着这张脸，抚摩遍每根线条。她蓦地落了泪：“往昔双目失明的日子里，哪里想得到会有这样的机会……这样把你看个清楚仔细……茶昶……”

茶昶深深地吻着旋眸的眼睛。他想告诉她真相，想把太医商讨的结论告诉她，想要她有个心理准备，却又不敢。她在这个人间活了二十二年，才有了机会真真正正地“看到”……为什么无与伦比的幸福总是如此的短暂？为什么上苍总是如此的吝啬？

“旋眸，即便你永远失明，我亦会一如既往地爱你，疼你，体贴你，给你我的真心，给你无上的荣华！”茶昶把旋眸拥进怀里。他说这话的时候，好似在发着誓言。

旋眸的心里有着隐隐的不祥。可她立刻忽略了。她偎依在茶昶的怀里，嗅着他的味道，听着他的心跳，享受着和他的温存，同时期望从此之后永永远远，他们的这个家安宁无事。

可是，这毕竟只是她的期望。该发生的事情，只是时间早晚而已。她想拦，可却拦不住朝堂上的风云突变，亦拦不住皇帝的喜怒哀乐瞬间迸发。

户部尚书司寇大人，或许是他真的仗着自己是国舅，是三朝元老，是先皇倚重并曾钦封其女儿为宁王妃的大臣。亦或许是皇帝再也无法忍耐这样的大臣每日站在自己的面前，时时刻刻提醒他，不要忘了先皇，不要忘了曾经的宁王妃，不要忘了他能够坐上如今的皇位，其实少不了他司寇大人的功劳……总之，这司寇大人的官运到头了。皇帝到底是寻了他的一个不是。

那齐大人在朝堂上敢和三朝元老，和淑妃娘娘的父亲争得面红耳赤，并不仅仅是因为他所谓的无畏权贵。他有恃无恐，暗里查了户部的账。三朝的账，国账，虽然都是精精细细，却还有着多处的纰漏。

司寇大人不是不廉洁，亦不是已经老眼昏花、脑筋迟钝，只不过，户部的事情真的很多。他即使对每一件都能了如指掌，亦不可能都一一亲自操办。况且，在户部任职的人真的很多。有心的人，比如那齐大人，只要耍些手段，便能无中生有，便能致人于死地。造成纰漏的出现，便轻而易举。

司寇大人说了一句话，欲以此来给齐大人打上印记：他不过是皇帝的走狗。

这句话真的很大，很重。但在当时，不过是司寇大人的气话，说的时候是在下了此生最后一次早朝之后，在已经成了庶民之后，在由人扶着走回府邸的路上。他是和身边的某位大人说的，无非是发些牢骚，并不真的想说皇帝的不是。却何曾想，那位大人之所以与他同行，并不是因为同情他，想要送他回府。

那位大人把他的话添油加醋，报给了皇帝。皇帝的行动很迅速。司寇大人还正在淡淡的黄昏时分打点回乡的行装的时候，数名大内侍卫便带领着皇帝的亲兵，撞开了原户部尚书府邸的大门。

司寇大人管理户部数十载，是先朝皇后的亲兄弟，是三朝元老，是先皇倚重的大臣，是曾经有望成为国丈的人，竟在一夕之间，变成了待旨的阶下囚。

事变正在京城的大街小巷流传开来。文武百官正在朝房里交头接耳。

旋眸原本还不知道，所以在司寇雾霈踉踉跄跄奔进她的寝宫的时候，惊了。

"恳请皇后娘娘为家父求情！求皇上法外施恩，饶了家父一命！臣妾给皇后娘娘磕头了！"

司寇雾霈的行动太过迅速。旋眸还没有反应过来，她已经把头重重地磕了。她频繁地磕，所以额头上很快地便渗出了鲜血。

旋眸急忙去扶司寇雾霈："妹妹万莫如此！到底发生了什么事？"

司寇雾霈却死死地跪着："……家父昨夜被大内侍卫以图谋之罪抓去天牢……请皇后娘娘明鉴，家父决不敢对皇上不敬，家父决不会有图谋之心！求皇后娘娘可怜臣妾的孝心，可怜家父的老迈，保家父一命！”

旋眸才明白，为什么茶昶昨日没有来她的寝宫。

“妹妹快先起来！”

“臣妾不敢起，臣妾在没有求得皇后的允诺之前，必须这样跪着！”司寇雾霈的泪水涌得疯狂，“皇后娘娘，延得一刻，家父便多一分危险，请您速速前去见驾，请您为家父求情！臣妾给您磕头！臣妾给您磕头！”

“好好，我答应你立刻去见皇上！你快起身吧！”

司寇雾霈匍匐在地上：“谢皇后娘娘！谢皇后娘娘……”

旋眸速速赶去皇帝寝宫。她到的时候，皇帝正准备上朝。她下跪求情的时候，皇帝没有办法对她继续和颜悦色。

“这是那老匹夫应得的！他不仅贪污受贿，还在市井大放厥词，妄议朕的决策！朕原本亦是念他老迈，又是三朝元老，没有功劳，亦有苦劳，所以才对他从轻发落，仅仅将他贬为庶民。谁知，老匹夫竟不知悔改，竟敢私下里诬陷朕的清白，说朕是为一己之私欲而罢了他的官，免了他的职，将他赶出了京城！这是什么罪？这是欺君之罪！朕再怎么想要袒护他，亦不能置皇帝的威严于不顾！”

旋眸不知道事实究竟是何种的模样。她不知道自己应该相信的是自己的夫君，还是跪在她面前涕泪哀求的司寇雾霈。她还想继续求情，却不知道能够借助什么样的言语。

茶昶看了一眼旋眸，说：“皇后不要再管这事了。朕只拿了那司寇老贼一人，已经是莫大的仁慈了。”

旋眸听得出这话的含义。她只有无奈地告退。她回到自己的寝宫之后，想要安慰司寇雾霈，却找不到适宜的话语。她救不了她的父亲。她想要劝她安生住在皇宫里，安生地做自己的淑妃娘娘，不要再

管宫外的一切事情。可是,那司寇雾霈一句话都听不进。

"可是,那是臣妾的生身父亲哪!亲父遭难,做女儿的竟只能眼睁睁地看着,臣妾枉为人女,臣妾枉为人啊……"

旋眸的心很疼,可却又清楚,她分担不了这位妹妹的痛苦。她只能找一些无用的话,做着徒劳无功的安慰。

司寇雾霈走的时候已经不哭了。旋眸望着那瘦削的背影,感到万分的怜惜。

冷玖炎进京。

他在西沃已经住了很久了,而全国各地的冷氏分号总要他亲自过问一下,京城的丝绸生意尤其如此。

他下榻的地方是冷氏丝绸的店铺,不是皇帝赐予他的国丈府邸。

他刚刚到达京城的时候,还不知道这个时候正值朝堂上风云突变。他的消息依旧相当灵通。但是,司寇家的事情,和他毫无关系,他管不着,亦没有想过要去管。

他想管,亦管得着的事情,是他的女儿怎么样了。她离开西沃的时候,心情一定很坏。那么现在,她还伤心吗?他很想知道。所以,他进宫。

当站在皇后寝宫外等待太监通传的时候,他看见皇宫的上空似乎出现了一片淡薄的灰暗。天仍然是晴朗的天,太阳依旧灿烂地照着,可是,这样的灰暗到底是来自哪里的呢?会是他的错觉吗?

"父亲!"旋眸亲自走出寝宫,来迎接她的生身父亲。她能够感觉得到,此时此刻她对父亲的感情,比先前在西沃的时候更加深厚。她知道,这里面还有司寇雾霈的悲伤。

可是,冷玖炎却弯腰行礼:"草民参见皇后娘娘!"

“父亲折煞女儿了！况且，父亲已是国丈。”

“草民只是西沃一介商贾，不敢高攀国丈之尊。”泠玖炎的话很冷淡。

旋眸的脸色很黯淡。

泠玖炎不忍，转而问：“你，你过得好吗？”

“好……女儿很好，父亲万勿挂念！”

“你过得好，我便放心了……那么，我走了，你自己多保重。”泠玖炎竟是径自离开。

旋眸急急地呼唤：“父亲！”

她的父亲站住了，却不回头。

“难道父亲便没有过错了吗？难道父亲要记女儿的仇吗？难道父亲伤心，女儿便会好受吗？”旋眸盯着那在微微颤抖的背影，“女儿知道，千不该万不该，不该撕毁父亲珍藏多年的画像，可是，难道那幅只会带给父亲伤悲的画像，比女儿还要重要吗？难道父亲二十多年来对女儿的疼爱与保护，都是假的吗？难道女儿终于体会到的父爱都是女儿的错觉吗？”

泠玖炎缓缓地转过身来。

旋眸看见那双眼眶里竟已经蓄满了泪水，心里抖，心里痛，心里哀：“父亲……都是女儿不孝！女儿不该愤恨了您二十多年，不该把在这个世上最为疼爱自己的亲人伤得那么深……女儿知道父亲心里的痛到底有多深，女儿罪该万死！女儿恳求父亲的原谅！女儿给您跪下了！”

旋眸的双膝，生生地跪在冰硬的地上。

泠玖炎叹气：“旋眸，你是皇后，不可以这样！快快起身！”

旋眸还是跪着：“父亲不原谅女儿，女儿便一直跪在这里！”

泠玖炎透过泪雾看见了，他刚刚看见过的那一片淡薄的灰暗。

旋眸依旧跪着。

泠玖炎却幽幽地问："那里是什么？"

他本来并不期望得到回答。他不知道自己为什么会如此关注那片淡薄的灰暗。

但是，当旋眸回头去看的时候，她却惊了。她并没有看见那片淡薄的灰暗。她所惊的是，在那个方向的那个天空下，是本来应该闲置着而如今却住有人的偏宫。那个双手枯瘦如柴的女人……

"那里什么都没有，是吗？"泠玖炎的声音依旧幽幽的。

旋眸抬头望着自己正陷在无尽的哀伤里面的父亲："父亲，您所哀伤的，都不再可能属于您了……"

泠玖炎缓缓地把目光收回来，缓缓地说："你起身吧。我从来都不曾怪过你，若是怪你，怎么还会进宫来看你……你是我的亲生女儿，是我这一生倾注了无尽疼爱与关怀的女儿，我怎么会怪你呢？你的愤恨，你的怒火，都是应该的。我娶了你的母亲，却从来没有真正地关心过她，呵护过她，你为她讨个公道，本是无可厚非的事情。我生了你，却无法给予你正常人的生活，竟只能把你关在一个大宅子里，用无尽的财富禁锢着你……

"我本来应该好好地和你们母女一起享受天伦之乐，可却始终无法忘记本来应该彻底忘记的人，于是，我苦，银痕苦，你亦苦……在别人的眼中，我拥有一个庞大的家族，我家财万贯，我享受着无数人穷此一生的辛苦拼搏都无法企及的富贵，可却没有人想得到，我竟会是生而不欢……我，本来便是理应得到惩罚的人……我悲伤，并不是因为那画像。我只是意识到了自己一生的悲哀。"

"父亲……"

"旋眸，你保重吧。"泠玖炎决然地离开。

旋眸望着父亲的背影消失。她以为这不过是一个伤心的过程。却没有想到，这竟是和父亲的永诀。不，不仅是和父亲的永诀，还是和她的爱情的永诀。她的爱情，她以为必是她这一生最为宝贵的情感，比她已经意识到的父女之情还要宝贵……

旋眸不知道外面正发生着怎样的巨变。她能够感觉得到空气里流动着的不安。

她已经很多日子不曾见到茶昶了。整个皇宫里，静得怕人。

她又在皇宫里缓慢地走。

她又走得很深很远。

她又走到了那座偏宫外。她想推开门走进去。她想知道那住在里面的人到底是谁。她是这后宫之主。她本是有权力知道的，不是吗？

她在那门外站了很久。

她弯起食指，敲响了那门。

她敲了很久。

她想，里面的人一定正躲在门后。她知道，那人是不敢开门。

但她已经打定了主意。她在今日一定要知道。所以，她继续响响地敲门。但是，门仍然不开。

旋眸示意身后的太监。两个太监一起，撞开了那门。

偏宫很破旧。

宫殿已经上百年不曾修葺过，朱漆亦早已不在，却还算得洁净。至少，四壁没有织着蜘蛛网，院墙上没有爬着杂草与藤蔓。但是，和这皇宫里其他的宫殿相比，这里便是一片废墟，便是破败的宫殿，破败的空气。

旋眸走进去的时候，只看见了两名颤抖着下跪的宫女。

她扫视着狭小的院落，看见满眼的灰暗。她眨了眨眼睛，再看见的却是灿烂的阳光。她想，是错觉吧。

她独自走进那卧房里。简朴，却仍洁净。但是，仍然不见人。她把房里都看遍，感觉到的是贫穷百姓家中的寒酸。

她走近那床。床虽然不小，却很破旧。床上的铺盖很素淡。然而，床的里侧蜷缩着一个人。

瘦若干柴的女人，衣裳素淡但仍整齐，长发只是简单地挽着，头上和身上没有一件饰物。而那双手，枯瘦、干裂。

旋眸看见了，终于看见了。她的喉咙口堵得难受。她想告诉这女人，她绝对不会伤害她，请她不要如此害怕，可却开不了口。

这女人把脸儿埋在双臂里，浑身剧烈地颤抖。旋眸走近一步，这女人便往里蜷缩一分。她已经无所躲避了。她只有死命地抵着里面的墙壁。旋眸站定了，不再靠近了，她却仍然想要钻到墙壁里去。

旋眸哽咽着，却仍然呼唤出声："洛姬！"

这女人只是颤抖，浑身不停地颤抖。

"我知道你便是洛姬！你不要怕，我不会伤害你的！"旋眸尽量把话说得轻缓，"我只是想来看看你，只是如此而已。你不要怕，我不会把今天的事情告诉任何人。"

这女人仍在颤抖，仍然拼命地抵着墙壁。

"你真的不用怕，我不是坏人，我，"旋眸顿了顿，说，"我来自西沃！"

旋眸看得很清楚，这女人的身体一僵。但是，她仍然把脸埋在双臂里。

旋眸狠狠心，说："我是冷玖炎的女儿！"

这女人刷地抬起头来。这张脸憔悴干瘦。这张脸的主人，本来已是形如枯槁。

“我叫泠旋眸，是泠玖炎的亲生女儿，请相信，我绝对不会伤害你的！”

旋眸看见女人的眼神。她从来都不曾看见过这样的眼神。她不知道她是生来便如此还是被二十六年的囚禁生涯给折磨的。她甚至不能解答这眼神里所蕴涵的意义。

“西沃泠氏是商贾之家，泠玖炎如今是泠氏的当家人。我是泠玖炎唯一的亲生女儿，也是如今最想帮助他的人。洛姬，我的身体里流淌着的，是泠玖炎的热血，请相信我！”

旋眸期待着那女人的举动。然而，当这女人在望了她很久之后，终于有所反应的时候，她却惊了，甚至想躲了。她实在是有些惧怕那双枯瘦如柴的手，实在是不习惯被这样的双手死死地抓着，更难以承受被那样的眼神覆盖的恐慌。

她急急地说：“你，你是洛姬，是吗？”

“我是！我是洛姬！告诉我，炎哥怎么样了？他好吗？他瘦了吗？他苍老了吗？他的身体还好吗？他吃得好吗？他还喝很多酒吗？他的胃还疼吗？他……”

旋眸还在惊。洛姬的声音脆弱、干细，却又透着万分的希望。

“都好，他都好，他什么都好，请不要担心……”旋眸被死死抓住的手臂已经在疼了，“真的不要担心。”

洛姬松开了旋眸。松开的时候，仿佛是放了心，人却重又蜷缩到床里去。

旋眸小心地呼唤：“洛姬……”

她有很多话想对洛姬讲，却不知从何说起。她说出父亲的名字，把自己的身份告诉她，她是给了她希望吗？她想知道她是怎么从冷宫里搬进这座偏宫的，她想知道到底荼昶有没有来看过她，她想知道她到底知不知道如今的朝廷已经易了主……

可是，她还没有问出一句，便听到洛姬干细的声音：“你是炎哥的女儿，可却也是银家大小姐的女儿……”

旋眸心里一震：“旋眸代家母，向你赔罪！”

她只能这样说。

“赔罪？一句赔罪，便可以抵消我这一生所遭受的苦难了吗？二十六年，二十六年的苦楚……”洛姬的眼中没有泪，“都是我的命苦。我自幼父母双亡，亲人们都把我看成是累赘，我只能靠着几亩薄田收租来维持生计……终于出落成了，却被狠心的舅父卖进了青楼……如若不是炎哥为我赎了身，我连一身的清白都保留不住……”

她仍旧清楚地记得，第一眼看见冷玖炎的时候，那四目里迸射出来的光芒照亮了整个房间……那一晚，她是第一次接客。而翌日，他便帮她赎了身。

“我本不奢求能够嫁进冷家，能够让冷家的长辈们认同，我不过是想要留在炎哥的身边，哪怕只是做个卑微的小妾，可是，我的命里没有这样的好运……我被送进皇宫，被皇帝召幸……”

她寻死觅活，声声都是回西沃寻找冷玖炎。她不知道，她已经令皇帝记下了西沃，记下了冷玖炎。她只是顺从自己的心意，只是在用自己的方式和命运对抗。皇帝一怒之下，把她贬入了冷宫，并且狠心地下旨，将她永久囚禁。可是，她竟怀孕了，竟怀了皇帝的骨肉。

“孩子刚一出生，便被抱走了。我连一眼都不曾看见过。孩子不是炎哥的骨肉，我不喜欢，亦不想要。可是，当不久之后皇帝派人告诉我，孩子本已被皇后收养，却不幸夭折了的时候，我仍然痛不欲生……我被囚禁，我最为灿烂的韶华葬送在冷宫里……”

冷宫里冷若冰霜。冷宫里出入的无非是按时送饭的太监。她不知道，即使是把她永久打入了冷宫，那皇帝仍然令人好生照看她。却不料，人的心总是挡不住岁月的侵扰。即使是生活在锦衣玉食里，人亦会慢慢变得苍老，更何况是在暗无天日的囚禁生涯之中。

思念，磨折了心神。

祈祷，损伤了躯体。

泪水，流干了眼眶。

呼唤，嘶哑了喉咙……

“我不知道我为什么会被放出冷宫，亦不知道为什么会住进这座宫殿里，更不知道如今的皇帝为什么没有赐死我，还派了宫女给我……”

她哪里会知道。她本来以为，她抹了那皇帝一脸的灰，他必是恨透了她。她哪里会想得到，他囚禁她的同时，亦在囚禁自己。他在折磨她的同时，亦在折磨自己。

她更是想不到，他竟会把皇位传给了她的孩子。她的孩子，她直到此时此刻还以为早已夭折了。

如今的皇帝把宫女的嘴巴封得很紧。她只是知道江山的朱颜已经换了模样，仅此而已。

她之所以没有在冷宫里自尽，并不仅仅是因为心里还残存着回去西沃寻找泠玖炎的希望，还因为皇帝的威胁。

只要你死去，西沃便会变成一片废墟，泠氏家族便会永远从这个人间消失。

那皇帝，早已驾崩的先皇，当朝皇帝荼昶的父亲，如此威胁她。

她只能慢慢地熬，把自己熬成枯瘦的干柴。

“你想知道的，我都已经告诉你了，你走吧。”这是洛姬的最后一句话。

然后，是死寂。

旋眸疯似地冲了出去。

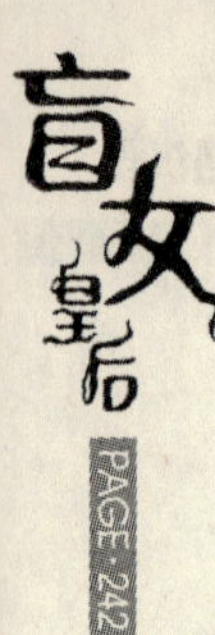

旋眸奔在皇宫里。

她不用驾舆，不用人扶。她用从未用过的奔驰速度，向皇帝的寝宫奔去。她奔到的时候，守在寝宫外的太监拦住了她：“皇上有旨，任何人不得入内。”

旋眸瞪着太监，瞪得他不由得缩了手，缩了肩。她闯进寝宫里。

茶昶很惊，但迅速地反应过来之后，招手令立在下面的武颜将军退下。武颜经过旋眸的身边行礼的时候，旋眸感到一股冰寒。

茶昶示意太监把宫门关闭，然后走到旋眸的身边，柔声问：“旋眸，你怎么来了？”

旋眸盯着茶昶，说：“我打扰了你们的密谈吗？”

“没有。”茶昶的声音仍然很柔，“旋眸，你来，有什么事吗？”

“没有事，我便不能来了吗？”

茶昶意识到了，打量着旋眸：“你遇到什么事了？你有话想问我？”

“是，我有很多的疑问，可却不知道你能不能为我解答。”

“你说。”茶昶笑。

他的双手伸着，他想要触摸旋眸。可是，旋眸接下来的话，使得他不由得撤去了这样的念头。

“你不打算向天下公布你的生母究竟是谁，是不是？”旋眸仍然盯着茶昶。

她看得见他脸上的每根线条，看得见他的每丝表情的变化。她又问：“你不愿意承认洛姬的身份，是吗？”

茶昶不仅撤去了触摸旋眸的念头，亦撤去了双手。他缓缓地背转身，把双手交叉背在身后，声音不再温柔：“为什么突然问这个？”

“我刚刚见过了她。”

“本来，没有朕的允许，任何人都不许走近偏宫一步的。旋眸，你的胆子未免太大了。”

“皇后不是后宫之主吗？后宫里的一切事情，皇后不是都有权力知道和过问的吗？茶昶，你立我为后，难道仅仅是想让我享受荣华富贵吗？难道你从一开始，便不打算让我拥有皇后的权力？”

“不是这样，旋眸。”

“既然不是，我去偏宫看望洛姬有什么错？！茶昶，我今日闯到你的寝宫里来，不是想要向你要权力，我只是想知道，你打算什么时候让你的生母重见天日。”

茶昶沉默。

旋眸望着那脊背。她想劝他不要倔犟了，亦不要怀疑了；她想告诉他，不论发生怎样的变故，她都会一如既往地爱他支持他。但是，她所说出的，竟只有一声呼唤：“茶昶！”

“没有这个打算。”

旋眸在震惊。她不是没有想到他会这样想。她如此逼问他，不过是因为，她不敢相信，这真的竟是他的想法。

“什么？”

“朕没有这个打算。朕从来都没有想过要承认什么身世。朕是已故皇太后所生嫡系皇子，这个天下都是如此认为的，朕从来都不曾想过要改变这个事实。”

“茶昶！”

“旋眸，你太天真了，你怎么能轻信谦亲王的一面之词？难道你没有想过，谦亲王对我一向是欲杀之而后快的，他的嘴里能够吐出什么样的诬陷之词来，根本是可想而知的事情！”

“茶昶……你不能这样说……”

“为什么不能？朕已经是九五之尊了，朕的话便是金科玉律。”

旋眸咬了咬牙：“那么，你为什么要把她放出冷宫？又为什么将她安置在偏宫里，还派了宫女服侍她？”

"……"

"其实，你根本就是相信的！你根本就相信，洛姬才是你的生身母亲！不然，你为什么会违背先皇当初要永久将她囚禁的旨意？又为什么不敢面对我？"

"朕没有相信！"荼昶猛然回身，和旋眸对视，尽量把声音放得柔缓，"朕将她放出冷宫，不过是登基时大赦了天下。朕留着她，不过是想让后宫少一些冰冷，不过是想让你这个皇后当得安心一些。"

"你说谎！"旋眸低吼，"你是懦夫！你不敢公布洛姬的存在，不敢承认自己真正的身世！你怕自己承受不了全天下的人对你的耻笑，你怕你好不容易得来的无上权力会瞬间消失！你把皇位看得比什么都重要，比我和琅涵都重要，否则，我们一家三口早就可以住在远离京城的地方，享受没有纷争与喧嚣的天伦之乐！可是，你还口口声声地否认！你连自己的心里所想都要否认！"

"放肆！"荼昶亦吼道。他的吼声不低，不然，雕梁画栋不会被震得颤抖，旋眸不会被震得忘却了言语，不会被震得似乎傻了一般，"你竟敢指责朕？！你以为皇后很大是不是？大过皇帝是不是？你以为朕因为爱你疼你，想要呵护你，所以你永远都可以做皇后，是不是？"

旋眸很惊，很怕。她惊的是自己竟始终不曾看清楚人的真面目，怕的是这个人会是自己所爱的人，更怕的是千日的恩爱，都比不过一时的愤怒。

"都是朕太宠你了，宠得你无法无天了！可是，你也该睁大眼睛看清楚，朕是皇帝！朕不管如何爱你，都不会以失去皇位来作为与你长相厮守的代价！"

荼昶一甩袍袖，走回龙座坐下。他盯着案几，他的怒火仍然很盛。

旋眸呆立着。她的脑子里一片空白。

"还杵在那里做什么？回你皇后的寝宫去！"荼昶的声音又狠又

厉。

旋眸蓦地感到眼前一片黑暗，彻底的黑暗。她不知道为什么会出现这样的黑暗，虽然她曾经“看”了二十多年的黑暗。她狠狠地甩甩头，狠狠地闭着眼睛。她不敢再次睁开双眼，她怕她再也看不到灿烂的太阳、晴朗的天。

她犹豫了很久。当终于睁开双眼，再次看见光亮的时候，她看见茶昶的眼睛里是她曾经万分熟悉的怜惜。可是，这怜惜在被她看见之后，迅速地消失了。

茶昶把目光侧开去，却仍旧说，说的时候，声音变得轻缓："不要再提此事。回去吧。"

天牢里传来消息，司寇尚书畏罪自杀。

旋眸走到淑妃寝宫外的时候，听到里面传出尖酸刻薄的声音。

"你虽然被封了淑妃，可也不过如此。你生的是女儿，又呆呆傻傻的，皇上怎么会在意呢！我可不一样！太医已经诊断过了，我肚子里怀的是龙种，是皇子！只要我把皇子生下来，我便也可以封妃，便可以与你平起平坐！哎哟，姐姐，你哭什么呀？我不过是来告诉你这个好消息的，让你也替皇上高兴高兴，我也没说什么啊！"

旋眸走进去，瞪着那肆无忌惮说话的人："好大胆的奴才，竟敢闯到淑妃娘娘的寝宫里来撒野！"

那撒野的人待看清楚来人之后慌张地跪地，慌张地说："奴婢参见皇后娘娘！"

"你是什么人？谁借了你熊心豹子胆？"

"奴婢，奴婢原是圣上寝宫里的一名宫女，因为曾被圣上临幸，所以，所以怀上了龙胎……刚刚，刚刚被封为——"

"好了!"旋眸迅速地打断了,"不论你被封为什么,都大不过淑妃!你如此欺负淑妃,便是犯上作乱!你可知罪?"

"奴婢知罪!奴婢再也不敢了!求皇后娘娘看在奴婢怀有龙种的份上,从轻发落!"

旋眸无奈:"行了,你走吧。但是,如果再来打扰淑妃,本宫定不轻饶!"

"是!是!奴婢再也不敢了!"那宫女迅速地离开。

旋眸走到司寇雾霈的身边,轻轻地拍着她,免了她的参拜。

但是,司寇雾霈的泪水依旧在涌:"虽然臣妾的家族已然败落,可臣妾还没有被废呢,这些人都等不及地来落井下石了!"

"妹妹莫要往心里去!宫里从来都不少势力小人!妹妹不用怕,姐姐会保护你的!"旋眸说这话的时候,底气有些不足。

司寇雾霈猛地抓住了旋眸的手:"皇后娘娘可否答应臣妾一个请求?"

"妹妹请说!"

"臣妾想带着仙弘去见皇上,求他准许家人殓葬家父,可是皇上不肯见臣妾。求皇后娘娘带臣妾去面见皇上!"

旋眸不想伤司寇雾霈的心。但是,现在不劝解她,等见了皇帝,她便会更加伤心。所以,旋眸说:"不是姐姐不愿意帮你……妹妹,你也知道,皇上那么固执……"

"可是仙弘是他的亲骨肉啊!他就算不看臣妾的面子,就算不看在家父是他的亲舅父的份上,难道也忍心看着仙弘难过吗?"

旋眸有些惊讶。她本来想说,仙弘还很小,就算知道父亲杀了人,亦未必知道那被杀的人便是自己的外祖父。不,她的外祖父是畏罪自杀的,天下人都是这样认为的,她亦必须这样认为。她没说,是因为她突然看见司寇雾霈的眼神有些奇怪。

“皇后娘娘帮帮臣妾吧！臣妾即使因此而下了地府，亦一定会万分感谢您此次的襄助！”

“妹妹说傻话了，什么地府不地府的！皇上绝对没有这么狠的心！”旋眸还加了一句，“仙弘还很小啊！”

司寇雾霈的眼神开始游移：“仙弘……皇后娘娘，您是大慈大悲的好人，您一定喜欢仙弘吧？”

“妹妹何出此言？”

司寇雾霈蓦地向旋眸下跪：“求皇后娘娘收养仙弘！”

旋眸慌慌地扶起司寇雾霈：“妹妹莫要如此！仙弘是你的亲生骨肉，你应该亲自教养才是！”

“可是，仙弘毕竟是公主啊，皇上总有一天会把她从我身边夺走的！与其等到别人来夺，不如现在就把她送与娘娘！娘娘乃是后宫之主，又是皇上深爱的女人，把仙弘交给您，臣妾便放心了……”

“妹妹……”

“求皇后娘娘应允！臣妾给您磕头了！”司寇雾霈的头硬硬地要往地上磕。

旋眸双手接住了，忙说：“我答应就是了！妹妹快快起身！”

“谢皇后娘娘！”司寇雾霈起身擦拭着泪水。

旋眸看着司寇雾霈，心里的不祥感觉越来越浓重。她在观察着司寇雾霈。但见她从宫女手中接过了仙弘，径自往外走，边走，边似自言自语地说：“仙弘乖，呆会见了父皇，一定要喊父皇啊！不然，你父皇更加不会喜欢你了……”

她竟是不理会旋眸。

旋眸愣了愣神，急急地追着去了。

茶昶不在寝宫里。

司寇雾霈抱着仙弘，走遍了茶昶寝宫的每一个角落，然后定定地站着。旋眸怕她累了，示意宫女去接过仙弘。司寇雾霈却硬是不松手。

旋眸问太监："皇上在哪里？"

"回皇后，皇上现在御书房。"

司寇雾霈转而赶去御书房。

御书房里有很多的大臣。但是，司寇雾霈径自走进去。那些大臣都惊得迅速退到一旁。

茶昶不悦："淑妃，朕正和爱卿们商议国事，这里不是你该来的地方。"

而司寇雾霈却径自走到茶昶的龙椅前，径自把仙弘放在地上，径自双膝跪地，却把头抬得直直的："皇上，臣妾带仙弘来看您了！"

大臣们相互交换着复杂的眼神。

茶昶正要发怒，却见旋眸急急地穿过大臣们，来到他的面前。他不禁皱着眉头。

旋眸行礼："臣妾参见圣上！"

"皇后来得正好，快些把她带下去。"茶昶的手挥得很自然，"朕忙国事已经够头疼的了，后宫里的事情，皇后做主就是了。"

"是。"旋眸欲拉起司寇雾霈，却拉不动。

司寇雾霈的头仍然直直地立着，声音亦硬硬的，从未有过的生硬："臣妾求皇上把家父的尸首赐还司寇家人！"

"天牢里的犯人要如何处理，不是你应该插手管的事情。你好好地呆在后宫就是了，没事跑来这里闹，成何体统！"

"皇上不要生气，臣妾不是来给您气受的。臣妾从来都不想给您气受！既然皇上已经决定了如何处理家父的尸首，那么臣妾亦没有什么可求的了。臣妾只是想好好地看看皇上，请皇上看在仙弘的份儿上，恩赐臣妾一个片刻！"

茶昶的眉头不再皱。他仍然不耐烦,但他的不耐烦里已经掺杂了惊讶。

司寇雾霈凝视着茶昶,用整个身心。她看见曾经的昶哥哥,看见他在那些尽管短暂却令她万分怀念的日子里施舍与她的温存……

她很清楚,他能够走进她的寝宫,施舍与她温存,不过是因为他寂寞,一如他临幸宫女。他能封她为淑妃,不过是因为她曾经是先皇钦封的宁王妃。她并不稀罕宁王妃的封号。她殷切地希望嫁给宁王爷,是因为她自幼时便爱上了他,深深地爱着,一如他爱着当时还双目失明的冷旋眸。

她曾经期盼快些成长。只要出落成人,她便可以如愿以偿地嫁给他。嫁给他,为他生儿育女,曾经是她最大的梦想。她亦曾经因此而认为上苍对她不薄。

她在身为宁王妃的时候,还曾经奢求过他的爱。但如今,她连他的一个眼神都不敢奢求。

“皇后!”茶昶有些受不住司寇雾霈的凝视。

“是。”旋眸接受了茶昶的旨意,欲搀扶司寇雾霈离开,却仍旧拉不动。

大臣们已经自发地退了出去。御书房里,此时此刻也只有他们三人。

茶昶喝一声:“司寇雾霈!”

“臣妾在!”司寇雾霈脱口而出。

旋眸惊。茶昶亦惊。

“皇上是在叫臣妾吗?”司寇雾霈的脸上是万分期待。

茶昶忽然心有不忍,可却不愿意表现出来。他的脸色依旧阴沉:“你该离开了。”

司寇雾霈的容颜立刻黯淡下来:“是啊……臣妾是该离开了……

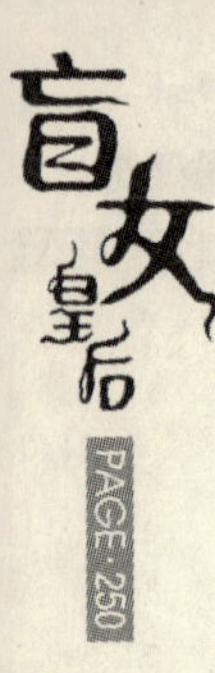

皇上保重！”

茶昶的心有些颤抖。他看见司寇雾霈起身离开的脚步实在踉跄，看见旋眸急急地跟去的时候，司寇雾霈竟轻轻地拂去了她欲拉住自己的手。

他的眼前突然现出很久以前的情景。那时候，他尚且年幼。司寇尚书府邸里的鲜花开得很娇艳，司寇尚书的小女儿、他的小表妹的笑容相当灿烂……

他的手忽一摆动，碰翻了案几上的砚台。朱色流淌……

旋眸跟着司寇雾霈，一路上不敢言语。

司寇雾霈速速地走，走到自己的寝宫门外的时候，却蓦地停住了。她回头，却是满面的茫然："皇后娘娘，您一定累了吧？"

旋眸错愕地望着司寇雾霈。

"您还是回宫休息吧！臣妾要休息了，仙弘亦要休息了！"

司寇雾霈说完，径自走进寝宫。旋眸不放心，还是跟了进去。

不料，司寇雾霈忽然回头，说："皇后娘娘，臣妾知道您是一番好心，可是，皇上要是知道您在臣妾这里逗留良久，又要责怪臣妾了。请皇后娘娘回宫吧。"

旋眸在离开前，吩咐宫女和太监们好生照看淑妃和仙弘公主。

她所谓的"照看"，是要宫女和太监眼睛放亮一些，寝宫里能够被当做利器的东西一律都要收好。她还命太监日夜轮流盯着。她想，只要能够捱过这段日子，淑妃或许便能想得开了。

淑妃能够想得开，不过是旋眸的希望。她一直都很担心，回到自己的寝宫之后更加担心。她在床上辗转反侧，心总不能安。

翌日清晨，天还没有全亮，她便匆匆地赶去淑妃的寝宫。

她还没有到。她还在路上，竟见有人闯到眼前来，猛然跪地，低声地哭。她认识这个太监。她昨日还叮嘱过他，要仔细地盯着淑妃。

她的心一揪颤颤地问道："发生什么事了？"

"回，回皇后，淑妃娘娘她……"

"淑妃她怎么了？"

"淑妃娘娘归天了！"

旋眸的耳中一阵轰鸣。她命轿夫奔跑起来，迅速地前往淑妃寝宫。

她到的时候，整个寝宫里的宫女和太监，都正跪在淑妃的床前痛哭着。她走近那床。她看见灵魂早已归去的躯体。她看见她嘴角仍旧残留着血迹。

她命人收去了这寝宫里的一切利器，却没有办法阻止她咬舌自尽。

旋眸为司寇雾霈擦拭着嘴角。她的双手颤抖着，泪水疯狂地涌着。

忽然间，她抬头去看床尽头的一角。仙弘跪在床的里侧，躲在纱帐里，静静地，一动不动地望着自己早已归去的母亲。

旋眸将身体越过司寇雾霈，想把仙弘拥进怀里。却不料，这幼小的孩子竟倔强地推开了她，然后继续静静地望着母亲。

旋眸的心疼得厉害。

"淑妃留下遗书没有？"旋眸问这宫里的掌事太监。

"回皇后娘娘，淑妃娘娘昨夜入寝前曾经动过文房四宝，但没有写字便放下了。"

旋眸可以想象得到。司寇雾霈一定是有很多的话要留下的，可最终却全都带去了黄泉。

"传令，敲响丧音！"旋眸如此命令。她因为心疼得厉害，还因为很是怨责皇帝，所以不想等到禀告皇帝之后。所以，她要做主发丧。

旋眸将一方洁白的丝帕覆上司寇雾霈的脸。但是，仙弘竟迅速地爬过来，伸手猛地掀了那丝帕。她不再静静地望着母亲，竟伸出小手，轻轻地抚摩着母亲冰冷的面容。

旋眸蓦地感到恐惧。她忽略了，她以往都看错了。所有的人都看错了。不过两岁的仙弘，其实并不呆傻。她只是不说话而已。她只是死死地封闭着自己的内心而已。她的心智，早已超越了两岁。

"仙弘，从此之后，我便是你的母亲，我会把你当成自己的亲生女儿一般看待！乖乖，不要这样！"

旋眸向仙弘伸出双手。她一直伸着。她希望用这样的举动，来表达自己的真诚。可是，那孩子却仿佛听不见旋眸的话。她的眼睛里依旧满是自己的亲生母亲。

直到荼昶的到来。

荼昶的脚步很急。当终于亲眼见到了冰冷的司寇雾霈的时候，他才告诉自己，这竟真的是事实。他不是那么狠心的人。他对司寇雾霈始终保有当年的喜爱。只是，她是司寇尚书的女儿。

司寇尚书倚老卖老，他凭着自己是三朝元老，是先皇倚重的大臣，根本不把他这个新帝放在眼里。司寇老贼身为先朝司寇皇后的亲兄弟，或许从一开始便知晓他的真正身世。他势必是要除去他的，不论曾经他是多么地倚仗这个假舅父。可是，为什么雾霈妹妹是老匹夫的女儿呢？

"仙弘……"荼昶抱起自己的亲生女儿。这是第二次。她出生已经两年了，他却竟是第二次抱她。第一次，她刚刚满月人事不知。而这次，她竟用一双异常凌厉的眼睛盯着他，盯得他不禁感到些微的胆寒。

"仙弘……朕的女儿……"他想安抚她，用亲情安抚，但却忘记了，整整两年的冷落，早已在幼小的心灵里生了根。

仙弘并没有挣脱他的怀抱，但却始终不吐一个字。他抱着，紧紧地抱着，沉声下旨："厚葬淑妃，发讣告于天下！"

旋眸想把仙弘抱回自己的寝宫。但是，孩子却死死地抓住母亲的棺木。她亲自喂她进食，她却始终紧闭着嘴巴。她命宫女强制为她进食，是没有办法的事；不然，她怎么捱过这些个日子。

茶昶本来并不知道仙弘绝食的事情。所以，当前来看望仙弘，却看见两名宫女抓着她强行往她的嘴里灌进东西的时候，他惊了。然后，他的怒吼吓得宫女慌张地下跪求饶。

"圣上饶命！因为仙弘公主不愿用膳，所以奴婢们只好采用这种办法！"

茶昶定定神，抱起身上沾满了粥饭的仙弘，擦拭着她的嘴角："傻孩子，为什么不用膳？这样，父皇会心疼的，知道吗？"

但是，仙弘却盯着茶昶，仍然用一双异常凌厉的、绝对不属于两岁幼童的眼睛，盯着他。

茶昶问："你想要什么，告诉父皇好吗？父皇今后一定会加倍地疼你补偿你！仙弘，不要一直这样盯着父皇，开口说话好吗？"

可是，仙弘的眼睛却仿佛被钉上了钉子，仍然死死地盯着茶昶。

茶昶无奈，只好把仙弘交与宫女。他本来以为他一定会挽回仙弘心中的亲情的，毕竟他们是血亲父女。可是，他却万万没有想到，上苍根本就不给他这样的机会。不，或许上苍本也有怜悯之心。是仙弘自己不愿意给他机会，永远地不给他机会。

他哪里会想得到，他那幼小的女儿，从未喊过他一声父皇的女儿，仅仅两岁却具有令他胆寒的眼神的女儿，竟会用了那么决绝的方法令他彻底地明白，他曾经是多么狠心，多么无情。

同样的方式。母女两人用了同样的方式，永远地离开了他，永远地把心痛根植在他的内心深处，令他永生永世地悔恨。

淑妃刚一下葬，宫里悬挂的白色的丧幡还在风中飘摇……仙弘，

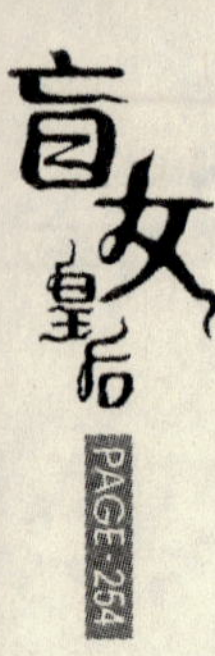

两岁幼童，执意不肯住进皇后寝宫的小公主，竟在母亲曾经躺过的床上，咬舌自尽！

她至死，都没有喊过一声父皇。

她至死，都没有吐出一个字。

旋眸走到荼昶的身后，深切地拥住了他。

她想告诉他人死不能复生，他不论怎样难过，都要节哀顺变。可是，她的心亦在狠狠地痛，她的泪水亦在狠狠地流淌，她的话亦同样说不出。

她拥着他，把脸贴在他的脊背上。她感觉到他的颤抖，感觉到他的无力与脆弱。

她没有说话，但是，这宫里却响起了声音，娇娇的童音："父皇，涵儿发誓，日后一定会双倍孝顺父皇，父皇不要这么伤心了，好吗？"

琅涵站在父皇的面前，轻轻地扯着父皇的袍角，高高地昂着头，眼睛里是深切的希望。

旋眸的手缓缓地撤去了。她稍稍背转身，揩拭着泪水。

荼昶蹲下身，抚摩着琅涵的面庞。突然间，他紧紧地把琅涵抱在怀里，同时痛哭出声。

琅涵的泪水哗哗地流淌，但却是默默的。他把手掌费劲地从父皇的怀抱里抽出来，然后不停地拍打着父皇的背。

皇宫里，很潮湿。

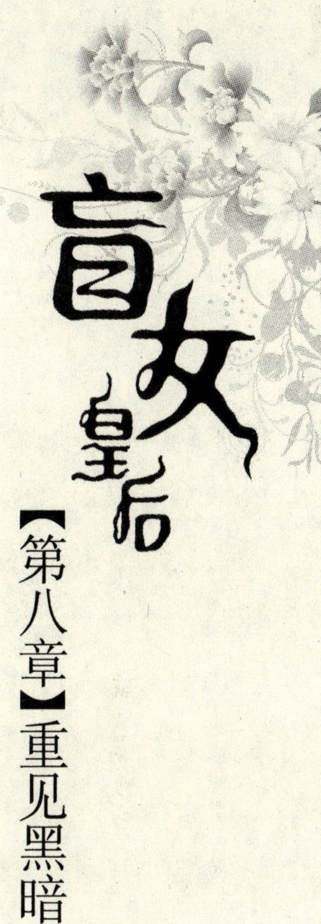

【第八章】重见黑暗

第八章　重见黑暗

宇霓再次走进泠氏丝绸。

她曾经强制自己不要再在街上行走，更不要走进泠氏丝绸。她本来可以吩咐将军府的下人，去为她的小女儿采买衣料。但是，她却被一个强烈的念头左右着。她告诉自己，她要时时刻刻疼爱自己的女儿，她不能让自己有任何的遗憾，即使这个女儿并不是她为自己爱的人所生的。

她走进泠氏丝绸之后，店铺迅速地赶走了其他的顾客。她慢慢地，精心地挑。她知道这样是不对的，她应该尽快地挑选好衣料，尽快地回将军府去照看新生的女儿。但是，她迈不动步，举不动足。

她已经来了很久了，泠玖炎都不见人影。她问："掌柜的，你们东家此番进京，没有带些新货来吗？"

"回公主，东家早已不用亲自办货了。"

"哦。哎，怎么不见他的人？怎么，成了国丈，连店里的生意都不管了？"

“公主明鉴，东家对生意可是上心得很！”掌柜赔着笑脸，“公主来得不巧，东家今早出门了，尚未回来！”

“哦。”宇霓感到淡淡的失落。她指指几款样式，说，“就这几样，每样一匹，送到将军府。”

“是。”

宇霓顿了顿，转身向外走。

“恭送公主！”

宇霓穿梭街市，徒步行走。随从亦步亦趋。

街上的行人很少，因为大雪下得很紧，地上积了很厚。随从劝宇霓早些回府，却都是无用的。

宇霓正走到那间茶楼之外。她望了很久，直到店家慌忙地跑出来。

“公主驾到，小店怠慢，望乞恕罪！”

宇霓步入茶楼。她上楼，却在楼梯上顿步。她想起从前……她闭闭眼睛，走进楼上雅间。

雅间里的清香在荡，她的心亦在荡。

店家伺候着。

宇霓问：“这些日子，来这里消遣的达官贵人都见少了吧？”

“回公主，和往昔相比，今冬确是少了。不仅小店的生意清淡了，京城里其他店铺的生意也都清淡了。”店家的眼睛迅速地转，“这几日又值大雪纷纷，很多人都不敢出来了。但今日光临小店的，除了公主这样的皇族贵胄，还有另外一位大贵人。”

“谁？”

“在京城把生意做得最大的泠氏丝绸的东家，也就是当今国丈，泠玖炎泠大贵人！”

宇霓轻轻地“哦”了一声。

"冷大贵人也不只是今日来光顾小店。实际上，冷大贵人自来到京城，多半的时间都消遣在小店。这真是小店大大的荣幸！小人看公主也是独酌独饮，莫如小人去请冷大贵人过来？"

宇霓的眼神有着错愕，却不置可否。

店家再次小心翼翼地说："那小人便过去请了！"

宇霓端起茶碗，轻啜着清香四溢的茶水，对身边的宫女说："你去外面守着吧。"

片刻之后，雅间的门被拉开，有个长身玉立的人走进来。

"草民见过公主！"

宇霓忙起身相迎，说："国丈多礼了！快请坐！"

冷玖炎坐下，为宇霓斟着茶水："草民有好些日子不曾前去拜见公主殿下了，小公主长得可好？"

"孩子很好，很乖。"宇霓不喜欢如今的气氛，说，"您最近好吗？"

"草民很好，多劳殿下惦念！"冷玖炎斟了一碗茶，向宇霓做了一个请的姿势，"殿下最近是否常进宫去？不知皇后可好？"

"您如此牵挂，为何不亲自进宫去看看？"

冷玖炎不语，却淡淡地一笑，低了低眼睑。

宇霓的心跳紊乱，她急忙端起茶碗来饮。端起了，却怔住不饮，只是凝望着茶水，而泪水蓦地落下来，落在茶水里。她急忙低首，将自己的脸遮掩在茶碗之后。

茶水很香，异常的香。香气荡满了整个雅间。

冷玖炎依旧淡淡地笑，低垂着眼睑，轻缓地斟茶。他假装没有看见那颗硕大的泪珠。

宫女突然在门外说："公主，驸马求见。"

宇霓惊慌得近乎失措。冷玖炎却站起身，走去拉开了雅间的门。他向驸马爷拱手说："驸马爷快请进！"

武颜的面上没有任何表情。他似是并未看到冷玖炎此人的存在，他只是走进去，对宇霓说："公主，芹儿还很小，还离不开您，您还是尽快回府吧。"

宇霓轻啜着茶水，却不说话。冷玖炎轻轻绽笑，说："草民便不打扰了，先行告退。"

冷玖炎走下二楼，走出茶楼。他拐个方向走。楼上那个雅间就在他的头顶上方。他听到茶碗被摔碎的声音。他不用关心这样破碎的声音是不是经常都会有。他已经少有精力，一如从前那样，殷切地拉拢京城显贵了。

他没有坐轿，而是骑马。他骑着高头大马在京城的街道上行进，或缓或急地行进。他不是偶尔为之，他喜欢，所以经常这样。他时常在同一条街道上来回行进，他似乎对京城的每一条街道都充满着浓厚的兴趣。也许，原因就是那样简单：他的女儿是这个国家的皇后，是这个京城的皇后。

但是，今日正值大雪纷飞，地上积了很厚很厚的雪，街道上行人很少，京城到处都是银装素裹……他本人真的没有料到会发生什么事情，根本意料不到，也从来都没有料到……

宇霓身披着大氅，一步一步缓慢地行走在京城的街道上。

武颜跟在她的身后，沉默不语。

大片大片的雪花从高空降落到地面，堆积在一起，那样深，那样厚。

武颜再次试图将手中的伞举过宇霓的头顶，却再次被她伸手挡开。他忍不住说："请公主保重身体！"

宇霓突然就回头瞪他："我死了最好！"

武颜的神色里，惊讶与痛楚交织纠缠："公主……"

宇霓猛然伸手在武颜胸前推了一把，同时恨恨地说："我不想看见你，你给我滚开！”

伞从武颜的手中掉落，大片大片的雪花落在他的身上。他双眉紧锁，双眶收紧，英俊的面容里似乎蕴藏着极深的愤懑。可是，突然间，这样的愤懑却消失了，似乎消失得无影无踪。

天地之间响起了一种声音，那是马蹄踩在深厚的积雪上发出的沉闷的声音。

宇霓霍然侧身，却看见冷玖炎坐在一匹骏马上，正从街道的一端驶向另一端。她怔住。

武颜的手臂刚伸到宇霓的身侧，却又迅速地撤回去了。他似乎想要揽住她，将她带离这个地方，却不知道为什么突然改变了主意。他陪她站着，站在冷玖炎不易看到的角落，与她一起目睹着冷玖炎的路程。他面无表情。

冷玖炎转了转头，似乎朝宇霓所在的地方看了看，然后突然举鞭抽打骏马，疾驰前去。宇霓心内钝痛不已。就因为看到了她，所以要如此急速地离开么……

她凝视着他的身影，从正面，到侧面，再到后背。是不是她全身已经落满了雪花，所以他即使行过她的身旁都认不出她？还是他根本就不想认出她？

宇霓死死地咬住唇。她会一辈子深埋对他的情愫，她不会在他面前说出口，她不会给他、给皇后、给冷家带去任何不幸与无奈，可是，他为什么竟会如此的狠心，连多一分看他的机会都吝啬给她……

她的眼睛一眨不眨，凝睇着他的背影。假若这是最后一次，那么，从此之后，就让她将他的身影镌刻在内心深处吧……

眼眶酸涩，内心沉痛，她禁不住闭了闭眼。不过是瞬间，她以为不过是瞬间而已，再睁眼，却看见他的骏马突然后蹄仰起，马身前倾，生生地将他掀下了马！

她惊恐无措。他在她的视线里，从高空坠向大地，然后趴伏在雪地上久久未能起身。

她下意识地举步向前，腰身却被武颜的铁臂箍住。她无暇挣扎，她的气力都凝在一处，她紧紧地盯着一直趴伏在地上的泠玖炎。

大雪纷飞，未有丝毫改变。天地之间无比的寒冷。人们都躲在房子里不肯外出，似乎连那些不论天气如何恶劣都会出门讨生活的人都不愿意在今日现身了。

宇霓的眼前，白雪染上了血红，如针如锥，刺痛了她的心。是她的眼睛开始流血了么，还是天上下起了血色的雪？

泠玖炎依然趴伏在地上一动不动。

宇霓却蓦地疯狂了一般，在武颜的怀抱里拼命挣扎。她嘶喊着，胡乱地嘶喊着。她并没有在喊些什么完整的话语，她只是在寻找宣泄恐惧的方式。

武颜微微用力，将宇霓的身体带离地面，然后拦腰将她抱起，大步往将军府的方向走。

宇霓咬住他的胳臂，无比地用力。她的双腿疯狂地踢打，她的双手疯狂地捶打，她的口中胡乱地喊："……你放开我！你这个混蛋！你这个恶魔！你放开我！你放……"

武颜的一臂忽然伸长，从外绕过宇霓的身体，举到她的胸前点住了她的穴道。她动不了，说不出话，只能愤恨地盯着他。他却看也不看她，面容沉凝如寒冰，目光冷冽如刀刃。

宇霓蓦地感觉到一种冰寒从脚底升起，然后迅速地传遍了她的全身。她盯着武颜的面容，试图从那里找出一丝端倪。

雪花那样厚，那样白。

宇霓似乎看见，有几个人拉着一根绳索，横过一条街道，然后其中一人掏出了一把匕首，将之倒插在地上。

那把匕首那样的锋利，在雪光中闪烁着刺目的寒光……

那条绊马索那样隐蔽，埋在深厚的大雪之下，谁又能看得到呢……

旋眸正在寝宫里拟食单。她想择日邀请父亲进宫，专门为他摆一席御宴。

茶昶突然面带忧悒地走进来。

旋眸笑着问："你怎么了？朝堂上发生了什么事吗？"

茶昶迟疑着。

旋眸蓦地心内咯噔一下。她推开文房四宝站起身，走到茶昶的身前，笑着扯扯他的锦袍，说："有什么事不可以告诉我呢？你这个样子，我可有些害怕呢。"

茶昶突然伸臂抱住了她，那样紧，紧得令她感到莫名的恐惧。她在他的怀里仰起脸看他，眸里蕴着疑惑与哀伤："你是不是，又在思念仙弘……"

茶昶不语，只是紧紧地抱着旋眸，眼睛却不看她。

旋眸安静地任他抱着，侧面贴在他的心口，倾听着他一直沉稳而在此刻却透出一丝不安的心跳。

许久之后，他终于开了口："……旋眸，有一件事，我必须告诉你，但是，你听到之后，一定要镇定，你一定要多想一想琅涵，多想一想我……旋眸，今日申时，国丈在回店铺的途中，不幸，不幸堕马……"

旋眸怔了怔，笑着说："茶昶，你是皇帝呀，不能随便开玩笑，而且不能太小气，我以前是对你有些放肆，但你不能因此而惩罚我啊！再说了，父亲喜欢骑马，骑技一流，他怎么可能会堕马呢？他一定不会堕马的！"

"旋眸，是真的，我已经派人把他转到太医院了。"茶昶松开怀抱，却捉住旋眸的双臂，说。

他看见旋眸的眼睛茫然无光。他知道她的眼前又出现了短暂的黑暗。他微微用力地摇晃着她，想把她摇回来。他抓住她的时候，双手的力道很大。然而，她却感觉不到一丝的疼痛。

她紧紧地闭闭眼，再睁开。她又看见了自己的夫君，神情却迅速低沉下去。她低声地，近乎喃喃地问："那他，怎么样了？"

她在奢望一个侥幸，她知道。茶昶的表情已经告诉了她，事情有多么严重。而他却仅仅用了一个猛烈的拥抱，便把她的侥幸驱散殆尽。

他再次抱住她，用力那样猛，手臂那样紧，仿佛想要将她箍进自己的血肉里，从此替她痛，代她伤。他说："旋眸，你有丈夫，有孩子，我和琅涵会因你的伤心而伤心，会因你的快乐而快乐！旋眸，你早已不是一个人了，你想做什么事情，都必须考虑到我和琅涵！旋眸，你是皇后，你母仪天下，你要掌管整个后宫，所以，你一定要镇静下来，一定要做一个坚强的人……旋眸，节哀顺变，是你曾经拿来劝过我的话，我已经做到了，你自己也一定要做到，好吗？"

旋眸浑身无力，声音亦无力："带我去看他……"

去看他，去看她对之深感愧疚的生身父亲。她从来都不曾想过，她竟连他的最后一面都见不到。她从来都不曾想过，她连一日都不曾好好地孝敬过他。她从来都不曾想过，她匍匐到他的身边，终于死死地抓住的，却已不是他鲜活的躯体……

"父亲……父亲……"她声声地呼唤，无力地呼唤。可是，她的父亲再也睁不开炯炯有神的眼睛，再也不能深沉地疼爱她，再也不能为她默默地付出，再也不能生她的气，怨责她的蛮横与跋扈……

太医们都垂手立在一旁，茶昶蹲在旋眸的身边扶住她。他扶住她的同时，望着永远只能躺着的人。

那人是曾经玉树临风的泠玖炎，是曾经倾倒无数红颜的倜傥富少，是曾经在西沃甚至全国的商界叱咤风云的边陲巨贾……

他曾经单凭一幅画像，便能将当时最为得宠的皇子引到西沃；他曾经一出手便是百万银两；他曾经令平叛大将军的军队竖起大拇指；他曾经以此来要求取得垄断江南丝绸生意的权力；他曾经可以自由出入皇宫；他曾经被封为国丈；他曾经……

他曾经令人伤心过怀念过，而如今，他令为他伤心同时万分怀念他的人哀痛欲绝……

宇霓闯进了太医院。那时候，旋眸还跪在冷玖炎的身前，茶昶还试着安慰旋眸，太医们还站立着候旨。

宇霓怔怔地看着冷玖炎的躯体。已经有人为他换上了干净的袍服，可是，她的眼前仍然呈现着雪地上那片惨烈的血红。

旋眸在恸泣，没有看到她。茶昶却示意一旁的宫女，宫女上前捉住她的手臂。她用力甩开，目光如剑一般射向茶昶。

茶昶的表情微微痉挛，他迅速地低下头去，继续安慰着他的皇后。

宇霓走到冷玖炎的身前，慢慢蹲下来，面容沉凝无丝毫悲伤。她的声音不再清脆悦耳，她的声音似乎在冰天雪地里行走过，于是吸纳了极致的寒冷，一出口便侵人身骨，那样的冷。

她沉静地说："冷玖炎，你看清楚了吗？皇家就是这样的。"

旋眸已经近乎崩溃，她已经听不出宇霓话里深藏的涵义。而茶昶却无比凛冽地看向宇霓。他似乎早已知道了什么，他用他那样的目光警告宇霓。

而宇霓却无视于他的警告，声音依旧平静无波，仿佛是在叙述一件与己无关的事情："你以为皇家主宰着天下，是无比的荣耀，你以为将自己的女儿送入皇宫，她便能够一生享尽极致的荣华富贵，是吗？可是，难道你从未想过，人要得到某样东西，必定会以失去另外一种东西作为代价？你是那样心思玲珑的人，怎么会不知道，自古以来，皇家便是杀人不见血的地方，皇家的人，其实每天都生活在恐惧与死亡当中……”

旋眸在怔忡，哭泣已经略微减却。

荼昶的脸色阴沉得可怕。

宇霓说：“泠玖炎，你明明在西沃生活得好好的，你明明一直都可以在天高皇帝远的地方享尽你的荣华富贵，却为什么非要与皇家扯上关系呢？”忽然低首叹息，“是啊，说起荣华富贵，普天之下，谁家又能匹敌皇家呢……只可惜呃，这皇宫，外面的人拼着命也要挤进来，而里面的人，却日夜祈祷，下一世再也不要托生到皇家……”

荼昶突然开口，嗓音那样冷，那样沉：“宇霓，你该回去了。”

宇霓点点头：“是啊，皇上，臣妹是该回去了。”

荼昶的脸上蓦地盈起了一丝惧怕。近乎同样的话语，司寇雾霈也说过。他顿了顿，略略缓和脸色与声音，说：“宇霓，日后你带你的女儿进宫来，朕当她公主一般看待。”

宇霓深沉地看着荼昶，片刻之后起身顿下施礼，说：“臣妹谢皇上隆恩。不过，”她站直了身，面容清冷地看着荼昶，“这话，在今日说来，怕不合时宜吧。”

荼昶侧转头，却见旋眸带着异样的神色看着他。他心内一慌，手臂揽住她的肩膀，柔声说：“你累了吧？先休息一下好不好？”

宇霓突然一声冷笑。

旋眸看向宇霓。

荼昶沉声喊：“武颜！”

武颜立刻举步进来：“微臣候在。”

荼昶说：“公主累了，你带她回去休息吧。”

“是。”武颜上前欲揽宇霓，却被她用力甩开。他小心地说，“公主，芹儿在府里，一直哭闹着呢。”

宇霓冷笑一声：“你们君臣两个倒是默契得很。”

茶昶使眼色。武颜强行揽住宇霓的身体，用力要将她带走。宇霓挣扎片刻无用，于是将眼睛死死地瞪向茶昶，说话近乎咬牙切齿：“冷玖炎的心是高尚的、纯净的，我的心也是高尚的、纯净的，但是有的人，尤其是那些身处高位、主宰着别人生死的人，却未必如此！他们阴险狠毒、无情奸诈，即使是对自己的亲人，也不会手软！为了他们所谓的地位与权势，他们会六亲不认，会采用一切歹毒的手段，会忍心杀害所有可能妨害到他们的人，即使那些人曾经帮助过他们！”

茶昶厉喝一声：“武颜！”

武颜低眉垂首：“是！”却在下一刻拦腰抱起宇霓，大步向外走去。

宇霓在武颜的臂膀里探出头来看向旋眸，面容里已是近乎崩溃的神色：“旋眸，今日不是我宇霓放肆，要对圣上不恭！你要明白，天下最放肆的人，正在你的身边，但他绝对不会是我！”

当时的太医院里，大部分的太医们都侍立在场，而无数的太监和宫女亦都站在一旁候旨。

旋眸略显呆滞地抓住茶昶的衣袖，轻声问他：“茶昶，宇霓这话是什么意思？”

茶昶说：“她在说胡话，你不要听。”

宇霓的人已经被带到了门边，她在呼喊，竟已是声嘶力竭：“旋眸，人的生命只有一次，你的父亲冷玖炎的生命只有一次，他绝对不可以就此冤屈死去！旋眸，他是被——”

“武颜！”皇帝厉喝。

武颜立刻点住了宇霓的哑穴。

皇帝下令：“宇霓公主言行猖狂放肆无忌，有损皇室颜面，朕口谕，令将军府的一干人等好生看管于她，半年之内，不许她离开将军府半步，不许任何将军府外的人探望她，不许她再踏入皇宫半步！”

“是！”武颜将宇霓带走。

茶昶看向旋眸，却发现她正疑惑地盯着他。他心里仓皇，脸上却波澜全无。他搂住她，柔声说：“涵儿现在还不能知晓他外祖父过世的事情。他年纪太小，我们都希望他一直快乐地成长，对不对？”

旋眸只是一直盯着他，盯得他心里发毛。他正要说什么，她却突然说：“宇霓刚刚说，我父亲是冤屈致死。”

茶昶微微怔忪。

旋眸突然抓住他的手臂，无比仓皇地说：“我父亲绝对不会无缘无故地堕马！一定有什么不妥！或许——茶昶，或许他是被人害死的！”

茶昶浑身几无察觉地颤抖了一下。

旋眸在哀求：“茶昶，你彻查好不好？你找出那个人，杀了那个人，为父亲报仇好不好？”

茶昶抚摩着旋眸的面容，柔声说：“好好，我会派人彻查，你已经很累了，不能再硬撑着了，回宫休息好不好？”

旋眸依旧死死地抓住茶昶的胳臂。但是，突然间，她的眼里竟是茫然的，一如从前。她的眼前不是黑暗。她依旧看得见光明与灿烂，可却看不清楚眼前的人。她恍惚着把手收回来，用力地揉搓着双眼。

当再次睁开眼睛看清楚茶昶的时候，她说：“不，我不能休息！我的父亲被贼人杀死得不明不白，我怎么能安生地回去休息？我要等着那个凶手被抓出来，我要将他碎尸万段，我要他为我的父亲偿命！”

茶昶迅速地将自己的脸从旋眸的眼中撤离。他抱住她，说：“好好，你要怎么处置凶手都可以，但是现在，你必须休息！就在我的怀里休息吧，乖……”

泠玖炎的丧礼相当地隆重。

皇帝下旨赐以国葬，他被葬在京城的皇家陵园。这是很大的荣耀，亦是旋眸的希望。她不是因为希望父亲能够永远留在身边，希望能够时常看到他，而是自私地忽略，他来自边陲西沃，他的根在西沃，他的祖坟在西沃。

在西沃，还有很多的人想要陪伴在他的身边，还有一个人苦候着他的归去。那是一个不能离开西沃冷家前来京城参加他的葬礼的人，那是一个终生都在苦候着他的真心的人。

旋眸早已原谅了母亲。她对母亲的感情一如从前的深厚。她同样无法接受母亲在西沃冷家大宅那间小小的寝室里为父亲殉情的噩耗。她不知道上苍为什么要对他们冷氏如此残酷。但她知道母亲为什么至死都不肯离开西沃。她把母亲的尸骨葬在西沃。

她知道，这是母亲的愿望，一如永远地留在京城是父亲的愿望。

时间已经过了很久。

凶手还没有查出来。很难查。找到的唯一的一名目击者说是马在大街上踩了空受了惊，然后把主人给狠狠地摔了。不是一般的摔。冷玖炎被摔下的那一片地方积雪深厚，积雪之下还插着一柄锋利的短刀。不知是谁丢弃的刀，不仅顽强地朝天倒插着，而且无比精准地刺入了冷玖炎的心脏。

旋眸必须认为这是意外。她还得感谢皇帝。他派人接管了冷氏的生意，不止是在西沃的，还包括全国各地冷氏的分号，当然亦包括京城的冷氏丝绸。因为他及时派去了得力人手，所以避免了一个庞大家族因为当家的遽然逝世而导致的恐慌，避免了拥有巨大财富的冷家成为一盘散沙。

宇霓已经很久不到皇宫里来了，因为皇帝依旧认为她言行放肆，担心她会搅闹平静的皇宫。但其实，所有的人都明白，皇宫里的平静

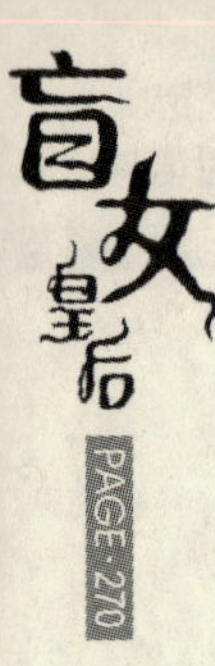

一直都是表面的。

旋眸时常伫立在寝宫里，呆滞无觉。琅涵小心地牵扯她的袖管，她竟也是毫无察觉。没有人告诉这位小皇子，到底发生了什么事情，但他自己很显然已经感受到了无比的悲伤，于是安静地陪在母亲的身边。

皇帝很忙。自从国丈逝世之后，他已经鲜少留宿在皇后寝宫。后宫里并未添进其他嫔妃，也并未听闻有任何宫女突然被临幸的消息。

终于有一天，旋眸决定去看望宇霓。她并未提前向荼昶请示，但却知道，自己的一举一动他都会很快知道。她只要了一顶软轿，护卫也都身着常服。

从皇宫到将军府，并不需要经过那条街道，但她下令转去那条街道。然后，她落轿，双足真真切切地踩在那片土地上。

大雪早已没了影踪，她父亲的鲜血亦早已没了影踪。

她没有令护卫清道，于是，那些百姓经过她的身边，略略疑惑地打量着这位美貌而身着华贵的夫人。也许，他们只是因为不明白，在如此晴朗的日子里，到底会是什么事情，使得她站立在人群之中泪流满面呢。

贴身宫女轻声提醒："娘娘，该上轿了。"

她上轿，皇宫的轿。

轿子速速行向将军府。

没有人敢拦皇后的驾，即使是武颜本人亦不敢，所以，旋眸见到了宇霓。她甫一看见宇霓的时候，震惊得以为刚刚失去至亲的人是宇霓，而不是她。

不过数月的时间，宇霓竟已苍老了那么多，憔悴了那么多，仿佛她一直都比旋眸年长十岁。她坐在自己的卧房里，神情呆滞，丝毫没有当年那个刁蛮小公主的样子。不，或者说，她的刁蛮与任性，都不过是外面的人对她的误解，以为她是皇宫里唯一的一位公主，是皇帝最为疼爱的孩子，所以她便一定是刁蛮的、任性的、娇纵的。

普天之下，又有谁是真正地了解另外一个人呢？

旋眸轻步走到宇霓的身边，蹲下来，握住她的手，柔声说："宇霓，我来了。"

宇霓微微低首看着旋眸，极轻极浅地笑了一下，说："你终于来了。"

她看向站在一旁的武颜，说："请你到房外偷听好吗？你放心，我知道我还有个女儿在你们手里。"

武颜的神情那样受伤，眸光那样伤。他微微弯身，走出去。

旋眸坐在宇霓对面，静静地看着她的面容，终于忍不住开口问："宇霓，为什么你会变成这个样子？"

宇霓微笑，说："因为我失去了我最爱的男子。"

旋眸的心蓦地疼痛难忍。

宇霓说："我没有告诉任何人我爱他，即使是他本人，但是，似乎所有的人都知道我爱他。旋眸，我特别羡慕淑妃，因为她勇敢地选择了死亡。"

旋眸的眼睑一眨，硕大的泪珠便滚落下来。

宇霓安静地看着旋眸的眼泪，突然说："旋眸，假如我真的死去了，你会照顾好我的女儿吗？"

旋眸慌张地说："不要死！你不要去死！宇霓，你不能死啊！"

她已经失去了父亲，失去了母亲，失去了雾霈妹妹，失去了仙弘，她不能再失去宇霓了。

"好，"宇霓微笑着说，"我不会去死。你放心吧，我真的不会去死。一，我没有足够的勇气；二，我要亲眼看着凶手受到惩罚。"

旋眸神情端凝，呼吸几乎瞬间停止："你真的知道凶手是谁？"

宇霓凝睇着旋眸的面容，转而言他："旋眸，你知不知道，你哪里最像你的父亲？”

旋眸怔了。

宇霓轻声笑了一下，声音轻缓飘忽，仿佛来自于遥远的天际：“这个天下，即使是有人知道，他们也绝对不敢告诉你。你想知道，就只有自己去找答案。”

宇霓是皇家的人，她的家是整个天下最为波谲云诡的地方。不论是否曾经拥有过最昂贵的娇纵与跋扈，不论天下地位最高的那个人曾经如何疼爱她，她都不会放松一时一刻。她对权力与生死有着最为深刻的体会。她一直都知道，只要说错一句话，做错一件事，便有可能导致血流成河。

旋眸往外走。

宇霓看着旋眸走，神色看似平静，心内却如刀割一般疼痛。她如何才能告诉她，她目睹了她父亲的死亡呢……她又如何才能告诉自己，她目睹了自己心爱男子的死亡呢……

旋眸走到房外，静静地看着武颜。他微微欠身俯首。她说：“武将军，宇霓是本宫最亲的妹妹，是皇上最亲的妹妹。”

她看不到武颜的神色，看不到这位皇帝的心腹大将究竟是何样的反应。她抬步下阶，上轿，离开将军府。

她的身后，武颜恭身以送。许久之后，他抬首回眸，望向自己的府邸深处，眸光哀伤碎裂，心里那样疼痛，面容，却那样端凝，仿佛他根本就是一个不会感到疼痛的人。

也许没有人能够真正地了解宇霓，那么，真正了解武颜的人又在哪里？他是武将，但却不是莽夫。他驰骋疆场，经历过无数的死亡，目睹过太多的鲜血喷洒；而且，他在朝堂上身处高位，掌握着整个国家最为强悍而庞大的军队。他的直属上司是皇帝，他所做的一切除了保卫国家便是效忠于皇帝。儿女情长，在他看来，又有什么是不能放得下的呢？就算他爱的女子每时每刻都在苦苦地思念着另外一个男子，另外一个已经死去的男子，又能怎么样呢？她不爱他，但她是他的妻子；她不爱他，但他们有共同的孩子；她不爱他，但是，她会一直生活在他的身边，她的气息会一直停留在他的身边，那么，他的心，又有什么是不能承受的呢……

偌大的皇宫里，旋眸凌乱地奔跑。她去了御书房，去了议事大殿，去了皇帝寝宫，去了皇后寝宫，甚至去了淑妃的寝宫，但却都找不到荼昶。没有人阻止她，也没有人告诉她，他到底在哪里。不，是她没有开口问。是不是她也害怕会这么快便找到他？

当疲累到近乎崩溃的时候，她凝伫而立。

皇宫里到处都是富丽堂皇，皇宫的每一道墙都在呈现着尊贵与高华。然而，她却仿佛看见，皇宫里的每一块砖瓦都承载着不尽的故事。

她闭目，微微仰起面庞。皇宫的风吹拂在肌肤上，似乎轻柔，又似乎狠厉。

然后，她睁目，正容，抬步走向偏宫。

她要去见一个人。

她想，也许她不应该再去见洛姬。她也许应该好好地听皇帝的话，安生地当她的皇后。但是，她不知道洛姬是不是已经知道了父亲逝世的消息。整个天下的人都知道了。偏宫不是与世隔绝的地方，偏宫里的日常生活还需要外界持续的供给。偏宫里的宫女会不会在无聊的时候，冒着被秘密处决的危险，窃窃谈论国丈的过世？

洛姬希望知道吗？见到她的时候，她会亲口告诉她吗？不，或者说，她有机会亲口告诉她吗？

她走近偏宫，就要推门进去的时候，忽然有人出现，拦住了她。那是皇帝的贴身侍卫，不知道从哪里冒出来的侍卫。

“皇后娘娘请留步！”

旋眸顿了顿，说：“皇上在里面吗？”

但是，侍卫却环顾左右而言他：“皇后娘娘请回寝宫！”

“这是皇上的意思吗？”

“请皇后娘娘回宫！”侍卫的手生硬地拦在她前面。

旋眸面若冰霜：“让开！”

侍卫悚容下跪：“求皇后娘娘体谅奴才！”

旋眸的话语愈发地严厉：“你安静地呆在门外，若是出声相告，本宫一定会治你的罪！”

然后，她推开了偏宫的门。她轻轻地推的。她想，应该不会惊动寝宫里的人。她在这样做的时候，没有考虑到后果。

她悄悄地走进去。

她的听觉依旧相当的灵敏。她不用将耳朵贴近窗上的薄纸，也能够把里面的声音听得一清二楚。

然后，她慢慢地呆了，怔了，傻了……

然后，她痛苦地明白，自己是异常怯懦的人。

她竟不敢正视自己内心里的疑惑，竟那么相信所有的人，竟然会以为在一座冷宫里生存了二十六载的人肯定是可怜的、悲惨的、无辜的，肯定不会欺瞒她！

她竟还能以为在皇室之中亦存在着骨肉亲情；竟以为，她所深爱的人，同时亦深爱着她的人，是不会背着她做罪恶的事情的，是绝对不会伤害她的亲人的！

她的亲人，她的骨肉至亲，她对其充满了愧疚的父亲，她想用一生的孝敬来弥补自己对其作下罪孽的父亲呃……

……

“为什么要杀他？”

“不杀他，朕难以安心。”

“他根本威胁不到你的皇位，你为什么不肯放过他？”

“不，他时时刻刻都在威胁着朕的皇位。他的生意做遍了全国各地。他富可敌国，他数月的进账便抵得国库整年。朕不能留着这样的祸患，绝对不能。”

“他只要毫无反叛之心，即使富可敌国又能怎样？你为什么总把人想得那么阴狠？”

“不是朕要这样想，是朕坐的这个位置逼得朕不得不这样想。他今日没有反叛之心，保不准明日也没有。江南一带的叛乱平息没有几年，国库还不是很充裕，朕的军队还没有养得兵强马壮。如若有人在其他的地方聚众作乱，朕真的会难以应付。”

“但是，他将女儿嫁给了你，难道他会眼睁睁地看着自己的女儿伤心难过吗？”

“这不是朕考虑的事情。一个人，尤其是一个身处高位的人，会不会在关键的时候生出反叛之心，谁都不能确保。就像那两名武功奇高的侍卫，如果不拿了他们的家眷以做威胁，朕真的很怕，有那么一日他们会抛开了自己的身份而妄自尊大，以至于做出什么大逆不道的事情来。何况，他更不是一个普通的人。他不仅在商界叱咤风云，而且还用金钱打通了在京城的厉害关系。您或许想不到，他曾经多次出入皇宫都不曾通过正常渠道。他是如此大胆，居然敢利用金钱玩转皇宫，谁又能够保证，他在边陲做生意的时候，通商的人之中不会有觊觎朕之江山的外邦？”

“你思虑得过分了。他即使有野心，亦不过是生意场上的野心。他私自进宫，只是单纯地想要见到他的女儿。”

“这是因为您总把他往好处想。他到底有没有野心，他的野心到底有多大，都令朕辗转反侧彻夜难眠。谁知道，他千方百计地把女儿送进京城，是不是另有图谋？况且，只要他活着一日，宇霓便不能安心地做将军夫人。朕不能让朕的心腹大将伤心。”

“可你忍心看着自己的妹妹伤心。”

“母亲！”

“你不要叫我！我不是你的母亲！你的母亲是皇后，难道你忘记了？”

“朕没有忘记。朕永远都记得，朕是先皇的嫡系后嗣。”

“以后，你不要再来了，免得引人猜疑。况且，你杀了他，我已没什么可活的理由了。”

“他有什么好，竟使得您惦念了这么多年？”

“他好在哪里，你当然看不到。我没有在冷宫里自尽，并不是因为牵挂你。当初，那皇帝派人告诉我，你早已夭折了……我活下来，是因为不想看着冷家为我陪葬。”

“我是您的亲子，难道还比不上他一个外人吗？”

“他不是外人！他对我来说，是最亲最近的人！而你，根本就是一个身世成谜的人。你不是我的孩子。我的孩子从一生下来便被抱走了，我连一眼都不曾看见过，我根本想象不到他长大了到底会是什么模样，又怎么能够相信你就是他。你又何必如此固执地要相信呢。”

“好，朕不相信！朕把您看成是先皇的一位妃子，仅此而已！”

“既然如此，你发誓，再也不到这里来了。”

“朕发誓，自此以后，忘记洛姬，忘记这里的一切！”

“这就对了。还有，如若我死了，你也不要声张，但你一定要把我葬在冷玖炎的身边。我要永远守护着他。”

“朕答应。”

“还不走？”

“朕马上走。您保重。”

茶昶的脚步声越来越响。

茶昶推开宫门。

他呆了，怔了，傻了……

然后，他问自己，痛苦地问自己，悲伤地问自己。他不停地问自己。

他既然曾经费尽心机想要欺瞒她，同时也欺瞒天下人，又为什么不做到绝对周全？

他既然已经下定决心不向天下人公布洛姬的存在，又为什么要多次偷偷地亲临偏宫来看望她？

他既然已经吩咐武颜在大雪纷飞的日子里设置了陷阱，既然已经做出了会令自己心爱的人永远伤痛的事情，却为什么不索性将事情的真相永远锁在自己的喉咙里，或者索性杀了武颜以绝后患？

他既然能够狠得下心来杀了司寇尚书，能够逼得自己其实曾经喜爱过的女子不得不咬舌自尽，然后也把自己的亲生女儿逼上了绝路，却又为什么还要留着武颜这样一位日后肯定会成为他的一块很大很大心病的将军？

他为什么要做这个皇帝？他为什么要为了这帝位而去伤害那么多的人？他为什么会失去淑妃，失去女儿？他为什么要杀害自己的岳丈？他为什么不能与自己的生身母亲相认？他为什么……他为什么要将自己心爱的女人逼到绝境，同时也把自己逼到绝境？

……

旋眸突然看见一片黑暗。她并不是特别惊讶。她其实早已预料到了这一天的到来，依据以前多次短暂看到的黑暗。

她亦猜得到，太医肯定早已知道了，皇帝亦肯定早已知道了，但是，所有的人都束手无策，所有的人都无法捉摸灵异的白色精灵，被滴入她的双眼里的白色精灵。

这样的黑暗，慢慢地变成了绝对，变成了她曾经“看过”二十一年的颜色。

她不仅是“看到”了这样的黑暗，她还感觉到眩晕。眩晕越来越重，直到她承受不住而昏厥。

她在昏厥之前，还感觉到她在“看到”黑暗之前，曾经真正地看见过的那个男子急急地扶住她的时候，那双有力的手上痉挛的温暖。她还听到他急切的呼唤。可是，她却在灵魂深处一遍遍地问：为什么要遇见他，为什么要嫁给他，为什么要为他生儿育女，为什么要爱上他……

“旋眸……旋眸……”

悲戚的呼唤。沉痛的呼唤。

一声声。一次次。

尾声

尾 声

皇后寝宫。

旋眸安静地坐着。依旧漂亮异常的双眼睁着,眸子里却已然不再闪亮。她不食不寝,只是那么坐着,仿佛已经石化。

琅涵一直陪在一旁,亦是不食不寝。

宫女和内监们全都侍立在远处,不敢上前。

琅涵本来一直坐在不远处,本来不敢靠近自己的母亲。可是,已经两天了。幼小的他已经明白,这样下去,他们都会死。于是,他慢慢地走过去,轻轻地扯了母亲的衣袖,说:“母后,您安歇好么?”

旋眸没有反应。

琅涵感到眩晕,却硬撑着走到母亲的身前,偎进她的怀里,有气无力地说:“母后,涵儿好困,好累,好饿……”

旋眸的身子动了动。她低下头,把下巴搁在琅涵的头顶上,轻声问:“涵儿,如若……如若以后母后不在你身边了……”

琅涵陡然哭出了声："母后不要离开涵儿……母后，涵儿好累，好饿，好困……母后，您歇息好吗……母后，涵儿好累哦……"

旋眸低低地叹息着，却用嘶哑的声音下令："来人，去御膳房传令，熬些清淡的粥来。"

巨大的寝床上，旋眸搂着琅涵沉睡。

她的面容已经有些憔悴，却依然美丽绝伦。

荼昶在床前凝立。

他一直在她的寝宫之外。他知道，她早已感觉到了他的存在，只是不愿意见他，不愿意给他机会。

不。本来便没有机会。已经逝世的人，不会再回来。他杀了泠玖炎，杀了她的父亲，是事实，无法变更的事实。

他本来不该那么冲动的。他本来可以采用其他的办法。他完全可以想办法削弱泠玖炎的势力，他完全可以找借口让泠玖炎放弃生意安享晚年，他完全可以旁敲侧击地让泠玖炎明白，只有贡献出巨大的财富，放弃手上盘根错节的人脉，他才会安全，泠氏才会安全……

但是，后悔已然无用。

他总是在做令自己后悔的事情。他已经害死了自己的雾霈妹妹，害死了自己的亲生女儿，却依旧不知悔改。

如此说来，他是该罚的人，他是应该受到惩处的人。可是，他是皇帝。

睡梦中的旋眸不安地动了动，身子开始蜷缩，手臂慢慢收紧。琅涵难受地蠕动着。

荼昶用力而迅速地掰开旋眸的手臂，将琅涵抱出来交给宫女。宫女将琅涵抱出去。

旋眸已经将自己缩成了一团,眉头皱得很紧。

荼昶忍不住俯身下去抱住她,轻轻地拍着她的后背,声音低柔地说:“旋眸不要怕……我在,我……”

他在?他在。可是,他在,会带给她什么?她要他在么?

他叹息着,更紧地抱着她:“对不起……旋眸,对不起……”

他对不起她。她对不起自己的父亲。她伤透了父亲的心,而她的丈夫断送掉了父亲的性命。

她的双手死死地抓住他胸前的衣服,咬牙切齿地说:“我们,一起,去为我的父亲偿命吧!”

他紧紧地抱着她。他知道,她早已醒来了,或许在他刚刚来到她床前的时候便醒来了。

“我父泠玖炎有多无辜,你比我更清楚。可是,你却为了你所谓的皇位,因为你心中无谓的担忧,而杀了他!照这样估测,日后你还会杀更多无辜的人。所以,荼昶,”旋眸将头紧紧地抵在荼昶的胸口上,说,“不要再活着害人了,你和我一起去死吧!”

荼昶身子一震,却兀自收紧了手臂,不说话。

旋眸蓦地失笑:“是啊,我是什么人!我不过是一个女人,你可有可无的女人,你以为深爱着但实际上随时都可以杀掉的女人,怎么可以请求至高无上的皇帝陛下,与我一起去死呢!”

她猛然用力,推开了他。她仰头长笑:“皇宫真是噬人的地方啊!皇家的人都是杀人如麻的魔鬼啊!皇帝都是六亲不认的啊!可是,为什么我直到现在才肯正视呢……”

荼昶惊惧地看着旋眸:“旋眸……”

“不要喊我!”旋眸猛地把头低下来,望向声音的源处,低吼,“你没有资格这样叫我!”

“……”

旋眸在床上摸索了一会儿，忽然翻身下床，双膝跪地，声音惶恐："臣妾该死！臣妾不该仗着自己是圣上宠爱的皇后，而冒犯龙颜！臣妾请求圣上赐臣妾死罪！"

荼昶心中一疼，急忙疾步上前抱住旋眸："旋眸，我没有怪你啊，我——嗯……"

他未尽的话语，因为胸口一阵突如其来的钝痛而断送。他陡然推开旋眸，低头看去，却见一支锋利的金制发簪插在自己的胸膛上。

他叹口气，把发簪拔下来，握在手上，微微用力，发簪便成了粉末。他的手一倾斜，粉末飞散而去。而他的胸膛上，不见有丝毫血迹出现。

而旋眸，那个刚刚在被褥下摸索出发簪，然后假以词色骗他靠近，继而用力刺向他的人，他的皇后，在短暂的愣怔之后，忽然放声狂笑，声音凄厉："我怎么就忘记了，你是日日都要穿护身软甲的！我怎么就妄想，要刺死你呢！"

不，她可以刺死他的。他只是上身穿着护身软甲而已。他只是护住了自己的心脏而已。她若是真的誓死要杀了他，刚刚，就在刚刚，她只要稍稍往上抬手，便可以将锋利的发簪刺入他的脖颈！

她恨。恨自己恨透了他却依旧下不了最狠毒的手。她突然站起身，无比迅疾地奔向宫门。

荼昶一怔，急忙飞身去，拦住她："旋眸，你要去做什么？"

旋眸仰起脸，用看不见任何东西的眼睛"看着"荼昶，问："你想逼死我么？"

荼昶一怔，手一松。

旋眸飞奔出去。

她凭着记忆，在皇宫里狂奔。荼昶在她身后跟着，只在她要撞上物体的时候，才上前为她遮挡。

宫卫们见皇帝皇后如此，自不敢询问，只是仓皇跪地。

深夜的月很亮，只是旋眸再也看不到。

她站在皇宫的高台上，前方是坚固的栏杆。夜风吹动她身上宽大的白绸中衣，吹散她乌黑的长发。深夜的凉意浸润着她赤裸的双足。

茶昶小心地说："旋眸，不要站在那里，乖，过来！"

旋眸转向茶昶的方向，平声静气地问："茶昶，你爱我吗？"

"旋眸……"

旋眸微微一笑："你是爱我的。只不过，我不过是一个女人，不过是你的附庸物。只要有需要，你是一定会牺牲我的。"

茶昶的面容里渗着沉痛，却不敢轻易靠近："旋眸……"

旋眸轻声叹息："为什么我竟会只是一个女人呢，为什么你竟会是皇帝呢……我，连弑父大仇，都不能报……"

"……"

旋眸忽然绽出一个灿烂的笑，说："茶昶，我爱你，但是，我不能再做你的女人。"

茶昶一惊，急喊："旋眸，不要！"

旋眸身子移动，靠紧了栏杆："茶昶，你今生都已改变不了自己皇帝的身份，也已挽回不了我父亲的生命，所以……茶昶，请你，好好地养育琅涵，我们的孩子……"

茶昶惊恐到窒息了，惊恐到身体动弹不得了。

可是，那个白色的身影已经倒头栽了下去！他的皇后已经栽了下去！那个绝世美丽却双目全盲的女子，已经栽了下去！

他忽然伸手抓住自己的心口。

他忽然狂奔过来，抓住栏杆往下望。

他忽然撕心裂肺地喊："旋眸！……"

夜风忽然强劲了起来，好凉。

旋眸在坠落的过程当中，似乎听到了茶昶的呼唤，亦似乎看到了他的面容。只是，刻在心底的英俊面容，从此，便不再属于她了……

片刻之后，她过了奈何桥，喝了孟婆汤，便会将如今所有的过往，不论是欢喜的，还是悲伤的，都封存在前世的记忆里，一并忘记了。

来世，她不要再做女人。不，她不要再做人了。哪怕生命短暂，哪怕不能言语，不能走动。

轻轻一笑。父亲，母亲，女儿为你们偿命来了……不，你们不会希望女儿这样做，那么……就当女儿是来陪伴你们吧……

可是，忽然间，一个稚嫩却无比仓皇的声音传进她的耳膜："母后！"

她的心好慌。琅涵啊……她十月怀胎，辛苦生下来的骨肉啊……

泪水蓦地溢出眼眶。儿啊，母亲对不起你……可是，母亲已经承受不下这人世间的痛楚……

身体已经不再降落。但全身甚至五脏六腑都在震荡。耳膜嗡嗡地响，头部眩晕，身下，却是柔软的。

忽然叹息。

琅涵在一边哭喊："母后，您不要涵儿了么……母后，求求您不要撇下涵儿啊……呜呜呜呜……父皇，您下旨不许母后自尽好不好？父皇，淑妃母妃自尽了，仙弘妹妹也自尽了，宇霓皇姑母再也不进宫来了，外祖父也早已逝世了，儿臣已经没什么亲人了……父皇，儿臣好怕……父皇，求求您下旨，不准母后离开好不好……儿臣给您跪下了！儿臣给您磕头！父皇，儿臣求您了！"

旋眸泪流满面。

一双长臂忽然抄到她的背后，将她从众多宫女内监叠起的人垫上抱下来，一言不发地走向皇后寝宫。

琅涵跟在身后小跑，始终呜呜地哭着。到了皇后寝宫，等茶昶将旋眸放在床上，他便扑在床沿抓住旋眸的手，继续求："母后，求您不要撇下儿臣……您要涵儿做什么都可以，求求您不要走……不要离开……"

茶昶背转了身。两行清泪，潸潸而下。

旋眸哽咽着说："琅涵，我的儿……以后，你不能再叫母后了……母亲答应你，不会再去寻死，可是，孩子，母亲不能再住在皇宫里，不能再做皇后了……涵儿，你能理解母亲么……"

琅涵只是机械地点头："只要母亲答应好好地活着，母亲想要做什么，涵儿都能理解！"

旋眸抱住琅涵："我的儿……母亲要回西沃去，去忏悔，去赎罪……可是，母亲不能带你去，因为你是母亲弑父仇人的儿子……"

琅涵怔了许久，才问："那么，涵儿可以去看您么？"

"不要去……你不要去……你们皇家的人都不要去……"

夜风越来越强劲。